# ライオンの歌が聞こえる

平塚おんな探偵の事件簿2

東川篤哉



祥伝社文庫

目次

# 第一話　亀とライオン

# 1

「おねえちゃん、ほら、あそこあそこー」

おかっぱ頭の少年が走りながら甲高《かんだか》い声をあげる。やがて少年は石ころだらけの地面でピタリと足を止め、小さな手で前方を指差した。「ほら、ここだよ。この中にいたんだ」

「ふーん、この草むらの中にねえ」

生野《しょうの》エルザはランドセルの背中に追いつくと、手かざしで日差しを遮《さえぎ》りながら目の前の草むらを見やった。テニスコートほどの広さに、人の背丈ほどもあるススキやセイタカアワダチソウや名も知らぬ雑草たちが、無闇やたらと群生している。

エルザは少年の顔を覗《のぞ》きこみながら、「ホントに見たのかい、坊や？」

少年はあどけない顔を縦《たて》に振りながら、「うん、見たよ。すんごい大きいやつ」といって両手を大きく左右に広げた。「たぶん、これぐらいあった」

「そ、そうかい」微妙な表情で頷《うなず》きながら、エルザは背後に従う私に身体を向けて、小さな声で囁《ささや》いた。「どう思う、美伽《みか》？」

私、川島《かわしま》美伽は思わず肩をすくめながら、「どうって、いわれてもねえ」と困惑《こんわく》の表情を浮かべる。「この子の目測が正しいなら、相手は犬くらいの大きさがあるってことになるわよ。あり得なくない？」

「まあ、子供ってのは、なんでも大袈裟《おおげさ》にいいたがるもんだしな。けど、まったく嘘《うそ》ってわけでもねーんだろう。とにかく調べてみようぜ」そういってエルザは再び少年のほうに向き直ると、彼の頭を優しく撫《な》でてやりながら、「ありがとよ」と明るい笑顔。はにかんだように俯《うつむ》いた少年は、白い頰《ほお》をほんのり赤く染める。エルザはいきなり踵《きびす》を返し、鋭《するど》い視線を草むらに向ける。その唇《くちびる》からは一転して険《けわ》しい言葉が飛び出した。「危ねえから、坊やは後ろに下がってな」

それはまだまだ残暑厳しい九月のとある平日のことだ。場所は平塚《ひらつか》市と茅ヶ崎《ちがさき》市の境界を流れる一級河川、相模《さがみ》川。その川原に怪しい生物を発見。そんな目撃情報を得た私とエルザは、さっそく情報提供者の少年とともに現場に駆《か》けつけたのだった。

エルザはデニムのショートパンツにタンクトップ。その上に赤いジャージを羽織《はお》っただけという、結構油断した恰好《かっこう》。だが、いまさら着替えている暇《ひま》はない。川原はすでに夕刻の景色の中にある。西に傾いた太陽の光を浴びて、エルザ自慢のショートヘアがライオンのたてがみのごとく黄金《こがね》色に輝く。秋の気配を僅《わず》かに含んだ一陣の風が川面《かわも》を渡り、ススキの穂を揺らす。

瞬間、なんらかの気配を感じ取ったように、エルザの全身に緊張が漲《みなぎ》った。

「確かに、なんかいるみてーだな」

そういってエルザは、茶色い眸《ひとみ》を私の足許《あしもと》へと向けた。

「美伽、そこにある棒を……」

「うん」私は足許に転がっていた長さ一メートルほどの枯れ木の棒を摑《つか》み上げて、私の頼れる友人へと手渡した。「気をつけて、エル」

「なーに、平気平気」友人は余裕を口にしながら棒を受け取ると、片手で二度三度と素振りをする仕草。それから「よし」と気合いを入れると、スニーカーを履《は》いた足で問題の草むらへと分け入った。

私もこわごわながら彼女の背後に続く。手には捕獲用の網。Tシャツにジーンズ姿で網を持つその姿は、とても二十七歳女子のものではない。ここが川原じゃなかったら、九月にセミ獲りしている変な女と思われたに違いない。だが、いまは見《み》た目を気にする場合ではなかった。これも私とエルザの大事な仕事。私は気を引き締めて、友人の後に続いた。

「どう、エル、なにか見つかりそう？」

ジャージの背中に声を掛けると、友人は前を向いたまま、「んー、よく判《わか》んねえなー」

といいながら、手にした棒で目の前の雑草を払う。と、そのとき、「――あ、いた！」いきなり叫び声を発すると、エルザは獲物を追うライオンの勢いで草むらの中を駆け出した。ひとり取り残された私は、「わ、駄目《だめ》よエル！　勝手に離れないで！」と泣きそうな声で訴える。

すると背の高い雑草の向こう側から、「畜生《ちくしょう》、逃げやがった」と悔《くや》しそうなエルザの声。そしてその声は、見えない敵に怯《おび》える私に対して、衝撃《しょうげき》の事実を伝えた。「おい、美伽、そっちに逃げてったぞ。気をつけろ」

「え⁉　嘘、やだ、駄目よ！　もう、やめてよ、マジで怖いんだから！」軽いパニックに陥《おちい》った私は、草むらの中で身の置き場がなくピョンピョン飛び跳《は》ねる。するとそのとき私の足許を大きな緑色の影が、「ササササッ」と意外な速さで駆け抜けていった。

「――うひゃあぁッ」

情けなく悲鳴をあげる私。すると、その悲鳴を聞きつけて舞い戻ってきたエルザが、掻《か》き分けた雑草の間から平然と顔を覗かせながら、「大丈夫か、美伽」

「エル〜ッ、私を置いていかないでよ〜〜ッ、エルの馬鹿ぁ〜〜ッ」

私は涙目になりながら、目の前の友人の頭を拳《こぶし》でポカポカ殴る（あくまで軽く叩《たた》いただけだ）。

「こ、こら、やめろよ、美伽！　ほら、落ち着けっての」と暴れる私を笑顔でなだめていた友人は、やがて面倒くさくなったのだろう、いきなり「えい！」とみぞおちを突《つ》いて、パニックの私を一瞬で黙らせた（結構、強めの突きだった）。うッ、と呻《うめ》いて前かがみになった私に、乱暴な友人はすぐさま尋《たず》ねた。「――で、奴はどこにいった？」

「ごほッ……そ、そっちのほう、ほら、そこの岩陰《いわかげ》に……」

苦しげな顔で私は前方を指差す。そこにあるのは大型犬ほどの大きさの苔《こけ》むした岩だ。エルザは「よし、判った」とひと言。そして迷うことなく、岩の背後を覗き込む。すると、「――いた！」彼女の口から飛び出す歓喜の声。しかし、その直後、「あ、逃げるな、こら！」

無駄な叫び声を浴びせながら、エルザは岩陰に向かって慌《あわ》てて右手を伸ばす。咄嗟《とっさ》に私は鋭く叫んだ。「あッ、駄目よ、エル！」

だが、私の警告は一瞬遅かった。次の瞬間、「んぎゃあああぁぁぁ……」

川原に響き渡ったのは、背筋も凍るような悲痛な叫び声。ライオンの咆哮《ほうこう》というより、むしろ踏《ふ》んづけられた野良猫の悲鳴を思わせる大絶叫だ。

驚《おどろ》いた私は両手で口を覆《おお》いながら、

「大丈夫、エル⁉」

私の声に友人は振り返って、苦痛に満ちたひと言。「だ、大丈夫じゃねえ……」

そう呟《つぶや》く彼女の右手の指先には、緑色の物体がぶら下がっている。エルザが怒りの形相《ぎょうそう》でブンと右手を振ると、それは彼女の指先から離れて、足許の地面に落下した。と同時に、伸びていた首と四肢《しし》が、いっせいに堅《かた》い甲羅《こうら》の中に仕舞いこまれた。

「畜生、こいつ、あたしの指をエサと間違えやがって！」

指を噛《か》まれて怒り心頭のエルザは、悔し紛《まぎ》れにその甲羅を足で蹴《け》っ飛ばす。だが、相手はびくともしない。それもそのはず、その甲羅の持ち主はカメ。濃い緑色をした、まあまあ大きなカメだった。私はその甲羅に顔を寄せながら、小さく首を傾《かし》げた。

「ねえエル、これが問題の……？」

エルザは噛まれた指先に息をふうふう吹きかけながら、つまらなそうに答えていった。

「いいや、全然違う。これは単にでかくなったミドリガメ……」

なんだ、と私は落胆の溜《た》め息。やはり少年の目撃情報は、少し大袈裟だったらしい。

私たちが捜《さが》しているのはミドリガメではない。

これよりさらに大きくて凶暴なカメなのだ。

## 2

生野エルザといえば、平塚の街では少しは名を知られた私立探偵だ。

彼女の営《いとな》む『生野エルザ探偵事務所』は平塚競輪場近くに建つ雑居ビル、その名も『海《う》猫《み》ビルヂング』の三階にて絶賛営業中。勇気を出して扉を叩けば、ヤンキー紛《まが》いの超ラフな恰好をした女探偵が歓迎してくれるだろう。

一方、私こと川島美伽は彼女とは対照的にコンサバな装《よそお》い。白いブラウスに紺《こん》色のスカートでヒールの高さは中ぐらい。そんな私は探偵事務所における唯一《ゆいいつ》の所員であり、有能な探偵助手であり、ときに猛獣《もうじゅう》使いとも称されている存在だ。いうまでもなく猛獣とは私の乱暴な友人、生野エルザのこと。勇敢《ゆうかん》にして凶暴、荒々しくて猛々《たけだけ》しいながら、どこか気高く美しい。そんな彼女のことを、人は『平塚のライオン』などと呼ぶ。

そんなライオン探偵と助手である私が、なにゆえ相模川の河川敷《かせんじき》で堅い甲羅の爬虫《はちゅう》類と戯《たわむ》れることになったのか。その理由を語るためには、数日前の場面にまで遡《さかのぼ》らなくてはならない。

その日、探偵事務所を訪れたのは、ひとりの男だった。

つい三日前に断髪式を終えたばかりでしてね——と彼が説明したなら、私は信じたかもしれない。そう思えるほどに、男は特殊な体格を誇《ほこ》っていた。

平均的なのは、おそらく身長だけ。他は体重、胸囲、胴回《どうまわ》り、頭や足のサイズ、果ては肺活量や血糖値に至るまで、通常の男性の平均値を余裕で上回っているものと思われる。要するに、男は極端な肥満体形だった。

そんな彼がソファに腰を沈める様は、まるで背広を着たビア樽《だる》が悠然《ゆうぜん》とくつろいでいるかのよう。

私がテーブルの上に麦茶のコップを並べると、男は「やあ、これはどうも」と顎《あご》を引くようなお辞儀を披露。それから「——ふんッ」とばかりに突き出たお腹に力を入れると、上体をぐっと前に倒しながら右手をいっぱいに伸ばして、ようやくテーブルのコップを摑んだ。

その姿に思わず噴き出しそうになった私は、お盆で顔を隠しながらエルザのほうを向く。すると彼女はタンクトップのお腹を抱えながらケラケラケラと、あまりにおおらかすぎる笑い方。私は黙って彼女の側頭部をお盆で「——バン！」とひっぱたき、不謹慎な友人を黙らせた。これは暴力ではなく、あくまで猛獣使いとしての役割を果たしたまでのことだ。

私が隣に腰を下ろすのを待って、ようやくエルザは口を開いた。まずは互いの自己紹介からだ。女探偵は自分と私とを指差しながら、簡潔に名乗りを上げた。

「あたし、生野エルザ。こっちは助手の美伽だ。よろしくな」

まるで『オス、オラ、ゴクウ』みたいな単純極まる挨拶《あいさつ》。私は名字さえ省《はぶ》かれている。

憮然《ぶぜん》とする私をよそに、今度は目の前のビア樽が喋《しゃべ》り出した。彼は自らについて「武田《たけだ》幸彦《ゆきひこ》、三十五歳。銀行員」と説明し、地元の人間なら誰もが知る有名銀行の名を挙げた。

「ふーん、ずいぶんお堅い職業なんだな」エルザはショートパンツから覗く長い脚を組みながら、「で、その銀行員さんが、あたしになんの用だい?」

エルザの独特の喋り口調に、武田は少々戸惑《とまど》いの色を覗かせた。無理もない。女探偵生野エルザの口調は、あり得ないほどにカジュアルでフレンドリー。要するに完全なタメ口だ。まともな客商売では絶対に通用しないタイプだろう。実際、彼女の振る舞いに激怒して、ものの数分で椅子を蹴って出ていった客は、枚挙に暇《いとま》がない。生野エルザを探偵として雇うには、依頼人の側に相応の忍耐力と寛容さが求められるのだ。

だが幸いにも、武田は椅子を蹴って帰るような真似はしなかった。我慢強い性格なのか。それとも探偵のショートパンツから伸びた綺麗《きれい》な脚をもう少しだけ眺めていたいと思ったのか。あるいは、ひょっとすると体形が体形なので、そう簡単にソファから立てなかったけかもしれないが、それはともかく――

エルザの特異なキャラを受け入れた武田は、ようやく依頼内容を打ち明けた。

「いなくなったミツキちゃんを捜してほしいんです。ぜひ、お願いします。ミツキちゃんがいなくなって以来、僕は心配で心配で夜も眠れないありさまなんです」

家出した子供、蒸発した家族、いなくなった恋人。探偵事務所に持ち込まれる依頼内容として、失踪人《しっそう》の捜索は珍しくない。だが彼の口調は、ある種の人間に共通する独特の熱気を帯びていた。

その点を敏感に感じ取ったのだろう。探偵はすぐさま依頼人に確認した。

「そのミツキちゃんってのは、あんたの娘？　奥さんや恋人？　それとも――犬？」

「犬⁉　ははは、探偵さん、犬だなんて！　そんなふうに聞こえましたか」笑顔で否定した武田は、真顔になって真実を告げた。「犬じゃありません。ミツキちゃんはカメです」

「カメ⁉　ああ、カメね……」

当たらずといえども遠からずの展開に、探偵は静かに吐息《といき》を漏らす。私は、この真面目《まじめ》そうな銀行員が、なにゆえペットのカメごときに『ミツキちゃん』という愛らしい名前を付けたのかを不思議に思った。だが、武田はあくまでも真剣な顔で私たちに訴えた。

「とっても可愛いカメなんですよ。もう飼いはじめて五年になります。最初、うちにきたときは、まだほんの子供で、こーんなにちっちゃかったんですけど」といって武田は親指と人差し指を広げ、その小ささを示すと、「それがいまじゃもうこーんなに立派に育ってしまって」といって、今度は両手を五十センチほどに広げて見せた。その表情は娘の成長を喜ぶ父親そのものだ。

『親馬鹿』もしくは『亀馬鹿』という三文字が私の脳裏《のうり》に浮かんだ。

だが、どれほど説明されたところで、所詮カメはカメ。どんな大きさだろうが、さほどの興味は湧かない。むしろ私の興味は、「カメを捜してほしい」というこの滅多にない依頼を、私の友人が引き受けるか否かにあった。「馬鹿らしい」と断る可能性はもちろん高いが、「面白いじゃん」と妙に乗り気になる可能性もなくはない。果たして、彼女はどちらに転ぶのか。

成り行きを見守る私。その隣でエルザは、とりあえずといった感じの質問を口にした。

「カメがいなくなったことに気が付いたのは、いつごろだい？」

「三日前の九月十三日です。三連休の初日の土曜日で銀行は休みでした。朝起きた私は、さっそくミツキちゃんに餌《えさ》をあげようと思い、庭の池を覗きました。ですがミツキちゃんの姿は、池のどこにも見当たりません。突然いなくなってしまったんです」

「ふうん、自宅の池で飼ってたわけか。カメはその池から自力で這《は》い上がれるのかい？」

「普段なら無理です。池の縁が水面より遥《はる》かに高くなっていますから。けれど、ほら、ミツキちゃんがいなくなる直前に台風がきて、二日間ほど大雨が降ったじゃありませんか。あのときうちの池も、かなり増水しましたよね？」

知らねーよ、というように、私の短気な友人は僅かにイラッとした表情。私は、まあまあ冷静に、と友人の肩に軽く手を置く。依頼人は気にせず話を続けた。

「おそらくミツキちゃんは、水かさの増した水面から池の縁を乗り越えて、陸に上がってしまったのでしょう。それ以外のケースは、ちょっと考えられないですよね？」

「いや、『ですよね？』っていわれてもよ」エルザは自分を落ち着かせるように、茶色い髪の毛を指で掻きあげた。「例えば誰かが持ち去った。つまりペット泥棒という可能性なんかは、考えなくていいのかい？」

探偵の問いに、依頼人は僅かに首を傾げただけで、「いやあ、それはないでしょうね」と太い首を左右に振った。なにゆえ、ないと断言できるのか。エルザは釈然《しゃくぜん》としない様子だったが、「まあ、いいや」と呟いて、そのまま質問を続けた。

「で、あんたは、そのカメをあたしに捜してほしいっていうんだな。けど正直、捜したからって、見つかる保証はねえんだし、無駄ガネ使うことになりかねないぜ。そもそも、あたしはプロの探偵だけど、犬や猫ならともかく、カメなんて一度も捜したことねえし、その意味じゃ、アマチュアとなんにも変わらないぜ。それでも、いいのかい？」

やりたくないなら断れば？　思わずそう口を挟みたくなるほどに、友人はこの仕事に乗り気ではなかった。やはりライオンの目にカメは魅力的な獲物として映らないらしい。

だが信念で勝る依頼人は、一歩も引くことなく探偵に再度頭を下げた。

「どうか、お願いします。僕は会社勤めなので、平日の昼間はミツキちゃんを捜したくても捜せないんですよ。ミツキちゃんを捜したくても捜せないんですよッ！」

なんで二回いったの？　しかも二回目はちょっと強めに。私には、どうもこの依頼人のカメ好きキャラが理解できない。一方、エルザはそれとは違う点に関心を寄せた。

「そういや、今日は三連休明けの火曜日だ。まさに平日の昼間じゃん。会社いかなくていいのかい？」

「休みを取りました。探偵さんに、この件をお願いするためだけに。もちろん明日からは仕事に出ます。ですから、どうしても今日、引き受けていただかないと困るんです」

どうか、このとおりです！　とソファの上で頭を垂《こうべ》れる武田幸彦。だが大きなお腹が邪魔になって、彼の頭《あたま》は思ったほど低くはならず、なんだかカメのお辞儀のよう。それでも依頼人の熱意は、それなりに探偵の心を動かしたらしい。

「そうまでいわれちゃ、しょうがねえ。じゃあ、あんたの可愛い『亀吉君《かめきち》』について、もうちょっと詳しく教えてもらおうかな」

「ありがとうございます。なんなりと聞いてください。すべてお答えいたします。あ――だけど探偵さん」武田は再び腹筋に力を入れ、ぐぐッと上体を前に傾けると、エルザの顔を正面から見据《みす》えていった。「彼女は『亀吉君』じゃありませんから。『ミツキちゃん』ですから！」

武田の思わぬ迫力に、さすがのライオン娘も気《け》おされたらしい。彼女はソファの背もたれに背中をピッタリくっつけながら、

「あ、ああ、判った判った。まあ、そう怒るなって。冗談が利《き》かねえのは、マニアのいちばん悪いとこだぜ。――ところで、さっきからずーっと気になってたんだけどよ」

エルザは茶色い眸を真っ直ぐ武田に向けながら、「なんでカメの名前が『ミツキちゃん』なんだい？」

すると依頼人は、待ってました、とばかりにポケットから数枚の写真を取り出した。

「たぶん、必要になると思いましてね」

そういいながら、武田は私たちにその写真を手渡した。

そこに写るのはカメだった。単独で写るポートレート（？）もあれば、飼い主とのラブラブツーショット写真もある。親馬鹿ぶりは予想どおりだが、そこに写るカメの形状は予

想とはかなり違っていた。私は色鮮やかな甲羅を持つ、見た目の綺麗なカメを想像していた。名前の印象から、多少なりと可愛らしいカメなのだろうと思ったのだ。

しかし写真に写るカメは、全体に暗い色をした無骨な印象。甲羅は岩のようにゴツゴツしたフォルムで正直、愛らしくはない。その顔はエルザとは違った意味で凶暴な印象を与える。

写真を見た途端、エルザはその表情を一変させた。ライオンはとうとうカメに興味を持ったらしい。「ふーん、なるほどねえ。それで『ミツキちゃん』ってわけだ」

すべてを理解したような友人の姿に、私はむしろ首を捻《ひね》る。「どういうことよ、エル？」

すると彼女は写真の一枚を選んで、私に示した。そこに写るのは口を開けたカメの姿。目に触れるものすべてに噛み付こうとするように、その口は大きく広げられている。

「うわ、すごい歯！　こんなので噛み付かれたら、指がちぎれちゃうわね」

「だろ。お陰で、このカメには素敵な名前が付いてんだぜ」

そして彼女は禍々《まがまが》しくも印象的な、その名前を口にした。「カミツキガメっていうんだ」

「カミツキガメ⁉」呟いた私は先ほどのエルザと同様に、「ふーん、なるほどねえ」と深く納得した。「つまり『カミツキガメ』の『ミツキちゃん』ってわけね」

「そうらしいな。――ああ、そっか。それで武田さんは、ペット泥棒の可能性は低いって見てるんだな。指をなくすかもしれない危険を冒《おか》してまで、こんな凶暴なカメを奪いにくる奴は、そうそういるわけがない。そういうことなんだろ、武田さん？」

探偵の鋭い指摘に、依頼人武田幸彦は大きなお腹を揺らしながら、「そうそう、そうなんですよ、探偵さん」と嬉《うれ》しそうに頷いた。

初対面のときには背広を着たビア樽のように思えた彼の姿。だが、彼のカメに対する異様な情熱に触れたせいだろうか。

同じ姿が、いまの私にはソファでくつろぐ『平成ガメラ』にしか見えないのだった。

3

「じゃあ、とりあえず十日間だけやってみるか。それで様子を見て、亀吉君が見つかりそうな気配があるなら、その後のことは、また相談ってことで――どうだい、武田さん？」

「ありがとうございます。――でも亀吉君じゃなくて、ミ・ツ・キ・ちゃ・ん！」

と、そんな不毛なやり取りの果てに、エルザは武田幸彦の依頼を引き受けた。私にとっては、むしろ意外な選択だ。気ままに仕事を選ぶ女探偵は、カメ捜しなどという泥臭い仕事をアッサリ蹴るのではないかと危惧《きぐ》していたからだ。だが、彼女はそうしなかった。探偵事務所の苦しい台所事情を、彼女なりに理解しての行動かもしれない。

「よし、捜すとなったら、まずは現場からだ。連れてってくれるよな、武田さん」

というわけで、私たちは探偵の愛車に依頼人を乗せて、彼の自宅へと直行した。

道中、武田は狭い後部座席で、その巨体を窮屈そうに縮《ちぢ》めていた。重量の負担が大きかったせいだろうか、古いシトロエンは時折、息切れするようなエンジン音を奏でながら、なんとか目的地に到着した。そこは平塚の中心街から少し離れた田村《たむら》町の住宅街。武田邸はオレンジ色の屋根が目印の、なかなか洒落《しゃれ》た二階建てだった。

「僕ら夫婦の家です。結婚して八年ですが、子供はいません。——おい雅美《まさみ》」

武田は私たちを邸内に招き入れると、さっそく奥に向かって妻の名を呼んだ。姿を現したのはグレーのカットソーに、ベージュのスカートを穿《は》いた女性。年のころは三十代半ばぐらいか。茶色に染めた巻き髪がよく似合う細面《ほそおもて》の美女だ。

雅美と呼ばれた奥さんは、「ようこそいらっしゃいました」と丁寧《ていねい》に一礼して、私たちを迎えた。落ち着いた物腰と柔らかな笑顔は、いかにも幸せな家庭の主婦といった雰囲気だ。しかし、その目は笑ってはいない。冷たい視線は主に、赤いジャージ姿のエルザに向けられている。

まあ、私立探偵を大歓迎してくれる一般家庭は少ない。最初から判っていることだ。

「じゃあ、探偵さん。まずは僕の書斎へ」と、武田幸彦がたたきで靴を脱ぎかける。

それを押し留めるように、エルザは素朴な疑問を口にした。

「書斎になにか重要なものでもあるのかい？」

「いえ、特別に重要な品種というわけではありませんが、とりあえずニホンイシガメのタケル君とミシシッピアカミミガメのミドリちゃんを、お二人に紹介しようと思って」

「いんや、必要ねえ」エルザは茶色い髪をブンと振った。「タケル君とミドリちゃんはいいから、問題の池を見せてくれ。庭にあるんだよな、カミツキガメの棲《す》んでた池が」

「はあ、確かに池はあります。けど、そこにはもうカメは一匹もいませんよ」

「いいんだよ、それで！　カメを見にきたんじゃなくて、池を見にきたんだからよぉ！」

いわれて、武田はようやく探偵の真意を把握したらしい。「ならばこちらへ」といって、私たち二人を建物の裏へと案内した。

エルザは武田の巨大な背中について歩きながら、小声で呟いた。

「まったく、こんなに話が嚙み合わねーなんて驚きだぜ……」

友人は早くもこの仕事を引き受けたことを、後悔しはじめているようだ。そんな彼女の肩をポンポンと叩きながら、「そんなにイライラしないで。相手はマニアなんだから」と私は適当な言葉で彼女を慰《なぐさ》める。

建物の裏に回ると、そこは芝生《しばふ》を敷き詰めた庭だった。その一角に四角い池がある。広さは畳《たたみ》一枚ほど。池の周囲は岩で固めてある。私とエルザは池の端にしゃがみこんで、濁《にご》った水に目を凝らす。池の中に魚などは泳いでおらず、いまは水草が繁茂するばかりのようだ。池の面積がそこそこ広い分だけ、住人（住亀？）の不在は余計に目立つ。

すると、武田はいきなり池の端に膝《ひざ》をつく恰好で四つん這いの体勢をとった。体形が体形なだけに、その姿はますますガメラっぽくなった。その体勢のまま、彼は池の水面を指で示しながら、熱のこもった口調で私たちに説明した。

「ほらね、普段、池の水はこの高さなんですよ。これだとミツキちゃんの足で、池の縁をよじ登ることは無理ですよね。ところが台風の直後は、このあたりまで水かさが増していたんです。これだと、ミツキちゃんの足の長さでも、陸に上がれたはずですよね？」

そういわれても判断のしようがない。私たちはミツキちゃんの足の長さを知らないのだから。

エルザは、やれやれ、と首を振りながら、おもむろに立ち上がって武田に尋ねた。

「この池からカメが逃げ出すことって、過去にもあったのかい？」

「いいえ、とんでもない」武田は四つん這いの体勢から、苦労して起き上がると、ズボンの汚れを手で払った。「こんなことは初めてです。だから困っているんですよ」

「そうか。まあ、とにかく順序だてて考えてみようぜ。まずカメはこの池の縁から陸に上がった。カメは爬虫類なんだから、陸に上がったって全然平気だよな？」

「まあ、いちおうは大丈夫です。ただ、カミツキガメは本来、水に棲むカメで、あんまり陸に上がることはないはずなんですが」

「あんまりないってことは、たまにはあるってことだな。だったら、自力で陸に上がったんだろ。で、そのカメは、この家の敷地を出ていった。出口は、どこか見当がつくかい？」

「たぶん、そこの植え込みの下をくぐったんじゃないかと……」

そういって武田は庭の周囲に巡らせた灌木《かんぼく》に歩み寄ると、再び四つん這いになって、灌木の下を指で示した。「このあたりの隙間をくぐれば、庭の外に出ることができます」

エルザは大胆に木々を掻き分け、灌木の向こう側を覗き見た。

「ふーん、植え込みの向こうは三メートルほど段差があって、そこを道路が通っている。人間なら落ちて怪我《けが》するかもしれねえ高さだけど、カメならたぶん大丈夫だよな。奴ら堅い甲羅があるからよ。象が踏んでも大丈夫。ライオンに嚙まれても平気。そうだよな、武田さん？」

「ええ、まあ、そのとおりですが」武田はゆっくりと立ち上がり、いまさらながら抗議するような視線をエルザに浴びせた。「探偵さん、ひょっとしてカメのこと、馬鹿にしてません?」

「え⁉ ううん、してないしてない。馬鹿になんて、するわけねーじゃん。それどころか、ちょっと好きになりはじめてるぜ、カメのこと。いや、ホントにホントだって」

確かに、これほどの短時間に「カメ亀カメ亀……」とカメに纏《まつ》わる話をしたことは、人生において初めての経験だ。私もエルザと同様、カメのことを身近に感じはじめている自分に気付く。

エルザは再び真顔になると、西の方角を指差しながら尋ねた。

「なあ、武田さん、この目の前の道路をコッチ側に進むと、どこに出るんだい?」

「コッチにいくと国道に突き当たります。その向こうは新幹線が走っていますよ」

するとエルザは、指先の方角を逆向きに変えて、「じゃあ、アッチ側にいくと?」

「アッチですか……」

武田幸彦は額《ひたい》に手をかざし、遠くを見やるような目で答えた。

「アッチは相模川ですね」

# 4

それから一週間は瞬く間に過ぎた。いまだミツキちゃん発見には至っていない。

だが、私たちもけっして遊んでいたわけではない。情報提供を呼びかけるチラシを撒《ま》いたり、武田邸のご近所さんたちに聞き込みして回ったり、水辺を捜索したりと、様々な手を打った。中でも重点的な捜索対象となったのは、平塚が誇る大河、相模川の河川敷だ。

武田邸のある田村町は、相模川に隣接する地域。現に、武田邸から河川敷まで歩いて五分と掛からない。もっともカメの足だと、どれほど掛かるか見当もつかないが、それでも逃げたカメの行き先として最初に浮かぶのは、やはり相模川より他はなかった。

私たちはカミツキガメに嚙まれては大変と、長袖長ズボン、軍手に運動靴、帽子にグラサンに日焼け止めクリームという完全装備で相模川付近の捜索に当たった。

だが、なにしろ季節は九月。秋とは名ばかりの残暑厳しい最中だ。この重厚かつ暑苦しいスタイルが、見た目重視の我ら『平塚おんな探偵』の間で長続きするはずもない。日を追うごとにカメに対する警戒感は薄れ、装備は軽くなり、次第にファッショナブルになっていく私とエルザ。

最終的には、タンクトップにショートパンツを穿いたジャージ姿の女と、Tシャツにジーンズ姿の平凡な女子が、平日の昼間に川原で「きゃっきゃ！」と騒いでいるという、そんなシーンが数日続いた。

そんな中、ランドセルの少年からもたらされたのが、『川原の草むらに巨大生物を発見』という例の目撃情報だ。勇躍、草むらの捜索にあたった私たちだったが、結果はすでに語ったとおり。探偵の指先がミドリガメの餌食《えじき》になっただけで、お目当てのカミツキガメは見つからなかった。もっとも、それはある意味、幸運なことだったに違いない。あの草むらに潜んでいたのが、正真正銘のミツキちゃんだったなら、いまごろエルザの指先はなくなっていたかもしれないのだから。

そんなこんなで収穫のないまま迎えた、九月二十三日秋分の日の夕暮れ。

休日を返上しての捜索を終え、探偵事務所に戻った私たちは、お互いの日焼けした肌を見せ合いながら、「私のほうが白い」「いや、あたしのほうが」と、『日焼けしてない自慢』に花を咲かせていた。

すると突然鳴り響く事務所の電話。それは依頼人、武田幸彦からだった。

てっきりミツキちゃん捜索の按配《あんばい》を尋ねてきたものと思った私は、受話器を耳に当てながら、「いや、実はそれが、まだでして……」と苦しい言い訳を口にしかける。だが、武田の用件は少し違っていた。彼は電話の向こうから、興奮した口調でこう伝えた。

『さっき、知り合いの男から電話があって、有力な情報を聞いたんです。その彼がいうには、相模川でカミツキガメを見たってことなんですよ』

「えッ、相模川にカミツキガメ！」私は思わず叫び声をあげる。

エルザは私の持つ受話器に、ぐぐっと自分の耳を近づける。私は電話の向こうの依頼人に念のため確認した。

「それって本当にカミツキガメ？　ひょっとして育ちすぎたミドリガメなんじゃ……？」

『いいえ、間違いなくカミツキガメだそうです。神川《かみかわ》橋付近の河川敷で見掛けたんだとか。僕、これからいってみようと思います。探偵さんたちも、もしよろしければ、ご協力をと思って電話したんですが』

「え、いまから⁉」

正直しんどい、と心の中で泣き言を呟く私は、隣のエルザに視線で尋ねた。

――ねえ、どうする、エル？

――いくにきまってんだろ！

目と目でする会話は一瞬で結論に至った。私は思わず「ハァ」と溜《た》め息を漏らし、あらためて受話器を握り締めた。「神川橋付近の川原ですね。では、私たちもこれからすぐに……はい、向こうで落ち合うということで……では、暗いのでお気をつけて……」

私が受話器を戻したときには、もうエルザは出掛ける気満々。一方、そこまで積極的じゃない私は、「あーやれやれ」と肩を落とす。

そんな私に彼女はニヤリとした笑みを向けた。

「まあ、いいじゃねーか。夜なら日焼けもしねーからよ」

やがて、とっぷりと日も暮れた午後七時過ぎ。私はエルザの運転するシトロエンで相模川に到着した。神川橋が架かる付近は、武田邸のある田村町の一角に当たる。逃げたカメがウロついていたとしても全然不思議のない場所だ。

私たちは河川敷に車を停めて、橋の架かる方角へと歩きはじめた。

私とエルザの手許には、それぞれ一本ずつＬＥＤのペンライトが握られている。夜空には月が出ているし、街の明かりもあるが、河川敷はさすがに暗い。ペンライトなしでは、怖くて前に進めないほどだ。

間もなく私たちは神川橋のたもとに到着。だが、いくら目を凝らしてみても、付近に人の姿はない。私の隣でエルザが心配そうに呟いた。「おかしいな。夜に川原を捜索するんだ。武田さんだって、懐中電灯かなにか必ず持って家を出ただろう。明かりを頼りにすれば、暗がりで相手を見つけるのは簡単なはずなのに……」

「そうよね。向こうだって、あたしたちの明かりが見えるわけだし……」

にもかかわらず、武田のものと思われる明かりは、周囲のどこにも見当たらない。私たちの明かりを見つけて、武田が姿を現す様子もない。暗い河川敷に佇《たたず》むのは、どうやら私とエルザの二人きり。あとは草むらで鳴く秋の虫たちと、流れる川の水音が聞こえるばかりだった。

なぜだか川面を吹き抜ける風が、急に冷たく感じられた、ちょうどそのとき——

「ん⁉」と、私の隣でエルザが鋭い叫び声をあげた。「見ろよ、美伽！」

エルザは橋のたもとから少し離れた場所にある岩場へと、ペンライトの明かりを向けた。白い光の輪の中に、黒く巨大な物体が浮かび上がる。その姿は四つん這いのまま力尽きたガメラを連想させた。もちろん実際は怪獣ほど巨大なシルエットではない。

「あれって、ひょっとして、人間⁉」

恐る恐る口にした問いに、私自身が凍りついた。あのような特徴的なフォルムを持った人間は、平塚中捜してもそういるものではない。その正体はもはや歴然としていた。

「武田さん！」

叫びながらエルザが人影へと駆け寄る。すぐさま私も後に続いた。

岩場に横たわる巨大な人影は、やはり武田幸彦その人だった。武田は大きなお腹を下に向けた状態で、川原に転がる石ころの上に倒れている。長袖のシャツに長ズボン。手には軍手を嵌《は》めている。いかにもカメを捜しにきた服装だ。だが、そんな彼の身体はピクリとも動かない。横を向いた顔には、すでに表情がない。半開きになった口許《くちもと》からは、赤い舌先が覗いていた。

「畜生、そんな馬鹿な！」

苛立《いらだ》ちと不安を口にしながら、探偵は依頼人の腕を取る。脈を診た後は、口許に手をやり呼吸を確認。さらに瞼《まぶた》を押し上げながら、ペンライトの明かりをかざして、瞳孔のチェック。やがて探偵は諦《あきら》めたように、ふらりとその場で立ち上がった。そして悔しさの滲《にじ》む声で、決定的な事実を口にした。「駄目だ。死んでる。でも、なんでだ？」

「わ、私に聞かれたって……事故かしら？　それとも、急な発作かなにかで？」

適当な思い付きを口にする私。

だが、私の賢い友人は冷静にそれらの可能性を否定した。

「急な発作じゃねえ。頭から血を流して死んでるみてーだ。けど、事故でもねえな」

「な、なんで判るのよ、エル？」

友人は私の問いに答える代わりに、ペンライトの明かりを武田の足許に向けた。白い光の輪の中に、武田の身体の一部分が白っぽく浮かび上がる。それは彼の足だった。なぜか両足とも裸足《はだし》だ。だから白く見えるのだ。

「——な」と彼女はいった。「彼、裸足で死んでるんだぜ。普通の死に方じゃねーだろ」

ともかく変死体を発見した以上、警察に通報しないわけにはいかないだろう。仕方なく私が一一〇番すると、僅か数分でパトカーが到着。その後、続々と警官たちが押し寄せ、静かなはずの夜の河川敷は、たちまち物々しい喧騒《けんそう》に包まれた。制服巡査が現場の保存にあたる一方で、鑑識課員の写真撮影が続く。目がくらむようなフラッシュの閃光《せんこう》が、夜の河川敷を昼間のように明るく照らした。

そんな中、第一発見者としての名誉ある立場を獲得した私とエルザは、警察から特に大切な扱いを受けた。事情聴取も、まずは私たちからだ。もちろん私たちは広い心で捜査に協力した。

取調べに当たったのは、平塚署の宮前《みやまえ》という刑事だ。ワイシャツ姿にノーネクタイ。日焼けした肌を持つ長身の刑事は、私とエルザの姿を見るなり、呆《あき》れたような声を発した。

「なんだ、また君たちか。よくよく事件に縁があるようだな、生野エルザ」

「それは、こっちの台詞《せりふ》だぜ」探偵は憮然として腕を組む。「また、おまえかよ、宮前。

平塚署には、他にいねーのか。もうちょいイケメンのエリート刑事さんとか」

「残念ながら、俺以上のイケメンは平塚署にはいない。エリート刑事ならいなくはないが、極めて女性受けの悪いブサイク顔だ。なんなら紹介してやってもいいが」

宮前刑事のありがたい申し出に、私たちは手を振りながら、「いいえ、結構」と声を揃《そろ》える。

ちなみに、平塚署の宮前刑事といえば私たちの関わる事件に、ことごとく顔を覗かせるお馴染《なじ》みの人物だ。あるときは探偵活動に便宜を図る協力者。あるときは探偵の手柄を我が物とするハイエナのごとき捜査官。場合によっては、探偵の行く手を邪魔する意地悪な商売敵《がたき》でもある。

そんな宮前刑事は手帳片手に、雑談めいた口調で私たち二人に尋ねた。「それじゃあ、さっそく話を聞かせてもらおうか。まずは君たちが殺人に至った経緯から……」

「馬鹿！　殺してねえっての！」

「そうよ！　発見しただけよ！」

女二人の猛烈な抗議の声に、宮前刑事は耳をふさぎながら、「あー判った判った。じゃあ、死体発見に至る経緯でいい。それを話せ。なるべく詳しくな」

エルザは「仕方ねえな」と呟きながら、ここに至るまでの出来事をかいつまんで説明した。武田幸彦から依頼されたペット捜索の件。夕暮れ時に武田から掛かってきた電話のこと。さらに死体発見時の状況などを、彼女は淡々と語った。

友人の話が終わるのを待って、私は宮前刑事に尋ねた。

「宮前さん、さっき、殺人ってハッキリいったわよね。じゃあ、武田さんは殺されたと考えて、間違いないってこと？」

「ああ、間違いないな。被害者は川原の石で額を割られて、死に至っている。石を持った犯人に正面から殴られたのかもしれないし、もしくは背中から突き飛ばされて、川原に転がった石に額を激しくぶつけた可能性もある。いずれにしても殺人だ。それに被害者は携帯や財布の類をいっさい身につけていない。おそらく犯人が逃走する間際に奪い取ったんだろうな」

「じゃあ、物盗りの犯行ってことかしら？」

「あるいは、物盗りに見せかけた犯行かもしれない。そうそう、盗まれたといえば、死体から変なものが盗まれていた。まさかあれは、君たちの仕業じゃないよな？」

「靴のことか。当たり前じゃん」

エルザがムッとして叫ぶ。「あれは犯人の仕業だ。武田さんを殺した犯人が死体から靴を脱がせた。それと靴下もだ。何らかの目的のために……」

「まあ、待てよ、名探偵」

宮前刑事は先走る探偵を押し留めた。彼はエルザのことを、しばしば名探偵と呼ぶ。そこには彼のエルザに対する賞賛と尊敬の念、それに若干の嘲笑《ちょうしょう》と揶揄《やゆ》するような響きが、分かちがたく混じり合っている。そんな彼は目の前の『名探偵』にいった。

「武田さんが靴を履いていたとは限らないだろ。この季節だ。サンダル履きだった可能性もある。犯人は被害者の足からサンダルを持ち去った。当然、被害者は裸足になる――」

なるほど、それもあり得るか、と納得しかける私の隣で、探偵は首を左右に振った。

「武田さんがサンダル履きで、この川原にくるはずはない。彼の目的を考えれば、それは明らかだろ。彼は逃げたカミツキガメを捜すために、この川原にきたんだ。カミツキガメの嚙み付く力は強力で、指ぐらいは食いちぎるほどだっていうぜ。それをよく知る武田さんがサンダル履きだなんて、あり得ない。彼はしっかり靴と靴下を履いて、この川原を訪れたはずだ」

「なるほど、理屈だな、名探偵」この『名探偵』は賞賛の意味らしい。

そんな宮前刑事に、私は念のために確認した。「ねえ、武田さんが靴と靴下を自分で脱いだ可能性はないかしら。例えばミツキちゃんを川で見つけた武田さんは、自分で靴と靴下を脱ぎ、川に入ろうとした。だとすれば、彼が裸足になるのも、そう不自然じゃないわよね」

「確かにな。だが、その場合、脱いだ靴と靴下が川原のどこかで見つかるはずだ」

「それもそっか。じゃあ、いまのところ靴と靴下は見つかっていないのね」

「ああ、少なくとも死体の周辺には見当たらない」そういって宮前刑事は再びエルザへと顔を向けた。「そういうわけだから君がいうとおり、犯人は被害者の靴と靴下とを両方奪っていったらしい。だが、その目的は何だ？　死体を裸足にして、犯人にいったい何の得がある？」

「知らねーよ。知るわけねーだろ」

探偵は苛立ちを露にすると、腕組みをしながら月の輝く夜空を見上げた。

「なぜ被害者は裸足にされたのか。なぜ犯人は被害者の靴と靴下を脱がせたのか。ひょっとすると、それが今回の事件を解決する鍵になるのかもしれねーな」

5

武田幸彦が殺害された翌日のこと。

エルザは私を助手席に乗せて、武田邸へと愛車を走らせた。

依頼人がこの世から消えたいま、雇われた探偵としては、ひとつハッキリさせておくべきことがある。それはミツキちゃん捜索にも勝る、私たちにとっての最優先課題だった。

武田邸に着いてみると、依頼人の妻、武田雅美はちょうど外出先から戻ろうとするところ。おそらくは警察署から帰宅したところなのだろう。門を通り抜ける小さな背中が、僅かに猫背ぎみで、酷《ひど》く疲れ切っているように映る。そんな彼女に探偵はいきなり「雅美さん！」と、まるで親しい友人のように声を掛ける。玄関前で振り返った雅美は、門前に佇む私たちの姿を認めると、意外そうに目を見開いた。

「あら、あなたがたは、確か探偵事務所の生野エルザさんと、その、えーっと……」

「川島です。川島美伽です。探偵助手です」

私はここぞとばかりに自分の存在を猛アピール。

雅美は戸惑い気味の愛想笑いを浮かべた。

「え、ええ、もちろん、憶《おぼ》えていますわ。生野さんと川島さん、ですね」

「へえ、あたしたちのこと憶えていてくれたんだ。そりゃあ、ありがたい」

エルザは嬉しそうに笑みを覗かせるが、正確にいうと、雅美はエルザのことだけ憶えていたのだ。私のことは忘れていたのだ。だが細かいことをいうとキリがないので、私は沈黙した。

「ちょっと時間いいかな？　雅美さんに確認しときたい重要事項があるんだ」

「はあ、そうですか」

戸惑いの色を覗かせながらも、雅美は探偵の要求を受け入れた。「ええ、構いませんわ。どうぞ、お入りになってください。私も探偵さんたちに、お聞きしたいことがありますので」

雅美は私たち二人を、案外すんなりと邸内に招き入れた。私たちはリビングに通された。雅美は私たちにソファを勧めると、自らもその正面に座り、沈痛な面持ちでこう切り出した。

「もしよろしければ、昨夜の出来事を詳しく話していただけませんか？　私は昨日の夕方、主人がひとりで出掛けて以降、ずっとこの家にいて、主人の帰宅を待っていたのです。すると、突然、主人が事件に遭《あ》ったという報《しら》せが警察から入って……私は訳も判らないまま、現場に駆けつけて……あとは、刑事さんから様々な質問をされるばかりで……探偵さんたちが第一発見者だということは、あとになって警察の方から聞きました。そういうことですから、どうかお願いいたします。昨夜、主人の身になにが起こったのか、どうぞお聞かせくださいませ」

そういって、雅美はソファの上で深々と頭を垂れた。残された奥さんとしては、もっともな要求であり、こちらとしても断る理由はない。エルザは昨夜、宮前刑事の前でした話を、雅美の前で再び繰り返した。

雅美は探偵の話を聞き終えると、深々とした溜め息を吐いた。「そうでしたか。では探偵さんたちも、夫の身になにが起こったのか、詳しいところは、お判りにならないのですね。探偵さんたちなら、なにかご存じではないかと思ったのですが」

「すまねえな。あたしたちが発見したときには、もう武田さんは亡くなった後だった。悲鳴も物音も聞かなかったし、怪しい人影も見なかった。武田さんがなにか言い残すようなこともなかったし、その意味では、あんまりお役に立てそうもない」

申し訳ない、というようにエルザが頭を下げると、雅美は慌てて手を振った。

「お気になさらないでください。お話しいただけただけで、私は充分ありがたいのですから……」

そういって、雅美はぐすりと鼻を鳴らした。

そんな雅美にエルザは顔を近づけながら、「ところで、逆に聞いていいかな？」

「はあ、どんなことでしょうか」

「ご主人が川原に出掛けていく、それ以前の様子が知りたいんだ。なにか普段と違ったところとか、なかったかい？」

「さあ、どうだったでしょうか。ええ、昨日は私も主人もずっと、この家におりました。祝日なので会社は休みでしたが、主人は持ち帰った仕事があるとかで、夕方までずっと書斎にいて仕事をしているようでした。最近の主人は、カメの捜索は探偵さんに任せて、自分は仕事に専念している。そんな感じでしたから、まあ、だいたい普段どおりだったように思います。特に変わった点などは気付きませんでした」

「そうか。で、夕暮れ時に知り合いからご主人のところに電話が掛かってきて、彼は慌ててカメを捜しに出掛けた。そのときのご主人の電話の相手って、誰か判るかな？」

「いいえ。たぶん、その電話は主人の携帯に掛かってきたのではないでしょうか。私はそんな電話があったこと自体、気付きませんでした。ただ、日も暮れようかという時間になって、慌ただしく出掛けていく彼の様子を見て、ああ、カメが見つかったんだな、と思っただけでした」

「ご主人の死体から靴と靴下がなくなっていたことは、警察から聞いたと思うけど、雅美さんは、その理由について、なにか心当たりが？」

「いいえ、なぜ犯人が主人を裸足にしたのか、私にはサッパリですわ」

「そうか。まあ、そうだよなあ」エルザは頭を掻くと、「昨日、ご主人が履いて出ていった靴と靴下、どういう種類のものか、雅美さんなら判るかい？」

この問いに、雅美はしっかりした口調で答えた。「主人が玄関から出ていくとき、私自身はリビングにいました。ですから、主人が出掛ける際の姿を、私は直接目にしてはいません。けれど、靴は普段履き慣れている青い運動靴だと思います。いつも玄関に出ているものが、見当たらなくなっていますから、これは間違いありません。ですが靴下については正直、どれを履いて出ていったものか、よく判りません」

「というと、ご主人は普段、自宅にいるときは裸足ってこと？ 出かける用事のあるときにだけ靴下を履いて出る。そういう習慣かい？」

「ええ、そうです。暑い季節は、みなさんそうなさるのが普通なんじゃありませんか？」

雅美が意外そうな顔で聞き返す。

エルザは「まあ、そういう人が多いかもな」と軽く頷く。

雅美は曖昧《あいまい》な口調で話を続けた。「おそらく主人は、クローゼットにある靴下のひとつを適当に履いて出たんだろうと思います。けれど、私はその場面に居合わせなかったものですから、主人がどんな靴下を選んだのか知りません。たぶん黒か灰色のありふれたものを履いて出たとは思うのですが……」

「要するに、お堅い会社員が履くような地味な靴下ってことか。――まあ、そうなんだろうなあ」

エルザは漠然と頷き、それ以上、被害者の靴や靴下について追及しなかった。

探偵からの質問が途絶えたところで、雅美は思い出したように話題を変えた。

「そういえば探偵さん、私になにか重要なお話がおありだったのでは？　確認したい重要事項とかなんとか、おっしゃっていたようですが」

「あ、そうそう、忘れるところだった」エルザは短い髪を右手で掻きながら、歯切れの悪い口調でいった。「えーっと、正直こんな場面で、雅美さんに話すようなことじゃねえんだけど、いちおうハッキリさせとかないと、こっちも身動きとれねえからさ。――おい、美伽」

エルザからバトンを渡されて、私は練習してきた長台詞を滔々《とうとう》と話しはじめた。

「実は奥様、話というのは例のミツキちゃん捜索の件なんですけど、武田さんと交わした契約によれば、依頼のあった先週十六日から十日間は捜索を続ける。それ以降は、十日間の成果を見てから決める。そういう取り決めになっておりました。で、今日二十四日は依頼の日から八日が経過した、すなわち九日目の水曜日。つまり今日と明日の最低二日間は捜索を続けるという約束になっております。ところが、その約束をしたご本人様が、あのようなことになられてしまって。そこで、私どもといたしましては、いちおう御確認させていただきたいのですが――いかがでございましょうか、奥様？　ミツキちゃん捜しを、あと二日間、続けさせていただいてよろしゅうございますか？」

「え、カメをまだ、お捜しになる!? しかし主人はもう……」

「いや、判ります、判りますとも！」私は彼女の疑問の声を封じるように、彼女の眼前に掌《てのひら》を向けた。「奥様がさほどカメに興味をお持ちでないことは、もちろん承知しております。ですが、こちらといたしましても、せっかくいただいたお仕事ですし、契約は契約ですので……」

「な、頼むよ、このとおり！」

パチンと両手を合わせる探偵の横で、助手である私も神妙に手を合わせる。二人の女に神のごとく拝まれた雅美は、小さく溜め息を漏らし、そして薄《うっす》らと笑みを浮かべた。

「仕方がありませんわね。ならば、あと二日間だけ、捜索をお続けいただけますか。主人の亡くなったいまとなっては、逃げたカメも、いわばあの人の形見みたいなもの。むしろ私のほうからお願いいたします。どうか主人の愛したカメを見つけてあげてください」

ソファの向こうで丁寧に頭を下げる雅美。その姿に私はある種の感動すら覚えながら、「ありがとうございます、奥様」と感謝の言葉を口にした。エルザも自らの胸を叩きながら「任せな、必ず捜し出してやるからよ」とあらためて強い決意を露にする。

そんな私たちの顔を交互に眺めながら、雅美は真顔で尋ねた。

「それで、あと二日のうちに逃げたカメを捜し出せるアテは、おありなのでしょうか？」

痛いところを衝《つ》かれた私とエルザは、いささか頼りない声で、

「――う、うん、たぶんな」

「――ま、まあ、なんとか」

そういいながら、互いに不安そうな顔を見合わせるのだった。

6

雅美との交渉を終えた私たちは、車に乗り込み、そのまま平塚の中心地へと向かった。

繁華街から少し外れた国道一号線沿いに、目的地である茶色いビルを発見。一階に掲げられた看板には、『平塚水族店』の文字が見える。水族館ではなく水族店。要するに、金魚や熱帯魚などといった水生生物を扱うペットショップだ。カメ好きの武田幸彦の行きつけの店だったらしい。そのことは、彼の生前に本人の口から聞かされていた。

私たちが武田の行きつけの店へと車を走らせた目的。それは昨日の夕暮れ時、武田のもとに電話を掛けてきた謎の男の正体を探ることにあった。その謎の男の情報を信じた武田は、相模川の河川敷を訪れて、そこで何者かの襲撃を受けたのだ。当然、怪しむべきは、

その電話の男ということになる。それは確かにそうなのだが、ここでハッキリさせておくべき問題がひとつ。

水族店の駐車場に停めた車の中で、私はそのことを友人に確認した。

「ねえエル、あなたはカメを捕まえようとしているの？　それとも依頼人を殺した犯人を捕まえようとしているの？　いったい、どっちなのよ」

私の率直過ぎる問いに、運転席の友人は困惑の表情を浮かべた。

「うーん、正直、自分でもよく判らねーな。まあ、雅美さんの前で、ああいった以上、この二日間はカメを捜す。それは当然だ。けど、殺人犯を放っておくつもりもねえ。ただ、なんとなく思うんだけどよ、カメを捜すことも殺人犯を捜すことも、結局は同じことなんじゃねーのかな」

「同じって、どういうこと？」

「二つの事件は、どこかで繋《つな》がっているような気がするってこと」

べつに根拠はねーけどさ——と言い捨てながらエルザは車を降りた。私も助手席から外に出る。

「ところでエル、なんで謎の男の正体が、このペットショップで判るのよ？」

「判るかどうかは、まだなんともいえない。ただ、謎の男は武田さんに『相模川の河川敷でカミツキガメを見つけた』っていう情報を与えたらしい。でもよ、普通の人間は大きなカメを目撃したって、それがカミツキガメかどうかなんて判らないぜ。なのに、その男はカミツキガメと断定して伝えた。そして武田さんもそれを信用している。てことは、その電話の男は武田さんと趣味を同じくする人種。要するにカメ仲間なんじゃないかなって、そう思ったのさ。まあ、ハズれてるかもしれねーけど、他にアテがないんだから当たってみるしかねーじゃんか」

大雑把《おおざっぱ》な推理を語り終えたエルザは、ついに『平塚水族店』の扉を押し開けた。

私とエルザは一般客を装いながら、肩を並べて店の出入口をくぐった。だが、店内に一歩足を踏み入れた途端、もはや一般客を装うのは不可能だと、私は強く感じた。

妙に薄暗く狭い店内。そこに数多くの水槽が所狭しと並んでいる。一見すると、熱帯魚や金魚などの水槽に見えるが、実はそうではない。中を覗くと、そこにはヘビやカエルやトカゲやワニやカメレオンなどが、高額な値札とともに展示されている。金魚や熱帯魚などのオーソドックスな水生生物の水槽は、店舗の脇に追いやられている。

そんな中、エルザは巨大なカエルの水槽を興味深げに指差しながら、

「なあ美伽、これとか、超可愛くねーか？」

「……エル、無理しないで」私は友人の無駄な努力に、虚《むな》しく首を振った。「私たち、ど

う頑張っても客には見えないわ……」

「それもそっか。じゃあ、小芝居はナシにしよーぜ」エルザは客になりきる演技を諦めると、横目でジロリと店の奥を見やる。「どうやら、あれが、この店の大将だな」

奥のカウンターには、店主らしい白髪の老人の姿が見える。長年このような環境に身を置いてきたせいだろうか、その顔はどこか爬虫類っぽい。喩《たと》えるならばワニに似ている。白髪のワニだ。当然、話しかけづらい雰囲気が漂っているのだが、向こうがワニなら、こっちはライオンだ。負けるわけがない。「頑張って、エル。あのワニ男から情報を聞き出すのよ」

無責任に友人をけしかける私。背中を押された牝《めす》ライオンは、「任せろ、美伽」といって勇猛果敢に奥のカウンターへと歩み寄る。そして白髪の老人に対して、図々しく用件を切り出した。

「なあ、ちょっと聞きたいことがあるんだけど、いいかい?」

「ほう、聞きたいこと!?」老人は骨ばった指で自らの顔を指差しながら、まさに爬虫類のような笑みを浮かべた。「あんた、このワニ男に、なにを聞きたいというのかね?」

「………」エルザは一瞬絶句すると、くるりと後ろを振り返り、私に向かって冷たい視線を投げながら、「おーい、美伽の声、筒抜けになってるぞー、責任取れよー」

私は慌てて老人のもとに駆け寄ると、ごめんなさいごめんなさい、けっして悪気はないんです、ただちょっと声が大きいだけなんです――と平身低頭、心を込めて謝った。すると私の謝り方が良かったのだろう。老人の怒りは解けて、その顔には微笑《ほほえ》みが浮かんだ。

「べつに謝ることはない。わしはワニ呼ばわりされても、腹など立てん。ワニが好きなのでな。むしろ嬉しいくらいじゃ。この店も最初は熱帯魚や金魚を売る店だったんじゃが、わしの趣味が高じて、爬虫類と両生類の専門店のようになってしまった。――ところで、聞きたいことというのは、なにかな。ワニの話かね？」

「いや、ワニじゃねえ。カメだ」エルザは老人の目を覗き込むようにして聞いた。「カメ愛好家の武田幸彦さんって人、知ってるかい？　この店の常連だと思うんだけど」

「ああ、もちろん知っておる。カメはうちの主力商品じゃからな。武田さんは、この店で数種類のカメを買ってくれた。クサガメ、イシガメ、カミツキガメ……」

「そうそう、そのカミツキガメだ！　さすが、話が早いぜ、ワニ爺《じい》さん！」

「誰がワニ爺さんじゃ！」

突然、憤《いきどお》りを露にする老人に、エルザはキョトンだ。「ワニ好きっていったじゃん」

すると店主は真面目くさった顔で、「ワニ呼ばわりは平気だが、爺さん呼ばわりは大嫌いじゃ」と主張した。もちろん二十七歳の女探偵に、その微妙な老人心理が理解できるわけもない。

「……んなこと知るかよ。爺さんは爺さんじゃんか……」と不満げに呟くエルザ。

そんな彼女に成り代わり、今度は私が白髪の店主に説明した。

「実は私たち、武田さんのカミツキガメを捜しています。飼われていた池から逃げたらしいんです。でも昨日の夕方、相模川の河川敷で目撃情報がありました。そのカメを目撃した誰かが、武田さんに電話で情報を提供したらしいんです。そこまでは判っているんですが、その誰かっていうのが、よく判らなくて、こうして捜しているのですが」

「だったら、武田さん本人に聞けばよいのでは？」

「そうできればいいのですが、実はそれがもう不可能でして……」

まだ事情を知らない店主に、私は武田幸彦が昨夜、不幸に見舞われたことを告げた。

老人はあまりの驚きに目を丸くしながら、「なに、殺されたじゃと⁉　カメを捜しにいった河川敷で⁉　いや、そんなニュースは、いま初めて聞いた。そうか、武田さんがそんな酷い目に……」そして老人は声を潜めると、私たちの密《ひそ》かな狙いを一発で見抜いていった。「ということは要するに、カメが河川敷にいるという情報を武田さんに提供した人物、そいつこそが真犯人ではないか。君らはそう睨《にら》んでおるんじゃな」

「へえ、なかなか鋭いな。そのとおりだ。たぶん武田さんとカメを通じて交流のあった仲間だと思うんだけどよ。誰か心当たりねーかな、ワニ爺……いや、ワニおじさん」

「ふむ。ならば心当たりがなくもない。だが、ここだけの話にしておいてくれよ。わしも客のことを疑うつもりは毛頭ないのでな」

そういって老人はひとりの男の名前を告げた。

「武田さんは浦沢忠雄《うらさわただお》さんという男と親しかった。浦沢さんはワニガメを飼っていてな。要するに、武田さんとはカメ仲間だったわけじゃ。――なに、ワニガメを知らん⁉ ワニガメというのはカメ目カミツキガメ科の一種で、カミツキガメよりさらに大きく凶暴なカメじゃ。名前のとおり、その生態はカメというよりワニに近く、大怪獣ガメラのモデルとも呼ばれておってだな……あれ⁉ ええと、なんの話だったかな。ワニの話だったか、それともカメの話だったか……」

「ワニでもカメでもねえ。浦沢忠雄ってヒトの話だったはずだぜ」エルザは脱線した老人の話を元に戻して聞いた。「で、その浦沢って男と武田さんとの間に、なにかトラブルとかは？」

「おお！ それなら、あったあった。といっても、ごく些細《ささい》なことじゃ。ほれ、同じ趣味を持つ者同士、自分の愛するパートナーを自慢しあうのは、自然な流れじゃろう。要するに武田さんはミツキちゃんを、浦沢さんはワニワニをひたすら自慢する。パートナーへの愛情が、次第に相手のパートナーへの批判となり、やがて喧嘩《けんか》になる。マニア同士では、よくある話じゃ。二人の間にも、そういうことがあったらしいと聞く。ま、それが殺し合いに発展するとは思えんけどな。――いままでの話で、なにか疑問な点があるかね？」

「…………」えーっと、『ワニワニ』っていうのは、ワニガメの名前かしら？

視線で尋ねる私をよそに、エルザは充分満足した様子で頷いた。

「いや、べつに問題ねえ。要するに二人は同じ趣味を持つ仲間であり、ライバルでもあるってわけだ。なるほど。武田さんの電話の相手は、確かにその浦沢って奴かもな……」

と探偵が呟いた、まさにそのとき、『平塚水族店』の扉が開き、新たな客が訪れた。

黄色いTシャツに迷彩柄のズボンを穿いた男だ。

ピッチピチの二十代女子である私たちが、まるで客に見えなかったのとは対照的に、その男は、いかにも爬虫類や両生類に強い関心を持っていそうな、そんな雰囲気を漂わせていた。年のころは三十代か。武田幸彦ほどではないが、若干太り気味の体形だ。

そんな彼の姿を認めた瞬間、カウンターの老人が軽々しく右手を挙げた。

「やあ浦沢さん、いまちょうど、あんたの話題をこの娘さんたちと……いや」と、ようやく自分の過ちに気付いた老人は、頭上に挙げた右手でわざとらしく白髪を掻きながら、

「えーっと、あれは、どこにやったかいな……ふんふんふーん、はんはんはーん」

　突然、陽気な鼻歌を口ずさみながら、背後の棚を片付けはじめる水族店店主。うっかり口にした失言を誤魔化《ごまか》そうとしているらしいが、その背中には「必死」の文字が窺《うかが》える。当の浦沢忠雄は一瞬、意味が判らずキョトンとした顔。だが、何事か思い当たる節があったのだろう。くるりと踵を返した彼は、無言のまま店の出入口へと向かう。

「おい、待てよ、あんた！　ちょっと、聞きたいことが……おい！」

　エルザの叫びを振り切るように、浦沢忠雄は脱兎《だっと》のごとく駆け出した。体当たりするような勢いで扉を押し開け、店の外へと身を躍《おど》らせる。エルザも猛ダッシュしながら、

「――よし、追うぞ、美伽！」

「うん、頑張ってね、エル！」

　私の熱烈な応援を背に受けて、友人は扉の前でなぜか激しく転倒。「……いてて」と膝を押さえて立ち上がると、「あッ、畜生、待てよ」と再び叫んで、店の外へと飛び出していった。

　残された私は、鼻歌を歌い続ける老人の背中に向かって、「お邪魔しましたー」と一礼してから、ゆっくりと『平塚水族店』を後にする。そして私は、浦沢とエルザが駆けていった方角へ向かって、私なりのスピードで追走をはじめた。

# 7

数分後、『平塚水族店』から数百メートル離れた路上。

エルザの姿を捜す私の携帯に、当人から着信があった。携帯を耳に当てると、聞こえてきたのは「……はあ……はあ……」というエルザのちょっとセクシィな息遣い。といっても、べつに彼女が浦沢忠雄とイチャついてるわけではあるまい。

「いま、どこにいるのよ、エル？」

尋ねると、携帯とはまったく逆の方角から彼女の声が答えた。

「……ここだ、ここ！」

私は思わず声のほうへと視線をやる。目の前にガラ空きの駐車場。囲いの塀にもたれながら、肩で息をする牝ライオンが一頭。そして彼女の前には倒れて大の字になった、小太りの男の姿があった。浦沢忠雄だ。

近寄ってみると、彼の左の頬には赤いスタンプを押したような張り手の跡。傍らには柄の長い箒《ほうき》と男の靴が片方、転がっている。

これらの事実が意味するものは、果たして何だろうか？

　おそらく、浦沢を追って『平塚水族店』を飛び出したエルザは、数百メートルの追走劇の末、彼をこの駐車場に追い詰めたのだろう。だが往生際の悪い浦沢は、駐車場にあった箒を振り回して必死の抵抗。そこでエルザの必殺の張り手が、彼の左の頬に炸裂《さくれつ》。浦沢は靴を片方だけ放り上げながら大の字になった——といったところだろうか。

　決定的場面を見逃したことを、私は残念に思う。と同時に私は疲労困憊《こんぱい》のエルザの肩に手を置き、自らの不甲斐《ふがい》なさを詫《わ》びた。

「ごめんねエル。力になってあげられなくて。だって、ほら、私の靴はヒールだから」

「判ってる、力にならなくていい……」

　友人はいつになく優しく微笑むと、次の瞬間、「けどよぉ、美伽あぁ！」と、いきなり野獣の形相に早変わりして私の胸倉《むなぐら》をぐいと摑んだ。「力になんなくていいから、せめて力になろうとする気概を見せやがれってーの！　あたしだって全力で走るの、結構キツイんだからよぉ！　最初っから諦めてんじゃねえぇ……」

「わわわ、判った判った。つつつ、次は頑張ります！　いいいい、一緒に走りますから！」

　決意を新たにした私を、凶暴な友人はようやく許してくれた。それから私たち二人は、横たわる浦沢忠雄を挟みこむようにして、駐車場の地面に片膝を突いた。

　浦沢は苦しげな息の隙間から問いかけた。「き、君たちは何者だ……どう見たって刑事じゃなさそうだが……」

「ああ、刑事じゃねえ。あたしら探偵だ。武田幸彦さんのカメを捜してんだけどよ」

「だったら、なぜ僕を追いかける？　追いかけるなら、カメを追いかけろよ。いっとくが、武田さんが死んだことと、僕とは全然関係ないからな」

「だったら、なぜ逃げるんだい？　あたしは、あんたが逃げたから追いかけたんだぜ」

「そ、それは……」といって、浦沢は肥満気味の上半身を起こした。「た、確かに逃げたのは軽率な行動だった。う、うん、なんで逃げたんだろうな。なんとなく怖くなって……だって、あんた目つき鋭いし、乱暴な感じするし……事実、そうだったし」

浦沢は平手打ちを喰らった頬を撫でながら、探偵から顔を背けた。

エルザは不満げな顔で、「事実ってこと、ねえだろ。あたし、結構優しいぜ」と呟いて、質問を続けた。「まあ、いいや。それより、あんたに聞きたいことがある。昨日の夕暮れ時、あんた武田さんに電話したよな？」

「……うッ」浦沢は一瞬口ごもった後、諦めたように打ち明けた。「ああ、したよ。昨日、武田さんに電話した。相模川の河川敷でカミツキガメを見つけたんで、報せてやったんだ。彼はとても感謝してくれたはずだ」

「へえ、認めるのかよ。あんたが、あの河川敷に武田さんをおびき寄せたってこと」

「冗談じゃない！　おびき寄せたなんて心外だ。それじゃあ、まるで僕が邪悪な考えを持って、わざと彼に偽の情報を与えたみたいじゃないか。それは違う。僕が河川敷でカミツキガメを見たのは、事実だ。だから、趣味を同じくする仲間として教えてやったんだ。偽の情報じゃないし、彼を殺したのも僕じゃない。僕の電話を受けて河川敷に向かった彼が、そこでたまたま殺人犯と遭遇しただけのことだ。僕はなにも悪くない」

「じゃあ、誰なんだ？　武田さんを殺したのは」

「さあね、僕は知らない。彼のことを殺すほど憎んでいた人物の心当たりもない」

「あんたと武田さんは仲たがいしてたって聞いてるぜ。お互いカメへの愛情が強過ぎて、喧嘩になったんだろ。武田さんをいちばん憎んでいたのは、実はあんたじゃねーのか」

「冗談じゃない！　たかがカメごときに纏わる喧嘩で、人殺しなんてするか」

我を忘れたかのような浦沢の言葉に、私とエルザは思わず顔を見合わせた。

「——たかが、カメ⁉」

「——カメ、ごとき⁉」

カメ愛好家として、あるまじき発言。私とエルザの厳しい視線が浦沢に向けられる。すると彼自身、マニアとしての良心が痛んだのか、突然ブンブンと首を左右に振りながら、

「い、いまの発言は訂正を——いや、取り消しだ、取り消し。『たかがカメごとき』なん

て、僕の本心ではない。カメは素晴らしい生き物だ。僕はカメが好きだ。大好きだ。信じてくれ！」

「いやまあ、信じるもなにも、正直どーだっていいけどよ」たかがカメごときに対する浦沢の愛情レベルなど、いまは問題ではない。エルザはあらためて念を押した。「それより本当なんだな。本当にあんたは殺《や》ってないんだな？」

「ああ、僕じゃない。僕は殺していない。彼に電話したのも、あくまで路頭に迷うカメのためを思えばこその行動だ」

浦沢はキッパリと否定した。エルザは追及の糸口が見当たらなくなったように黙り込む。そこで私は例の問題について、彼の見解を聞いてみることにした。

「武田さんの死体は、靴が奪われて裸足になっていたの。その理由に心当たりとかは？」

「靴ねえ……ん！」浦沢は呟くうちに、より重大な事実に気が付いたらしく、慌てて周囲を見回した。「そういや、僕の靴は？　片っ方だけ脱げちまったけど」

「あんたの靴なら、そこにあるぜ」

エルザが離れたところに転がった靴を顎で示す。拾ってやる優しさは、ないようだ。

浦沢は自分の靴を拾い上げると、それを履き、片膝を立てた姿勢で靴紐《ひも》を結び直した。

その姿は、どことなくふらふらと頼りなげで、危なっかしい。そうして靴紐を結び終えた彼は、ようやく立ち上がり、あらためて私の質問に答えた。

「えーっと、靴が奪われた理由だっけ？　さあね、犯人と乱闘みたいになって、自然と脱げたんじゃないのかい。さっきの乱闘で僕の靴が脱げたようにね。で、脱げた靴は川に落ちて流れていった。現場が川原なら、起こり得ることだろ」

浦沢の語った説は、多くの者が思い浮かべる典型的な考えのひとつだった。だが、それは真実ではない。なぜなら、被害者は靴だけではなく、靴下も一緒に失っている。靴はともかく、靴下は自然に脱げたりはしないはずだ。私は浦沢の凡庸《ぼんよう》な答えに落胆した。

ところが――

隣に視線を移した私は、意外な光景に思わず息を呑《の》んだ。私の賢い友人、生野エルザは湧き上がる興奮を抑えきれないかのように、密かに拳を握り締めていた。その口許からは、勝利を確信したかのごとき、強気な笑みが漏れている。

――どうしたのよ、エル？

そう尋ねようとした私を邪魔するように、そのとき突然、エルザの携帯が映画『野生のエルザ』のテーマ曲を奏でた。ジョン・バリー作曲の勇壮なメロディが鳴る中、慌てて携帯を取り出す彼女。その口許からは、意外そうな呟きが漏れた。

「珍しい。宮前からだぜ」エルザは携帯を耳に当てた。私は彼女の構える携帯の裏側に耳を寄せた。エルザは何食わぬ顔で話しはじめた。「よう、どうした、宮前。いま結構、お取り込み中なんだけどよ」

『そうか。じゃあ手短に話そう。実は、相模川で例のやつが見つかったんだ』

「例のやつ⁉」携帯を持つエルザの手に力が入る。「それって……カメか？」

『いや、違う。見つかったのはカメじゃない、靴だ』

そっちか！　私はひと言も漏らすまいとして、自分の耳に意識を集中させる。

『青い運動靴だ。発見されたのは、片っ方だけだがな。川岸の岩場に流れ着いていたのを、捜査員が発見した。武田幸彦のものに間違いない。彼の足のサイズに合うし、奥さんの確認も取れた。君、この前、いってただろ。靴が事件の鍵になるかもって。だから、いちおう教えておいてやる。どうだ名探偵、なにか役に立ちそうか？』

「ああ、役に立つ立つ。ありがとよ、宮前。そんじゃ、お役立ちついでに、もうひとつだけ教えてくれねーかな。なーに、イエスかノーかで答えられる簡単な質問だ」

『ん、なんだ⁉　どんなことだよ』

戸惑う宮前刑事に、探偵は意外な角度から質問の矢を放った。

「その青色の運動靴って、靴紐を結ぶやつだよな。どうだ、宮前？」

彼女の問いに、私はキョトンとなった。運動靴といえば、靴紐を結ぶやつに決まっている。なにを判りきったことを彼女は聞いているのか。単純に私はそう思ったのだ。

　だが宮前刑事の答えは、私の想像を超える意外なものだった。

『答えはノーだ。武田の運動靴は靴紐を結ぶやつじゃない。靴紐の部分がマジックテープになったやつ。お年寄りや子供が、よく履いているアレだ。――これでいいか。でも、なんなんだよ、この質問。いったいなんの意味があるんだ？　おい、教えろよ、名探偵』

「判った判った。でも、いまはまだ駄目だ。もう少し待つんだな。その代わりといっちゃナンだが、今度はあたしから宮前に、とびっきりの情報を教えてやるよ」

『おッ、なんだなんだ。どんな情報だ？』

　電話の向こう側で、身を乗り出す宮前刑事の姿が目に浮かぶよう。そんな彼に、探偵はまさにとびっきりの新情報を伝えた。

「――この事件、もうすぐ解決するかもしれねーぜ」

8

　それから数時間後。九月の太陽もとっぷり暮れ、平塚の街を夜の闇が包むころ――

　私とエルザは、相模川の川沿いの道を、足音を殺しながら歩いていた。私たちの前方には、とある人物の背中があった。黒い服装に身を包んだその背中は、少し目を離せば闇に溶け込んでしまいそうだ。右手に小さな袋をぶら提げているのが、辛《かろ》うじて判る。

私たちは、付かず離れずの微妙な距離感を保ちながら、その黒い人影を追っていた。人影は舗装《ほそう》された道路をしばらく歩き続けた後、ふと立ち止まると、警戒するように周囲を見渡した。――ヤバイ！

その瞬間、エルザは咄嗟に自販機の陰に隠れ、私は思わず街路樹に抱きついた。

樹木と完全に一体化した私の姿は、相手の目には、太い幹の一部にしか見えなかったことだろう。事実、人影は私の存在に気付くことなく、ひとり土手を下って、相模川の河川敷へと下りていった。

「へへ、思ったとおりじゃん」自販機の陰から姿を現したエルザは、満足そうに頷くと、樹木になりきっている私の肩をポンと叩いた。「ほら、いくぜ、美伽」

私は木の幹から離れながら、「うん、でも、あの人、川原になんの用があるのかしら。しかも、こんな暗い時間に」

「気にすんなって。迷わずいけよ。いけば判るさ」

エルザは言葉どおりに迷うことなく河川敷へ向かって土手を下っていく。訳が判らないまま、私も彼女の後に続いた。一足先に土手を下った例の人影は、私たちの遥か前方を進んでいる。河川敷を横切るようにして、最短距離で川岸へと向かうようだ。夜の河川敷には、その人影と私たち以外、人の姿はなかった。やがて人影は、相模川の川べりにたどり着いた。流れの緩やかなこのあたりの川岸には、岩や石ころが目立ち、ところどころに上流からの漂着物が転がっている。

そんな中、おもむろに人影は岩場の一角にしゃがみこんだ。

ぶら提げていた袋の中から何かを取り出す。黒っぽい物体だ。人影は、それを岩と岩の隙間の水溜りに、ねじ込むように突っ込んだ。

それが済むと、人影は素早く立ち上がった。くるりと踵を返して、いまきた川原を引き返そうとする。だが三歩も歩かないうちに、その人物の口から「――ハッ」と息を呑む声が漏れた。

無理もない。なにせ目の前に、息を呑むほどべっぴんの二人組が、悠然と立ちはだかっていたのだから（念のためいっておくが、『べっぴんの二人組』とは生野エルザと私、川島美伽のことだ）。

「あ、あなたたち……なんで、こんなところに⁉」

「なんでって」エルザは小さく肩をすくめ、その問いに答えた。「決まってんだろ、あたしたち、カメを捜してんだよ。依頼人の大切にしてたミツキちゃんが川原にいねーかなーと思ってさ。そうしたら偶然、あんたに出会ったってわけ。ところで奥さん——」

エルザは手にしたペンライトのスイッチを入れて、その光を前方に向けた。光の輪の中に依頼人の妻、武田雅美の姿が浮かび上がる。

「いま、あんた、その岩場に何か隠したよな。エルザは彼女を見詰めながら鋭く聞いた。それ、なんだい？　ひょっとしてカメ？」

「カ、カメじゃないわ、ち、違うわよッ」

「じゃあ、もしかして、靴とか？」

「………」図星を指されたように、雅美は無言のままブルブルと震えはじめた。

エルザは私に目で合図すると、自分ひとり、ずんずんと前方に歩き出した。立ちすくむ雅美の横を通り抜けて、岩場へと歩み寄る。そして岩と岩の隙間の水溜りに片手を突っ込むと、問題の物体を引っ張り出した。

エルザはペンライトの明かりとともに、それを高々と頭上に掲げた。光の中に浮かび上がったその物体は、確かに足の形をしていた。だが靴ではないようだ。

「え⁉　なによ、それ……ひょっとして、靴下⁉」

呆気《あっけ》に取られる私。その分、雅美への警戒心がおろそかになる。その隙を、雅美は見逃さなかった。彼女はいきなり私を目掛けて、捨て身の体当たりを敢行《かんこう》する。

「きゃッ」悲鳴をあげた私は、転倒しそうになるところを必死に堪《こら》えながら、「逃がさないんだからぁ！」と雅美の腰にしがみつく。そんな私に雅美は駄目押しの肘打ちを一発。まともに喰らった私は、頭を押さえて川原の地面にうずくまる。

エルザはそんな私に駆け寄りながら、「よし、今回はよく頑張った」と、いちおうの合格点を与えると、「おい、待ちやがれ！」とひと声叫んで、雅美の背中を追った。

追いかけるエルザがライオンなら、逃げる雅美は死に物狂いになったシマウマのよう。二人の姿は徐々に接近しながら、河川敷の暗闇の中へと紛れていく。やがてエルザの持つペンライトの明かりさえも、確認できなくなったころ――

「んぎゃあぁぁぁぁ……」突然、闇の彼方から聞こえてくる女の悲鳴。地獄の業火に焼かれるかのような、その凄絶な響きに、私はゾッとして立ち上がる。

いまの悲鳴は雅美？　それともエルザ？　それよりなにより、んぎゃあぁぁ――って、いったいなに？　そういえば前にも、あれとよく似た悲鳴を、どこかで聞いたような気がするけれど……まさか！

私は嫌な胸騒ぎを覚えながら、二人が消えていった方角に向けて駆け出した。

やがて、私の視界にＬＥＤの白い明かりが見えた。明かりは私を呼ぶように、左右に振られている。エルザだ。私は歓喜の声を発しながら、友人のもとへと駆け寄った。

「よかった、無事だったのね、エル」

「ああ、あたしは無事なんだけどよ……」気まずい顔で、友人は視線を足許に向けた。

地面には雅美が横たわっていた。顔には苦悶《くもん》の表情が浮かんでいる。友人の凶暴さを知る私としては、この状況から別の心配をせざるを得ない。私は恐る恐るエルザに尋ねた。

「これって、あなたが、やっつけちゃったの？　今度はなによ。張り手？　拳骨《げんこつ》？　それとも頭突き？」

「んなこと、してねーって」

心外だとばかりに友人は激しく首を振った。「雅美はこの場所で、いきなり悲鳴をあげて、ひっくり返ったんだ。あたしも驚いたけど——原因はコレだ」

そういってエルザはペンライトの明かりを、失神寸前の雅美の下半身に向けた。光の輪の中に浮かび上がった凄惨《せいさん》な光景に、私は思わず絶句した。

運動靴を履いた雅美の足の先。そこに一匹の大きなカメがしっかりと噛み付いていた。ゴツゴツとした岩のような甲羅。太い四肢と凶暴な面構え。以前、写真で見たのと同じやつだ。

「ひょっとして、これが噂のカミツキガメってやつ……？」

「ああ、たぶんミツキちゃんだと思う……」

探偵の言葉に頷くように、カミツキガメが雅美の足をくわえたまま、首を縦に動かす。

その瞬間、再び雅美の悲鳴が暗い河川敷に響き渡った。

んぎゃあああぁぁぁ……

## 9

私たちは、苦痛に喘《あえ》ぐ雅美をなんとか救済しようと努力したが、うまくいかなかった。なにしろカミツキガメはその名のとおり、嚙み付くことにかけては超一流。しかもカメである以上、当然彼らはスッポンの仲間なのだ。一度喰らいついたら、そう簡単には離れないのだった。

結局、私たちは救急車を呼ぶしかないとの結論に至った。だったら最初からそうしなさいよ——と雅美は叫びたかっただろうが、実際には、あまりの痛みに彼女は口も利けないありさまだった。

私は携帯で一一九番に通報。その一方で、エルザは宮前刑事と連絡を取った。

救急車と宮前刑事は、相前後して河川敷の現場に到着した。エルザは証拠品の靴下を宮前刑事に手渡しながら、事情をかいつまんで説明する。だが彼はなかなか事態が呑み込めないらしく、盛んに首を捻るばかりだった。

「はあ、雅美が武田幸彦殺しの真犯人だって？　そうなのか？　いや、判らんな。俺の目には、なんだか可哀想な目に遭った被害者にしか見えないんだが……」

「まあ、そう見えるのも無理はねーけどよ」

呟くエルザの横を、担架に乗せられた武田雅美が、苦悶の表情のまま運ばれていく。その右足には例のカミツキガメが、いまもなお強力な歯を立てていた。エルザは気の毒そうに雅美の姿を見送ると、あらためて宮前刑事に向き直った。

「とにかく、彼女の足の手当てが済んだら、雅美本人の口から事情を聞いてみるんだな。たぶん洗いざらい喋るはずだからよ。喋らないときには、あたしのところに聞きにきな」

一方的にいうと、エルザはそれ以上の質問を遮るように、宮前刑事に背中を向けた。

「さーて、今日の仕事はこれでおしまい。帰って一杯やろうぜ、美伽」

「そうね。そうしましょ。私も、なんだか疲れちゃった」

おい待てよ、まだ聞きたいことが——と、なおも食い下がる宮前刑事。そんな彼の言葉を振り切るようにして、私とエルザは探偵事務所への帰路についたのだった。


それから間もなくして、私たちは無事に事務所への帰還を果たした。と同時に、まるで磁石に吸い寄せられる砂鉄のごとく、私たちは冷蔵庫に直行。扉の向こうから冷えた缶ビールを取り出すと、さっそくその場で乾杯した。「――やったぜ、美伽！」

「見事、事件解決ね、エル！」私は事務所の片隅にある応接セットに場所を移して、ひとり掛けのソファに腰を沈めた。「でも正直、私、判らないことだらけなんだけど。確かに、雅美が犯人だってことは、今夜の彼女を見れば明らかだと思う。でも、エルはなぜ雅美が怪しいと思ったの？　雅美の今夜の振る舞いには、どんな意味があったの？　それに、そう、雅美はなぜ被害者を裸足にしたの？　なにより、それが判らないわ」

するとと私の友人はロングソファに腰を沈め、昼間の出来事から説明を開始した。

「今日の昼間の光景、覚えてるだろ。浦沢忠雄を駐車場で問い詰めたときのこと。あのとき、浦沢が脱げた靴を履いて、靴紐を結び直していたよな。あのとき、浦沢の様子は妙にふらふらとしていて、危なっかしく見えた。彼はただ靴紐を結ぶだけの行為に、なぜあれほど苦労していたんだと思う？」

「なぜって、足腰が弱いんじゃないの？　身体鍛《きた》えてなさそうだったし」

「いや、足腰の問題じゃない。原因は浦沢の体形にある。彼は小太りだ。お腹が出ている。だから前かがみになって、靴紐を結ぶという簡単なはずの行為が、彼にとっては意外と難しい。突き出たお腹が邪魔になるからだ。もっとも、浦沢ぐらいの太り具合なら、べつに靴紐が結べないってほどじゃない。実際ふらふらしながらも、彼はちゃんと靴紐を結んだ。けどよ――」

エルザは間を取るようにビールをひと口飲んで、話を続けた。「あのとき、ふと思ったんだ。そういえば、依頼人の武田さんは浦沢よりもさらに太っていた。彼が自分で靴紐を結ぶのは、もっと大変だっただろうな――って。そう考えた瞬間、あたしは別の光景を思い出した。武田さんから依頼を受けた日のことだ。あのとき、彼の自宅の池を見せてもらったよな。そこで彼は、背広姿のまま地面に四つん這いになりながら、池の様子を説明したり、灌木の隙間を教えてくれたりした。随分熱心だなあ、よっぽどカメを見つけたいんだなあ、とそのときはそう思った。けど、よくよく考えてみると、あれはそういう熱意の問題じゃなかったんだよ。要するに武田さんは、普通にしゃがむって行為が苦しいんだ。四つん這いのほうが楽だから、そうしていただけなんだよ。それで、あたしは確信したんだ。武田さんは靴紐を自分で結ぶことができなかったに違いない――ってな」

「あ、判った！　それでエル、あのとき宮前刑事に確認したのね。武田さんの運動靴が靴紐を結ぶやつか、どうなのか」

「そうだ。思ったとおり、彼の運動靴はマジックテープ式だった。あれなら簡単だ。お腹が邪魔でも、片方の指が届きさえすれば、なんとかなる。靴はそれでいい。けどよ――」

エルザは試すような目で私を見ていった。「じゃあ、靴下はどうやって履くんだ？」

「靴下⁉　そっか。確かに靴下は、さらに難しいわね。片方の指先だけじゃ履けないもの。両手でしっかり持って入口を広げてやらないと、爪先《つまさき》は靴下に入らないし……」

「な、想像してみると判るだろ。お腹の出っ張った人にとって、これは意外と難易度の高い行為だってことが。実際、武田さんに限らず、ある程度以上の肥満体形の人々にとって、いかに靴下を履くかは、共通の悩みなんだ。おそらくは、武田さんも自分で靴下を履くことは不可能だったんじゃねーのかって、あたしはそう思った」

「うんうん、確かに、そうだったかもね。だって武田さん、最初に事務所で会ったとき、このソファに座ってテーブルのコップを手にするのさえ、なんだか苦しそうだったもの。あれじゃあ、靴下を履くのは、確かに無理ね」

私は興奮気味に缶ビールをグビリとひと口飲む。「だけど、自分で履けないとしたら、彼は普段どうやって靴下を履いていたのかしら。――あ、そっか、奥さんか！」

「そうだ。武田さんは毎日、雅美の手で靴下を履かせてもらっていたはずだ。でも、待てよ、美伽。そうだとすると、おかしくねえか？　今朝の雅美は、あたしの問いに答えて、なんといっていた？　彼女は武田さんの履いていた靴下について、『どれを履いていったか判りません』と答えていたはずだ。これって矛盾だよな。武田さんの靴下は雅美が履かせてやってるんだ。どんな靴下だったか、彼女にはよく判っているはずだ。しかも雅美は、武田さんが『クローゼットにある靴下を適当に履いて出たんでしょう』なんてこともいっていた。いいや、あり得ない。武田さんは、靴下を自分で勝手に履いて出掛けたりしない。つまり雅美は嘘をついているってわけだ」

「確かにエルのいうとおりかもね。じゃあ、実際のところ、武田さんはどうやって出掛けたの？」

「出掛けようとする武田さんが、家にいる雅美に、普段どおりに靴下を履かせてもらったのなら、なにも問題はない。雅美は正直にそういえばいいだけの話だ。つまり事実は、その逆なんだろう。武田さんは雅美に靴下を履かせてもらっていない。雅美は家にはいなかったんだ。事件のあった日、ずっと家にいたという雅美の証言が嘘なんだよ」

「なるほどね。じゃあ、彼女はどこに出掛けていたのかしら？」

「それは正直、判らない。おそらくは、他人にはいえない秘密の外出先だろうな。例えば愛人の家とか、そんなやつだ。事件の日は秋分の日だった。休日にしか会えない相手だったのかもしれないな。まあ、いずれにしても雅美は外出中だった。武田さんはひとりで自宅にいたんだ。そこに浦沢からの電話が入った。カミツキガメを相模川で見た、という目撃情報だ。武田さんは探偵事務所に電話を入れると、さっそく自らも相模川に駆けつけた。さて、そのとき彼の足許は、どういう状態だったのか」

「靴下は履けないはずよねえ。奥さんが不在なんだから。てことは、ひょっとして彼は素足に靴を……？」

「そう、彼は素足に直接、運動靴を履いたんだ。履き心地は悪かったろうが、仕方がない。カミツキガメを相手にする以上、サンダル履きってわけにはいかないからな。そういう、ちょっと不自然な恰好で、武田さんは家を出た」

エルザは手にした缶ビールをぐっと一口飲むと、さらに話を続けた。

「ここからは想像するしかないんだが、おそらく秘密の外出先から帰宅中の雅美は、そんな武田さんの姿を相模川の付近で見つけたんだろう。そして雅美は彼の後を追いかけた」

「川原で殺害しようと思って？」

「いや、そこまで凶悪な意思はなかっただろう。ただ、普段から胸に抱いている不満を訴えたかったんじゃないかと思う。無理もないだろ。亭主が奥さんをほったらかしにして、カメを溺愛《できあい》しているんだ。しかも、そのカメがいなくなると、今度は探偵を雇ったり、自分で捜しに出たり。雅美にしてみれば、『あたしとカメと、どっちが大事なのよ』程度のことは、いってやりたかったに違いない」

「そうね。その不満があったからこそ、あの奥さん、不倫に走っちゃったんだもんね」

「べつに不倫してたっていう確証はねーんだけどよ」エルザは窘《たしな》めるような目で私を見や

りながら、「ともかく、雅美は日の落ちた河川敷で武田さんと向き合い、日ごろの不満を彼にぶつけたんだろう。だが、武田さんは聞く耳を持たなかった」

「でしょうね。あの人、きっとカメのことで頭が一杯だったはずだもの。——で、カッとなった雅美は、川原に転がる石を手に取り、武田さんの額に振り下ろした？」

「そうかもしれないし、背中をドンと突いたのかもしれない。転んだ武田さんは、川原の石に額を打ち付けて死に至った。いずれにしても、雅美にとっては激情に駆られた上での突発的な犯行だったはずだ。雅美は慌てながらも、自分の犯行を誤魔化そうと考えた。こういう場合、物盗りの犯行に見せかける、というのがひとつの常套《じょうとう》手段だよな。そこで雅美は死体から携帯や財布を抜き取り、それを持って現場を離れようとした。ところがそのとき、彼女の目にちょっと気になる部分が映った。それは死体の足許だ」

「そっか。死体は靴を履いているのに、靴下を履いていなかった。そういうファッションも一部の芸能人にはあるけど、あまり一般的じゃない。きっと不自然に思われるわね」

「そうだ。もし捜査員の中に武田さんと同じような体形で同じような悩みを抱えている人がいたら、一発でその意味を悟るかもだ。死体の足許をこのままにしていたら、警察に余計なヒントを与えてしまう。そのことを危ぶんだ雅美は、一計を案じて死体の足から靴を脱がせた。死体は裸足になった。ますます不自然な死体だ。石ころだらけの川原を、裸足で訪れる人はいねーもんな。この状況を見れば、当然、警察は首を傾げるはずだ。『なぜ被害者は裸足なのか?』『なぜ犯人は死体から靴を奪ったのか?』というふうに。でも、『なぜ被害者は靴下を履いていないんだろう?』とは考えない。靴下なんてものは、どうせ犯人が靴と一緒に脱がしたものに違いない、と誰だってそう思う。最初から履いていなかった、なんていうふうには考えない。それこそが、雅美の狙いだったってわけさ」

「ふーん、つまり大きな不自然さでもって、小さな不自然さを覆い隠して見えなくする。そういうカムフラージュだったわけね」

「そういうことだな」とエルザは頷き、また美味そうに缶ビールを傾けた。

私はなおも質問を続けた。「雅美は脱がせた靴をどうしたのかしら?」

「靴は相模川の流れの中に放り捨てたんだよ。手許に持っていたら、逆に危ないからな。だが、その投げ捨てた靴の片方が、今日になって川の下流で発見された。その靴が被害者のものだということは、雅美自身が確認したそうだ。そのとき、悪知恵の働く彼女は内心密かにこう考えたはずだ。靴だけが発見されて、靴下が見つからないのは、具合が悪い。いっそ靴下も下流のどこかで発見されれば、このカムフラージュはより完璧なものになる――ってな」

「ああ、それで雅美は今夜、あんな真似をしたのね。彼女は夜に家を出て、相模川の下流の河川敷に下りていき、川岸の岩場に靴下を残そうとした」

「そうだ。あの靴下は武田さんの汗が付着したやつを、自宅の洗濯籠から持ち出したものだろう。川原で発見されれば、それは『犯人が被害者から脱がせた靴下』と見なされるはずだ。だが、そんな雅美の目論見《もくろみ》は脆《もろ》くも崩れた。なんせ、美人探偵の二人組が彼女の背後にバッチリ張り付いて、その小細工の一部始終を見ていたんだから――な、美伽！」

「ね、エル！」

私とエルザは、「イェーイ！」と馬鹿な大学生みたいな歓声をあげながら、缶ビールの縁をぶつけて、互いの健闘を讃え合う。事件解決の解放感と、僅かなアルコールのおかげで、私たちのテンションは奇妙なくらい高まっていた。

「――にしても私、びっくりしちゃった。だって、逃げ出した雅美の足に、カミツキガメのミツキちゃんが噛み付いていたんだもの。あれって、まさかエルが仕組んだことじゃないわよねえ？」

「当たり前じゃん。あれこそ偶然の中の偶然だ。といっても、そう突飛な話ってわけでもねえだろ。そもそも、あの河川敷にカミツキガメが潜伏していることは、浦沢の目撃情報から明らかだったんだ。だからこそ武田さんは、あの河川敷を訪れて、そこで命を落とした。そして今夜、雅美はそのカメに噛まれてお縄になった。結局、今回の事件は、どこまでいってもカミツキガメのミツキちゃんに纏わる事件だったたってわけさ」

「なるほど、確かにそうかもね」

納得しながら私はビールをひと口。そのとき、ふとした思い付きがあった。

「ねえ、ミツキちゃんは武田さんちの池から自力で逃げたんじゃなくて、わざと逃がされたんじゃないの？　カメ好きの夫に愛想を尽かした雅美の手で。私、そんな気がして仕方がないんだけど——違うかしら？」

勝手な想像を語る私に、エルザは真剣な表情で頷いた。

「いいや、違わねえ。実はあたしも、そんな気がしてるんだ。ミツキちゃんは雅美の手で棲処《すみか》を追われ、飼い主を殺された。その恨みつらみが最後の場面での、あの奇跡のガブリに繋がったんじゃないのかなって。つまり、あれは復讐《ふくしゅう》に燃えるミツキちゃんの、執念の一撃だったたってわけだ。——やれやれ、動物の怒りってのは、恐ろしいもんだなあ」

そういうあんただって動物みたいなもんでしょ。心の中でそう呟きながら、私は目の前の友人を見詰めた。

美味そうにビールを傾けるエルザの姿は、狙った獲物を完璧に仕留めたライオンのように誇らしげで、達成感に満ちている。実際、彼女は依頼人を死に追いやった犯人に対して、自らオトシマエをつけることに成功し、なおかつ捜し求めていたカミツキガメを発見したのだ。が、しかし――

なんだろうか。この私の胸に去来する虚しい思い。やり遂げた仕事の裏側にある、限りなく曖昧で不透明な部分。その漠然とした不安に耐え切れず、私は手にしたビールを一気に飲み干し、友人を見詰めた。

「――ねえ、エル？」

「なんだよ、美伽？」

そして私は、けっして口にしてはならない禁断の問いを、ついに言葉にした。

「今回の事件の報酬は、いったい誰が払ってくれるの？」

瞬間、ビールを持つエルザの手が、顔の前でピタリと止まる。しかし彼女は何事もなかったかのようにビールの残りを飲み干すと、普段と変わらぬ明るい笑顔で、こういった。

「それを考えるのは、明日にしよーぜ！」

それもそうね、と私は頷き、空き缶をゴミ箱に放る。

エルザは手許の空き缶を両手でクシャリと捻り潰《つぶ》す。

そして二人は現実逃避のビールを求めて、再び冷蔵庫の扉を開けるのだった。

# 第二話　轢《ひ》き逃げは珈琲《コーヒー》の香り

## 1

相模川で凶暴なカメを捜し求めた事件から、はや一ヶ月。七夕以外これといって季節感のない平塚の街にも、やっと秋の気配が漂いはじめた十月某日の午前。

私、川島美伽は友人である生野エルザとともに、平塚市内の総合病院を訪れた。手には小さな果物籠。胸には大きな好奇心。両方を持ちながら正面玄関をくぐると、鼻につくのは病院特有の消毒薬の匂い。待合室はお年寄りや赤ん坊を連れたママたちで大混雑だ。

ざわめきの中を横切って、エルザは総合受付のカウンターに歩み寄る。そして忙しそうな女性事務員に向かい、彼女独特の口調で言い放った。

「岩本和江《いわもとかずえ》さんの病室は、どこだい？　あたしら、お見舞いにきたんだけどよ」

細身のデニムに、赤いTシャツ。背中に獅子の描かれた青いスカジャンを羽織り、髪の毛の色は金色に近い茶髪。そんな彼女が睨むような目付きで、『お見舞い』などと口にすれば、『いったい何をお見舞いされるのか』と相手は警戒するに決まっている。

事実、応対した女性事務員の顔色は、一瞬でサーッと青く染まった。

どうやら、ここは私の出番らしい。

――エルは黙ってて！

という代わりに、私は友人の脚をカウンターの下で密かに蹴っ飛ばす。

私の思いが届いたのか、それとも痛みで声が出ないのか、口の悪い友人は一瞬で沈黙。

そして私は誰からも愛される一級品の笑顔を、目の前の怯える事務員へと向けた。

「岩本和江さんの病室は、どちらでしょうか？　私たち、お見舞いに参ったのですが」

白いブラウスにベージュのジャケット。紺色の膝丈スカートを穿いたコンサバな女。そんな私が果物籠を手にしながら、にっこり笑顔で『お見舞い』と口にするのを聞いて、女性事務員は私たちの来訪の意図をようやく理解してくれたらしい。ホッとした表情を浮かべながら、

「ああ、岩本さんでしたら二階の五号室です」

どーも、と軽く一礼して、私たちは二階へと向かう。

階段の途中でエルザは、「なんで、あたしが警戒されて、美伽が信用されるんだよ」

と、私に向かって不満を露にした。「どっちも似たようなことしかいってねーじゃんか！」

仕返しとばかりに、私の脚を蹴っ飛ばそうとするエルザ。

私はライオン娘の長くてしなやかな《後ろ足》を間一髪でかわすと、「仕方ないじゃな

い、エルの態度が悪すぎるのよ」といって、息を弾ませながら階段を駆け上がる。

たどり着いたのは白く長い廊下。その先には制服警官二名にガードされた、やけに物々しい病室がある。警官の傍らには、グレーのスーツに身を包む見慣れた男性の姿。

それを見るなり、私は「あら⁉」と驚きの声。一方、エルザは彼のもとへと歩み寄りながら、「よお、宮前じゃねーか。ちょうどよかった」と気安く右手を挙げた。

スーツの男は、神奈川県警平塚署に所属する宮前刑事。私たちの姿を認めた途端、彼は端整な顔立ちの中に苦虫を嚙《か》み潰したような表情を滲ませた。

「ほう、生野エルザと川島美伽。毎度お馴染み『平塚ライオンズ』のお出ましってわけか。さては、なにか探りにきたんだな」

「なんだよ、『平塚ライオンズ』って！」宮前刑事の戯言《ざれごと》に、エルザはまさしく獅子のごとく咆哮を放つ。「変なコンビ名を勝手に付けるんじゃねえっての。なあ、美伽！」

「そうよそうよ」と盛んに頷く私は、隣の野蛮な友人を指差しながら、「ライオンって呼ばれてるのはエルだけで、私は普通の女子なんだから、『ライオンズ』って複数形で呼ぶのは変よ。それに『平塚ライオンズ』って、なんかベイより弱そうで嫌！」

いうまでもなく、ベイとは《神奈川県下では最強》を誇るプロ野球球団ベイスターズのことだ。

「馬鹿、美伽！　複数形とか弱そうとか、そういう問題じゃねえだろ！」

友人の指摘を受けて、私はハッと気が付いた。「そっか。考えてみれば、すでに『西武《せいぶ》ライオンズ』があるんだから、『平塚ライオンズ』ってのは、あり得ないわよねえ」

「いや、そういう問題でもねえっての……」友人は呟きながら吐息を漏らす。

そんな私たちを眺めながら、宮前刑事は残念そうに肩をすくめた。「そうか、お気に召さないか。『平塚ライオンズ』って結構、語呂がいいと思ったんだが」

「語呂とか、どうでもいい」エルザはピシャリといって、この実際どうでもいい話題を終了させた。「それより患者の容態はどうなんだ？　お見舞いぐらいはいいのか」

「ああ、いまは意識もハッキリしている。見舞いもＯＫだ。といっても、まさか本当にそれだけの目的できたんじゃないだろ。今回の事件にカネの匂いでも嗅ぎつけたのか」

「まさか。あのおばあちゃんにカネの匂いなんてしねえよ。行きがかり上、事件に興味を持っただけだ」そして彼女は声を潜めると、鋭いまなざしを刑事へと向けた。「ところで、まだ捕まってねえのかよ、あの轢《ひ》き逃げ野郎は」

「ああ、残念ながら、まだだ。しかし轢き逃げというのは必ずバレる犯罪でね。そう心配することもない。捜査が進めば、犯人はきっと捕まるさ」

だから名探偵の出る幕はないと思うぞ。そんな皮肉を付け加えながら、宮前刑事は私たちのために病室の扉を開けた。

名探偵の称号が相応《ふさわ》しいか否かはともかくとして、私の友人生野エルザがライオンの異名をとる女探偵であることは、厳然たる事実。そして私、川島美伽はそんなライオンの調教師、もしくは猛獣使いを自任するエルザの相棒だ。

コンビ名は、まだ決まっていない(ていうか、そんなの必要ない)。

私たちは明るい笑顔を作りながら、病室へと足を踏み入れていった。

2

私とエルザが、その老婦人と出会ったのは、つい昨日のことだ。

その日、『生野エルザ探偵事務所』は臨時休業。ここ一週間ほど続いた浮気調査で得た報酬をギュッと握り締めた女探偵は、そのお金をさらに増やすためにバンクへと出掛けていった。

といっても、銀行《バンク》に預金して増やそうなどと堅実なことを考えたわけではない。この場合のバンクとは、銀行の意味ではなくスリ鉢状の走路のこと。要するに、探偵は久々の休日を利用して「湘南バンク」こと平塚競輪場へとギャンブルに出かけたわけだ。

だが熱くなったライオンが、虎の子の現金を無謀な賭《か》けに全額注ぎ込んでは一大事。そんな最悪の事態を避けるため、私もお目付け役として競輪場へと同行した。

年配者が集う平日の競輪場では、若くて綺麗でピッチピチ（？）の私たち二人は非常に浮いた存在。正直、鉄火場に不慣れな私は居心地が悪い。一方、友人はいかにもリラックスした態度。スタンド席に座って、青いスカジャンのポケットに両手を突っ込みながら、

「いやいや、しかし、のどかなもんだな、平日の競輪場ってやつはよ」

と余裕の眸でガラガラの客席を眺める。

このとき彼女の胸には希望だけがあったはずだ。

だがレースを重ねるに連れ、事態は風雲急を告げる。彼女の表情は徐々に険しくなり、呼吸は荒くなる。いつしか目は虚《うつ》ろで視線も定まらない状態。やがてメイン競走を迎えるころになると、ツキのない私の友人は、いささか危ういテンションに陥っていた。

「は、はは、ど、どうだ、楽しいだろ。ま、まさに究極のスリルとサスペンス。こ、これぞ競輪の醍醐《だいご》味ってもんだぜ――なあ、美伽？」

「金網にしがみついてブルブル震えながらいう台詞じゃないわね。もはや立ってるのがやっとみたいじゃない。今度はいくら負けたの？」

「………」

友人は私の質問に沈黙で答えると、血走った目で予想紙を覗き込む。「な、なーに、平気へーき。メイン競走は自信アリだ。頭は①番の馬でまず堅い」

「へえ、競輪場を馬が走るんだ。なかなか興味深いレースねえ」

「うっせー美伽！　他人の揚げ足取るんじゃねーっての！」もはや競馬と競輪の区別すらも曖昧になったライオン娘は、金色のたてがみを掻きむしりながら、必死の予想を展開する。「よし、連単で①番から③、④、⑦あたりに流せば、今度は外さないはず」

と、そのとき彼女の言葉に被せるようにして、いきなり知らない女性の声。

「いいや、①番はやめときな、お嬢ちゃん。③だよ。頭から狙うなら③番だね」

ん!?　とエルザは眉を顰《ひそ》めながら、声のするほうに顔を向ける。彼女のいる金網から少し離れたあたり。同じように予想紙を片手にした、年配の女性の姿があった。

茶色いブルゾンに黒いズボンを穿いた小柄な老婦人。背中は定規《じょうぎ》を当てたように真っ直ぐだ。顔つきは仏のように柔和《にゅうわ》だが眼光は意外に鋭い。豊かな頭髪は雪のように真っ白だった。

「へえ、おばあちゃん、詳しいのかい？」とエルザは初対面の彼女に声を掛けた。

エルザにしては悪くない受け答えだろう。少なくとも年長者を『ばあさん』と呼ばず、『おばあちゃん』と呼んだだけでも上出来の部類だ。これで多少なりと敬語が使えれば良いのだが、残念ながら私の乱暴な友人にその能力はまるで備わっていない。となると、後は老婦人の寛容さに期待するしかないわけだが、幸い彼女はエルザのタメ口を不愉快とは取らなかったらしい。彼女は堂々と胸を張ると、エルザの問い掛けにこう答えた。

「ああ、詳しいともさ。なんせ、ここで二十年、賭け続けているからねえ」

　年長者の得意げな言葉を、エルザは「ふーん」と余裕のポーズで受け流す。だが、それも当然のことだ。目の前の女性は、おそらく齢《よわい》七十を超えている。競輪歴二十年だとすると、彼女は五十の坂を越えてから競輪を始めた、遅咲きのファンということになる。その程度のキャリアは、エルザにとって畏怖《いふ》する対象ではない。なぜなら彼女は僅か十五歳で密かに競輪場デビューを果たした早熟のツワモノだからだ。

　ツワモノは同好の士に挨拶した。

「あたし、生野エルザ。こっちは川島美伽だ。おばあちゃん、なんて名だい？」

「岩本和江だよ。和江ちゃんでいいよ」

「悪いが、『和江ちゃん』はナシだな。おばあちゃんでいいだろ。そういう歳じゃんか」

　エルザの要求に、和江さんは「仕方ないね」とアッサリ折れた。エルザは再び予想紙に視線を落とすと、年長者の予想に敬意を払うように頷いた。

「まあ、おばあちゃんのいう③番も悪くはねえ。あたしも対抗に推してるし――といって

られた。

相反する予想を展開する二人の間に、妙な対決姿勢が充満していることだけは、強く感じられた。

《対抗》とは何で《裏》とは何か。二人の会話は初心者の私には正直ピンとこない。だが

「後悔するよ、お嬢ちゃん。ま、そういうあたしも①番はバッサリ切ったけどね」

も、裏はいらねーと思うけどな」

そうして迎えたメイン競走。スタートラインに並ぶのは九色のウェアで色分けされた九人の選手。彼らがそれぞれの自転車に跨《また》がると、大声援が彼ら目掛けて浴びせられた。

「①番、死ぬ気で漕《こ》げよ！　二着じゃ許さねえからな！」とエルザが必死な声で叫ぶと、

「③番、負けたら殺すよ！　あんたが頭なんだからね！」和江さんも猛烈な檄《げき》を飛ばす。

「…………」声援というより、ほとんど恫喝《どうかつ》じゃないの⁉

呆れる私は、二人の背中越しにバンクを眺める。

やがて号砲が鳴り響き、レースはスタート。①番と③番の選手は、うるさい声援から逃れるように、並んで飛び出した。両選手は互いを意識しあうように、揃って後方待機策。九人九車は一本の隊列となって淡々と周回を重ねる。静まり返る観客席。固唾《かたず》を呑んでレースを見守るエルザと和江さん。私は二人の背後で、ひとり冷静に成り行きを見守った。

やがてジャンが鳴り、レースは最終周回へ。湧き上がる歓声の中、隊列は崩れ、各選手

がスパートをかける。後方で鳴りを潜めていた①番と③番も相次いで速度を上げると、バンクを駆け上がるようにして前方の選手を追う。ひとり、またひとりと抜き去りながら一気に番手を上げる①番と③番。それを見て、二人の競輪馬鹿が揃って大声を張りあげる。

「まくれまくれ、まくりきれ、①番！」

「踏め踏め、死ぬ気で踏めよ、③番！」

最終コーナーを回って先頭に躍り出たのは①番。だが、その背中に③番が猛然と襲い掛かる。逃げる①番、追う③番。探偵が拳を振り上げ、老婦人が絶叫する。勝負はこの両者の争いに絞られた。勝つのは①番か③番か、①か③か、③か①か、③か①か、①か③か。

――と誰もがそう思った、次の瞬間！

二人の熾烈《しれつ》な鍔迫《つばぜ》り合いを横目で見ながら、いきなり紫のウェアが大外を回って、きたきたきたきた、「きたあぁぁ――ッ、⑨番――ッ！」

思わず絶叫した私は、目の前のうるさい友人と邪魔な老婦人を撥《は》ね飛ばしながら前へ身を乗り出す。そして拳をブンブン振りながら、「⑨、九ッ、きゅううぅッ！」と病気の九官鳥のように声を振り絞る。啞然《あぜん》とするエルザと和江さん。総立ちの観客席。沸騰《ふっとう》する歓声の中――

私の密かなる大本命、⑨番車は先頭でゴールラインを駆け抜けた。

「や、やったやったッ、でかしたわよ⑨番ッ！　ありがとうッ、愛してるッ！」

ビギナーズラックの歓《よろこ》びに、ひとり酔いしれる私。

そんな私の姿を、エルザと和江さんは魂が抜けたような顔で見詰めていた。

3

それから数時間が経過した、その日の夜。場所は平塚駅から徒歩数分。明石町《あかし》のビルの地下にある時代遅れのスナック『紅《くれない》』。昭和の香りと醬油《しょうゆ》の匂いが渾然《こんぜん》一体となった、どこか懐《なつ》かしい空間。なぜか焼きうどんとポテトサラダが無性に食べたくなる、そんな雰囲気の中——

私とエルザそして岩本和江さんの三人は、カウンター席に腰掛けながら、食べて飲んで歌って飲んで……の陽気な時間を過ごしていた。大穴的中の余韻《よいん》に浸る私は、いうまでもなく上機嫌。一方、エルザと和江さんの間には、同じ敗北感を味わった者同士の強い仲間意識が芽生えたらしい。二人は仲良くカラオケでザ・ピーナッツを熱唱していた。

二人の歌声を聞きながら、私はポテトサラダを肴《さかな》にハイボールを傾ける。歌い終わったエルザと和江さんは、それぞれ何杯目かのビールと焼酎《しょうちゅう》を注文する。

やがて酒のせいで口が滑《なめ》らかになった和江さんは、自らについて滔々と語りはじめた。

岩本和江さんは今年で七十三歳。若き日は大手企業の総務課で働くワーキング・ウーマン。いまや死語だが、当時の言葉でいうなら、まさに《職場の花》そのもの。そんな彼女は鶴田浩二《つるたこうじ》によく似た旦那さんに見初《みそ》められて結婚。その後は専業主婦となり、三人の子宝に恵まれた。子供たちは立派に成人し、いまではそれぞれに幸せな家庭を築いている。大勢の孫にも恵まれた彼女だが、その一方で愛する旦那さんとは二十年前に死別。いまでは彼から受け継いだ市内の自宅にて、自由気ままなひとり暮らしを謳歌《おうか》する身である——

と焼酎のグラス片手に、和江さんは自らそう語った。

この人、相当強がってない？　と私は老婦人の孤独な暮らしぶりに思いを馳《は》せる。

エルザも同じ感想を抱いたはずだが、しかし探偵業で鍛えられてきた彼女は、その感情を顔や言葉に表さない。彼女は和江さんの語る、かなり脚色されたと思《おぼ》しき身の上話に、笑顔で相槌《あいづち》を打ち続けた。ライオンは意外に優しい生き物だと、私は思った。

やがて時計の針が午後九時を指すころ。今宵の奇妙な宴は早めのお開きとなった。支払いは全額、この私が負担した。なぜかといえば——

「勝った奴が負けた奴に奢《おご》る。これ、ギャンブルの常識。ていうかルールだぜ」

というエルザの言い分を、私がうっかり真に受けたからだ（実際は、そんなルールはないらしい）。

ともかく大穴的中の高揚《こうよう》感と酒の力で、過去最大規模に気が大きくなっていた私は、「判ったわよ、ここは任せてちょうだい」といって拳で胸をドンと叩き、自ら財布を取り出したのだった。「ママさん、お勘定《かんじょう》、お願いね！」

こうして私は気前良く三人分の飲食代を払った。目ン玉飛び出るほど、といっては大袈裟だが、受け取った領収書に書かれた数字は、私にとってなかなか衝撃的な額だった。大当たりはもう一回分必要だったかもしれない……

だが真の衝撃が訪れたのは、店を出た後のことだ。

私たちは和江さんを送って、平塚駅の南側に広がる閑静な一角にたどり着いた。大通りから細い路地が櫛《くし》の歯のように伸びる住宅地だ。

和江さんは大通りの歩道で立ち止まると、

「もう、このへんでいいよ。家はもうすぐそこなんでね」

「せっかくだ、家まで送るよ」とエルザは主張したが、和江さんはそれを拒んだ。「仕方がねえな」と肩をすくめたエルザは、「じゃあ、気をつけて帰りなよ、おばあちゃん」

「ありがとさん。あんたたちを競輪場で見かけたら、また声をかけるからね」

「ああ、楽しみにしてるぜ」と片手を挙げるエルザ。

「次は、私に何か奢ってね」と冗談っぽく微笑む私。

ああ、考えとくよ、といって背中を向けた和江さんは、雲の上を歩くような足取りで、暗い歩道を遠ざかる。やがて彼女は大通りから右に折れて、細い路地へと姿を消した。

それを機に、私たちも百八十度方向転換。和江さんとは逆方向に向かって歩き出す。ひんやりとした秋風を肌に感じながら、私は呟くようにいった。

「ねえエル。和江さんって、他人に見られたくないような家に住んでいるんじゃ……」

「そうかもな。そもそも彼女の家が、この住宅街に本当にあるのかどうかだって……」

「そうね。毎日のやりくりにも苦労してるんだわ……」

「そのわりには、競輪にカネをつぎ込んでたがな……」

ん!?　それもそっか。彼女、意外と余剰資金を持ってるわけだ。だったら、なんで私が奢ってやる必要があったわけ!?　どこの誰かも知らないおばあちゃんなのに……

と私の胸に納得いかない思いが湧き上がった、ちょうどそのとき！

突然、地面に爪を立てたかのような耳障りな音が、夜の住宅街に響き渡る。と同時に、遠くのほうから「ギャアッ」というような誰かの叫び声。咄嗟に私は周囲の様子に耳を澄ました。

「なによ、いまの⁉　人間の悲鳴みたいだったけど」

「ああ、それと車のブレーキ音——たぶんアッチだ」

エルザが指差したのは、先ほど和江さんが消えていった路地の方角だ。不吉な予感を覚えた私は、思わず声を震わせた。「ね、ねえエル、まさかと思うけど……」

「ああ、とにかく、いってみようぜ。万が一ってこともあるからよ」

　私たちはいまきた道を引き返すように、大通りの暗い歩道を駆け出した。しばらくいって、直角に右折する。和江さんが先ほど姿を消していった路地だ。道幅は車がやっとすれ違える程度。数十メートルいった先で、その路地は別の路地につき当たって交差点を形成している。いわゆる丁《てい》字路。私たちのいる路地が丁の字の縦棒だ。交差点は街灯の明かりで照らされている。離れた場所からでも、その様子はある程度は見て取れた。

　交差点には一台の白いセダンが停車中だった。

　交差点の中で立ち往生《おうじょう》するように、斜めになって停まっている。私たちの側からヘッドライトが見える。車は右側の路地から丁字路に進入し、私たちのいる路地に向かって左折する途中で停車した。そんな恰好だ。

　その停まった車のすぐ前方に人影が見えた。

アスファルトの地面に片膝を突いている。黒っぽいスーツを着た男性のようだ。スーツの男は、私たちの気配を感じ取ったのか、すっくと立ち上がった。彼の右手に、なにか白い物体が握られているように見える。だが、その正体がなにかは判らないうちに、男は素早い動きでセダンの運転席へと向かった。

と同時に、私たちは気付いた。車の前方の地面に、誰かが長々と横たわっている。雪のような白髪と茶色いブルゾンに見覚えがあった。

「——和江さん！」

私が叫んだとき、男はすでに運転席に飛び込み、ハンドルを握っていた。

逃走の気配を察して、私の勇ましい友人が、いきなり野獣の本性を発揮する。

「てめえ、逃げんじゃねえ！」

地面を蹴って、交差点へと駆け出すエルザ。運転席の男は、すぐさま車をスタートさせる。そのまま直進して、前に倒れている和江さんを轢いてしまったら大惨事だったろう。だが、その点は運転手も気を使ったらしい。車は倒れた和江さんを慎重に避ける形で前進。そこから急激に加速したかと思うと、こちらに向かって猛然と突進してきた。

「危ない！」咄嗟に道端に身を避《よ》ける私。

ところが私の無茶な友人は、路地の中央でピタリと足を止めると、「停まりやがれ！」とばかりに両手を大きく広げて、突進する車に真《ま》っ向《こう》から勝負を挑む構え。私はびっくりしながら声を張りあげる。

「馬鹿、エル！　逃げて逃げて！」

勇敢なのか無謀なのか。もちろん後者に違いないが、エルザは突進してくる車を真っ直ぐ見据えたまま微動だにしない。接近する車。立ちはだかる探偵。道端でそれを見詰める私は、思わず両手を合わせて、友人の無事を祈った。

──おお、神よ、この哀れな子羊を、いや、羊と呼ぶにはあまりに凶暴な牝ライオンですが、とにかく彼女をお救いください！

すると、私の祈りが通じたのか、両者の距離がギリギリ狭まった次の瞬間、

「──ええい、畜生め！」

悔しげな叫びとともに、探偵は路上で一回転して、私のいる道端へと飛び退《の》いた。

「エルぅ〜〜ッ！」私は涙目になりながら、友人の身体をしっかと抱き留める。

そんな私たちの目の前を白いセダンが悠々と通り過ぎていく。

私たちに、その車を追いかける術《すべ》はなかった。

追跡を断念した私たちは、交差点へと駆け出した。路上に横たわる老婦人。その身体をエルザが抱き上げる。茶色いブルゾン、黒いズボン。皺《しわ》の寄った顔と白髪。プンと漂うお酒の匂い。倒れていた女性は、やはり岩本和江さんに間違いなかった。

「ま、まさか、和江さん、死んでるの!? 車に撥ねられて死んじゃった!?」

「いや、気を失ってるだけだ。転んで頭でも打ったんだろう。とにかく、救急車を！」

私はすぐさま自分の携帯から一一九番に連絡した。その間もエルザは気絶した和江さんの首筋や胸元などに手を当てていたが、そうするうちに彼女の表情が、ふと曇った。

通報を終えた私は携帯を仕舞いながら、首を傾げる。「どうしたの、エル？」

「いや、なんか、おばあちゃんの服や身体が濡れてるみたいなんだ。生温かい液体で」

「生温かい液体……あッ、それって血じゃないの!? きっと出血してるんだわ」

「いや、なんか違うような……色も赤くねえし……なんだ、これ!?」

首を捻るエルザは、和江さんの顔に付着した液体を指先で拭うと、その指を自らの鼻先に寄せた。くんくん、と犬のように鼻を鳴らすライオン探偵。やがて彼女は不思議そうに眉根を寄せて、その謎めいた液体の正体を明かした。「これ、血じゃねえ。たぶん珈琲《コーヒー》だ」

「え、珈琲!?」

呆気に取られた私は、エルザと同じ行動を繰り返し、その液体を確認する。確かに彼女の言葉は事実だった。和江さんの顔や首筋、ブルゾンの布地などを濡らしているのは、まさしく香ばしい匂いを放つ珈琲だ。

岩本和江さんは、なぜか珈琲にまみれた状態で、路上に倒れているのだった。

# 4

気絶した和江さんは救急車で市内の総合病院へと搬送された。そして一夜が明けた今日。私とエルザは彼女の容態を気遣う思いと、事件の詳細を知りたいという好奇心、その両方を胸に抱きながら見舞いに訪れたというわけだ。

宮前刑事が開けてくれた扉をくぐり、私たちは病室に足を踏み入れた。

そこは明るい日差しに満ちた清潔感のある個室だった。窓際に置かれたベッドの上に、寝間着姿のおばあちゃんの姿があった。上半身を起こした和江さんは、どこかぼんやりとした表情。頭に巻かれた包帯は痛々しく映るが、顔色はそう悪くはない。そんな彼女の様子を見て、エルザはホッとしたような笑みを浮かべた。

「よお、おばあちゃん、意外と元気そうじゃねーか。見舞いにきてやったぜ」

だが次の瞬間、和江さんの口から飛び出したのは衝撃的なひと言。

「はあ……あの、どちらさまでしょうか？」

「え⁉」エルザと私は思わず同時に叫ぶと、そのまま「えぇぇぇ〜ッ」と声を揃えて、病室の壁際まで後ずさり。そして互いの肩を抱きながら、不安な顔を見合わせた。

「嘘だろ、あたしたちのこと忘れちまったのか！」

「ひょっとして、これが噂の記憶喪失ってやつ！」

予想外の状況にワナワナと震える私たち。ベッドの上で、ぼうっとした表情のまま沈黙を続ける和江さん。その様子を傍らで眺めながら、宮前刑事はゴホンとひとつ咳払《せきばら》いしていった。

「よく考えろ。記憶喪失なら医者はお見舞いを許可したりはしない。君たち、からかわれてるんだよ、そのご婦人に」

宮前刑事の種明かしとともに、和江さんの顔には悪戯《いたずら》っ子のような笑みが広がった。

「な、なんだ、そういうことか」エルザは安堵の表情を浮かべながら、あらためてベッドに歩み寄った。「ずいぶん性格が……いや、ずいぶん人が悪いじゃねえか、おばあちゃん」

「本当だわ。お見舞いの品なんか買ってくるんじゃなかったわね」

冗談っぽくいって果物籠を差し出すと、和江さんはその顔に、喜びの皺を刻んだ。

「わざわざ見舞いにきてくれるとは、嬉しいねえ。警察の人から聞いたよ。車に撥ねられたあたしを見つけて、救急車を呼んでくれたんだってね。礼をいうよ。ありがとさん」

「なーに、道端に死にかけたおばあちゃんが倒れてりゃ、誰だって救急車ぐらい呼ぶさ」

私の乱暴な友人は身も蓋《ふた》もないことをいって、ベッドの端に腰を下ろす。それから他愛もない会話を続けた後、ようやく彼女は探偵の表情を覗かせて、もうひとつの本題を切り出した。「ところでよ、昨夜あたしたちと別れた後、おばあちゃんの身になにが起こったんだい？」

「そうそう、そのことなんだけどさ。まあ、聞いておくれよ」

和江さんは憤懣《ふんまん》やるかたない、といった調子で喋りはじめた。

「あたしは大通りであんたたちと別れた後、細い路地へと入っていった。家に帰るにはそっちのほうが近道だからね。しばらく進むと、路地と路地が丁の字形に交わる交差点だ。あたしがその丁字路に差し掛かったころ、右のほうから一台の車がやってくるのが見えた。あたしは交差点の手前で立ち止まって、車が通るのを待った。車は右から左に真っ直ぐ進むものと思ったんだ。ウインカーも出ていなかったしね。ところが、あたしがぼうっと見ていると、その車はいきなり左折して、あたしのいる路地に突っ込んできた。あたしはびっくりして足がすくんじまってね。それでハッキリとは覚えてないけど、あたしは『キャーッ』ってな悲鳴をあげたと思う」

「聞いたぜ、その悲鳴。正確には『キャーッ』じゃなくて『ギャアッ』だったけどな」

「そうかい。もう少し可愛らしい悲鳴をあげたつもりだったんだがね。とにかく、あたしは悲鳴をあげた。と同時に、派手なブレーキの音を聞いた気がするね。でも、それ以降のことは全然覚えていないんだ。気付いたときには、病院のベッドの上だったたってわけさ」

　和江さんの話が一段落するのを待って、宮前刑事が補足説明を加えた。

「要するに、丁字路を直進するかに見えた車がいきなり左折。道路の真ん中でぼうっとしていた和江さんを撥ねた。接触自体はそう激しいものではなかった。車のバンパーが彼女の脚に当たったが、単なる打撲で済んだようだ。ただし、和江さんは転倒した際に後頭部を強打して意識を失った。運転手は被害者を救助する義務を怠り、そのまま車で逃走。その直後、気絶している和江さんを君たちが発見し、救急車を呼んだ。おおよそ、そういう流れだな」

「酷い運転手ね」私は腕組みしながら大いに憤慨した。「怪我が軽かったから良かったけど、一歩間違えば和江さん、いまごろ命がなかったわ」

「ああ、まったくだ」とエルザも頷きながら腕を組む。「あたしも他人の車にバイクで追突したことがあるけど、ちゃんと警察からお説教を受けて、罰金払って、相手の車の修理代まで払わされたんだ。それを黙って逃げるなんて、まさに卑怯《ひきょう》者のやることだぜ」

「立派よ、エル。あなたを誇りに思うわ」

　私の言葉に宮前刑事は首を傾げながら、「どこが立派なんだ？　べつに褒められた話じゃないだろ」

エルザは咄嗟に話題を変えた。「ところで宮前、なにか犯人に繋がりそうな手掛かりとかは、ねえのかよ?」

「ないこともない。まず、アスファルトの路上にはタイヤ痕があった。左折する際に急ブレーキを掛けた痕跡だ。それと、現場から逃走する怪しい車の目撃情報」

「白いセダンだろ。それはあたしたちが昨夜、警察に話してやった目撃情報だぜ。運転手は黒っぽいスーツ姿の中肉中背の男。助手席は空っぽだった。もっともナンバーや車種については、よく確認できなかったけどな」

エルザは悔しげに表情を歪《ゆが》めながら、茶色い髪の毛を乱暴に掻きあげた。

昨夜の場面において、彼女は身体を張って車を停めようとする一方で、ナンバーや車種を確認し記憶するという初歩的な行為を怠ったのだ。通報を受けて現場に駆けつけた捜査員たちは、そんな彼女の思わぬ失策に対して、大いに落胆の表情を浮かべたのだった。

宮前刑事も昨夜の捜査員たちと同じような表情を覗かせながら、「やれやれ、ライオンは夜目が利くもんだと思っていたが、そうでもないんだな」と皮肉を口にする。

「残念ながら視力は人間並みでね」エルザはアッカンベーの恰好で、茶色い眸を刑事に向かって示した。「で、ほかに手掛かりになりそうなものは?」

「さあな。手掛かりになるかどうか、まだ不明だが」そう前置きしながら、宮前刑事は指を一本立てた。「実は奇妙な点がひとつ。君も気付いたかもしれないが、珈琲だ」

重要なキーワードを聞き、探偵は勢いよくベッドの端から立ち上がった。

「そう、それだ。あたしもそのことが気になってた。じゃあ、やっぱりあれって珈琲で間違いなかったんだな。おばあちゃんの身体にかかっていた液体」

「ああ、間違いない。それも缶珈琲やインスタント珈琲ではなく、レギュラー珈琲。要するに喫茶店やカフェで飲む珈琲だ。もっとも、最近じゃコンビニでも買えるけどな」

そうか、とエルザは頷くと、あらためてベッドの上の老婦人を向いた。

「おばあちゃんは、自分の身体に珈琲がかけられた場面を、覚えてないのかい？」

「ああ、全然記憶にないね。あたしの顔やら服やらが珈琲まみれだったたって話は、後で刑事さんから聞かされて知ったんだ。まったくなんのことやら意味が判らないよ」

「ねえ、和江さん」と今度は私が尋ねた。「私たちと別れた後、お店に立ち寄って自分で珈琲を買った、その珈琲を手にしながら夜道を歩いていた、なんてことはないの？」

「ああ、珈琲なんて買わないよ。そもそも、あの路地にはコンビニも喫茶店もない。あたしの身体に珈琲がかかっていたなら、それはあたしが手にしていた珈琲じゃないね」

「じゃあ、誰の珈琲なのかしら」私が首を傾げると、

「そりゃ、犯人の珈琲だろ」とエルザがアッサリと答えた。「ほら、あの運転手、紙コッ

プみたいなものを手に持っていたじゃんか。そして倒れた和江さんの傍《そば》にかがんでいた」

ああ、そういえば——と私は事故直後の場面を思い出す。

確かにあのとき、和江さんの傍らで立ち上がった運転手の手には、なにか白っぽいものが握られていた。いまにして思えば、あれは珈琲の紙コップだったかもしれない。だとすれば、どういうことになるのだろうか。あの緊張感漂う場面、事故を起こした運転手は気絶した和江さんを介抱するでもなく、逆に轢き殺すでもなく、ただ紙コップの珈琲を彼女の上にぶちまけてから、慌てて運転席に戻り、逃走したというのだろうか。それは轢き逃げ犯の行動としては、いかにも奇妙に思えるのだが。

「いったい、その珈琲には、なんのメッセージが込められているの？」

「さあな。よく判んねえけど、きっと深ぁーい意味があるんだろうよ」

エルザは腕組みしながら何度も頷くと、再び刑事のほうに視線を向けた。

「宮前は、どう思うんだよ。その珈琲の意味について」

すると刑事は顎に手を当てながら、淡々と自分の考えを語った。

「そうだな。おおかた、運転手は珈琲の入った紙コップを片手にしながら、よそ見運転でもしていたんじゃないか。その結果、交差点で事故を起こした。慌てた運転手は、紙コップを手に持ったまま車から飛び出し、和江さんの様子を確認。そこへ君たちが姿を現す。

ますます慌てた運転手は、うっかり紙コップの珈琲を和江さんの上にぶちまけてしまった。運転手は空になった紙コップを持って車に戻ると、君たちを蹴散らすように逃走した。――どうだい？」

「あら、意外に綺麗な推理だわ。ありそうな話ね」

感心する私の隣で、友人は納得いかない様子で首を傾げた。

「そうかな？　紙コップを持って運転席を飛び出すってあたりは、少し強引じゃねーか」

「強引じゃなくて、柔軟な発想と呼んでくれ」不満顔の宮前刑事は、投げやりな口調で続けた。「そもそも珈琲の意味なんて、正直どうでもいい。その意味が判ったところで、逃げた犯人が捕まるわけでもあるまい。だったら考えてもしょうがないじゃないか」

合理的なのか、熱意に欠けるのか。いずれにしても警察は、珈琲の謎について重要視するつもりはないらしい。確かに、珈琲の謎を考える暇があるなら、白いセダンの行方を追うほうが、犯人逮捕のためには近道かもしれない。

と、そんなふうに思ったとき、刑事の携帯が着信音を奏でた。

宮前刑事は携帯を耳に押し当てながら病室の端へ。しばらく小声で会話を交わすうち、彼の表情が次第に真剣味を増していくのが、傍目《はため》にも判った。やがて通話を終えた彼は、ベッドの和江さんに歩み寄り、事態の急変を告げた。

「どうやら、あなたを撥ねた車が発見されたようですよ。それと轢き逃げ犯も一緒に」

緊張した空気が病室に広がる。轢き逃げ事件は急転直下、解決したというのか。

だが、それを伝える刑事の表情に喜びはなく、むしろ深い失望感が漂っている。訳が判らず顔を見合わせる私とエルザ。和江さんも不審そうな顔で、彼に問い掛けた。

「ということは、刑事さん、犯人は逮捕されたんだね。そういうことなんだね？」

だが、宮前刑事は申し訳なさそうに、その顔を左右に振った。

「いいえ、残念ながら犯人は死亡したもようです……」

5

それから数分後。病室を飛び出した宮前刑事の後を追って、私たちは病院の駐車場へと向かった。刑事は覆面パトカーのドアに手を掛けながら、私たちに意味深な言葉を投げかけた。

「僕はこれから現場に向かう。なんだったら君たち、僕の後をこっそり密かについてきてくれてもいいぞ。なーに大丈夫。サイレン鳴らしてブッ飛ばすような真似はしないから」

「べつにブッ飛ばしてくれても構わないぜ。絶対、見失ったりしねえからよ」

エルザは愛車シトロエンに向かいながら、勇ましく叫んだ。「ただし、スピード違反で捕まえるのはナシだからな。――いこうぜ、美伽！」

私は頷きながら助手席へ。エルザは俊敏な身のこなしで運転席に収まると、すぐさま車をスタートさせる。一足先に走り出した覆面パトカーの後を、私たちは追跡した。

パトカーは市街地を抜け、平塚の海岸沿いを通る国道一三四号線へ。それを大磯《おおいそ》方面へと進むと、花水川《はなみず》橋という大きな橋がある。眼下を望めば、そこには川の水が平塚の海へと注ぎ込む大きな河口が広がっている。その橋を渡ったところに、数台のパトカーと警官たちの姿。そして路肩に乗り上げる恰好で一台の白いセダンが停車中だった。

エルザは覆面パトカーの隣に愛車を停めた。揃って車を降りた私たちは、宮前刑事の許しを得て、さっそく道端に停車中の白いセダンに歩み寄る。エルザはその車を前方後方、左右両側から舐《な》めるような視線で眺め回した。そんな彼女に宮前刑事が尋ねる。

「どうだ名探偵。昨夜、君たちが見た白いセダンと同じ車か？」

「うーん、確かに昨夜の車とよく似てるみたいだけどな。どう思う、美伽？」

「そうね、同じ車に見えるわ。でも似たような車はたくさんあるし……そうだ、珈琲は？」

「ん、珈琲!?」一瞬キョトンとした友人は、すぐさま軽快に指を鳴らした。「ナイスだ、美伽。よし、見てみようぜ」

私たちは車の前方に並んでしゃがみこむと、フロントバンパー付近の様子を確認。するとそこには、確かに珈琲の飛沫《しぶき》らしきものが茶色い斑《はん》点となって残っている。

私は立ち上がっていった。「間違いないわ。この車が昨夜、和江さんを撥ねたのよ」

別の捜査員から報告を受けていた宮前刑事は、私たちのもとに歩み寄って頷いた。

「やはりそうか。調べによると昨夜の轢き逃げ現場に残っていたタイヤ痕と、この車のタイヤは一致しているらしい。白いセダンという点も、君たちの証言どおりだ。さらに付け加えるなら、この車は今日の未明から、ずっとこの場所に放置されていたらしい。それをパトロール中の警官が発見したんだ」

「轢き逃げ犯が乗り捨てたってわけね」

呟く私の隣で、探偵はなにかを捜し求めるように周囲を見渡しながら、

「それは判ったけどよ。その轢き逃げ犯は、どこなんだよ？　確か、死亡したっていってたよな。なんで死んだんだ？　追いかける警察と逃げる犯人との間で壮絶なカーチェイスが繰り広げられて、犯人が車もろとも爆破炎上したのかと期待してたんだけど、どうやらそういうんじゃないらしいな。車はここにあるし、煙も上がってねえし……」

「あたりまえでしょ！　そんなハリウッド超大作みたいな場面、あるわけないじゃな

い！」

　大きな声をあげる私に、周りの警官たちの視線が集まる。思わず赤面しながら、友人の背中に隠れる私。それを見て宮前刑事は「ハァ」と小さく溜め息を吐いた。

「死体が発見されたのは、花水川の河口だ。川の水面にプカプカ浮いているのを、同じくパトロール中の警官が発見したそうだ。いまはもう引き揚げられているらしいから、いちおう君たちにも確認してもらえると有難いんだが」

　いいかな？　と目で尋ねる刑事に、私はブンと首を真横に振って、「嫌、絶対、嫌！　無理無理無理無理！」と子供のような拒絶反応。一方、友人は平気な顔で「ああ、構わないぜ」と大人の対応を見せる。

　結局、私は友人の反応を見届けるため、彼女のスカジャンの背中を追って河口へと下りていった。

　川岸の砂地に敷かれたブルーシート。その上に横たえられた死体には、茶色い毛布が被せられている。捜査員のひとりが毛布を剝《は》ぎ取るとき、私はうっかりその死体を見た。

　黒っぽいスーツを着た中肉中背の男。昨夜、見かけた運転手に間違いない。直感でそう決め付けた私は、次の瞬間には死体から無理やり目をそむけ、かなたに広がる平塚の海を眺めた。

──ああ、海はいい。心が安らぐ。水死体を眺めるより七万倍ほど素敵だ。

そんな私の傍らでは、死体を間近で確認した友人が、刑事の問いに答えていった。

「ハッキリとはいえねえけど、昨夜あたしが見た運転手と似てるな。スーツの色もこんな感じだったし、体形も近い。確かに同じ奴かもな。ところで宮前、これって溺死か？」

「そうだ、この河口で溺れ死んだんだな」

そう答えた宮前刑事は、この状況から考え得る可能性について淡々と語った。

「おそらく、この男が昨夜の轢き逃げ犯なんだろう。男は岩本和江さんを路上で撥ねた。彼女は気を失っただけだったが、男は彼女を死なせたか、もしくは重傷を負わせたと思い込んだ。怖くなって逃げ出した男は、花水川橋の傍に車を放置。この川岸まで歩き、自ら川に身を投げた。要するに自責の念に駆られての自殺。そう考えれば辻褄《つじつま》は合う」

これにて一件落着。刑事の言葉は、私の耳にそのように響いた。

「でもよ、それって見た目どおりじゃん。なんだか安易すぎねーか？」

不満を訴える探偵に対して、

「見た目どおりで何が悪いんだ？　わざわざ難しく考える必要はないじゃないか」

刑事は両手を大きく広げて堂々と主張する。

まあ、そりゃそうだけどよ──とエルザは小声で呟き、肩をすくめるばかりだった。

## 6

花水川の河口で溺死した男性の名は下村洋介《しもむらようすけ》。年齢は三十五歳で職業は会社員。それらの事実を私たちは翌日の新聞やテレビのニュースで知った。ニュース番組のキャスターの伝えるところによれば、「下村洋介は自殺したもの」と見られており、「警察は先日の轢き逃げ事件との関連を調査中」とのことだった。轢き逃げの罪を犯した下村が切羽《せっぱ》詰まった末に自殺に及んだ。そんな警察側の見解を暗に示したニュースだった。

最低限の情報を得た私とエルザは、再び岩本和江さんの入院する病院へ向けて車を走らせた。

昨日はお見舞いの途中で、「轢き逃げ犯死す」の第一報が入り、私たちは宮前刑事とともに現場に向かった。病室にひとり残された和江さんは、なにかと知りたいことが多いはずだ。私たちも、彼女に話したいことがいろいろあった。

病院に到着した私たちは、すぐさま二階にある和江さんの病室へ向かって階段を上がる。だが白く長い廊下を進む途中、エルザが突然ピタリと足を止めた。私は彼女のスカジャンの背中に描かれた獅子に、危うくキスしそうになった。

「もう、どうしたのよ、エル？」

友人は質問に答える代わりに、黙って前方を指差した。彼女が示す先には、和江さんの病室。その扉が開かれて、中からスーツを着た三人の男性が姿を現したところだった。

刑事かしら、と最初は思ったが、どうも違うらしい。

扉の前に立つ三人の男たちは、室内に向かい何度も腰を折り、ペコペコと頭を下げている。警察ならば、もっと横柄な態度で「邪魔したな、またくるぜ」とかいって扉をバシンと閉めながら、ガハハと笑って退場するに違いない（私の偏見だ）。しかし前方に見える三人の男たちは、とりあえずペコペコ頭を下げながら腰を低くすることで、相手のご機嫌を伺おうとするかのような若干卑屈な態度。これは、いかにも会社員特有のものだ（これも偏見である）。

「誰かしら、あの人たち」私がそっと囁《ささや》くと、

「会社員だな」と友人も私と同じ偏見を口にした。

私たちは何食わぬ顔でまた歩き出し、三人の男たちと廊下の途中ですれ違った。

ひとりは恰幅《かっぷく》の良すぎる中年男。洋ナシのような体形に、これまた洋ナシを思わせる下膨《しもぶく》れの顔が乗っかっている。特殊な体形を包むスーツは特注品に違いない。そんな彼は胸を張って堂々と廊下の真ん中を歩いている。傍若無人《ぼうじゃくぶじん》な態度が見るからに腹立たしい。

一方、背後に従う二人はまだ若い。私たちと同世代ぐらいか。紳士服量販店の《二着目半額セール》で買った二着のスーツを分け合ったような、よく似た恰好の二人だ。偏見の上に偏見を重ねていうなら、先頭の中年男は会社の中では肩で風切る部長クラス。後に続く二人は見た目従順ながら、裏では部長の悪口が大好物な部下たち。そんな感じに見える。

「和江さんの知り合いかしら」遠ざかる三人組の背中を見ながら呟く私。

「さあな。本人に聞いてみりゃ判るさ」

そういってエルザは勢いよく病室の扉を開けた。「よお、おばあちゃん、またきてやったぜ」

和江さんは昨日と同じように寝間着姿でベッドの上。上体を起こした恰好で私たちのことを嬉しそうに迎えた。昨日、私たちが贈った小さな果物籠がテーブルの上にある。その隣には、それよりも遥かに大きな果物籠とお見舞いの花が置かれていた。

友人はその見舞いの品と和江さんとを見比べるようにしながら、「この品物、さっきの三人が持ってきたやつかい？　すげえ豪勢だな。あいつら、いったい何者だよ。おばあちゃんの息子たちじゃねーよな、どう見ても」

微妙に失敬な友人の問い掛けに、和江さんは笑顔で手を振った。

「違うよ。あの人たち、『三星貿易《みつぼし》』って会社の人らしいよ」

「聞かねえ名前だな。どこの会社だい？」

「なんでも藤沢《ふじさわ》市にある輸入品を扱う会社らしいんだけどね。そこから、わざわざあたしのところまで、お詫びにきてくれたんだよ。『今回の件は申し訳ありませんでした』といってね」

「今回の件って、轢き逃げ事件のことかい？　なんで、その『三星貿易』の人が、おばあちゃんに謝るんだよ。おばあちゃんを撥ねたのは、下村洋介って奴なんだろ」

「だから、その下村っていう人が『三星貿易』の社員なんだよ」

「あ、そういうことか。じゃあ、あの中年男は、下村の上司かなにかだな」

「ふーん、だとすれば偉いわね、部下の不始末を詫びにくるなんて」私は中年男に対する第一印象を若干修正した。「だって、下村が起こした轢き逃げ事件は、下村だけの責任でしょ。べつに会社の上司が謝らなくても済む話だわ」

「ところが、彼らに全然責任がないわけでもなくてね」といって和江さんは眉を顰めた。

「あんたたち、警察から聞いたかい？　下村って男が酒を飲んでいたって話」

「いや、初耳だ」エルザは意外そうにいった。「じゃあ、下村は飲酒運転だったわけだ」

「そうらしいよ。事件の夜、下村は藤沢の市街地で職場の仲間と酒を飲んでいた。飲み会が終わって仲間と別れた後、彼は自分の車に乗って平塚の自宅に向かった。その途中であたしを撥ねたってことらしいね」

「ん!? じゃあ、その一緒に飲んでた職場の仲間ってのは、ひょっとして――」

「ああ、いま出ていった三人だよ。きっと本人たちも気が咎《とが》めたんだろうね。『私たちが気を付けていれば、防げたかもしれない事故でした』って平身低頭さ。もっとも、三人は下村って男が車で帰るとは思っていなかったらしいけどね」

「当然だわ。それを知ってて飲ませたなら犯罪じゃないの」呆れた声で私がいうと、

「でも、本当に知らなかったのかな?」と探偵は茶色い眸に疑惑の色を滲ませる。

なるほど、そういう可能性もあるか。新たな展開を予感して緊張を覚える私。

するとエルザは、「悪いな、おばあちゃん」といって両手で拝む仕草をすると、いきなり病室の扉へと駆け寄った。「あたし、あの三人と話がしてみたい。まだ、この病院にいるかもしれねえから、いってくる。お見舞いはまた今度な」

いうが早いか、探偵は扉を開け放ち、猛然と廊下に飛び出していった。

「待ってエル! あたしもいくわ」私は友人に続いて扉を出ると、「あ、和江さん、またくるからね」と言い残して友人の後を追う。そんな私の背中に向けて、

「もう、きちゃ駄目だよ、あたし今日の午後に退院だから」

と和江さんの声。それに重なるように、女性看護師の甲高い声が白い廊下に響き渡る。

「廊下を走らないでくださぁ――い！　ここは病院ですよぉ――ッ！」

総合病院の一階に下りると、そこにいるのは医者か看護師、お年寄りや子供連れの母親、あるいは、ひと目で患者と判る包帯姿の男性などなど。三人組のスーツの男たちがいれば目立ちそうな空間だが、そんな姿はどこにも見当たらない。

駐車場まで見て回った私たちは、結局、三人の姿を見つけることができずに建物の中に戻る。そんな私たちの目に飛び込んできたのは、フロアの一角にある小さな喫茶室だ。念のため中を覗いてみると、片隅に置かれた四人掛けのテーブル席に、見覚えのあるスーツ姿の三人組。彼らは珈琲カップ片手に何事か談笑中だった。

「いたぜ、奴らだ」

エルザは獲物を見つけた獣のような鋭い眸を、三人組に向けた。

「そうみたいね。で、どうするの、エル？　話をするキッカケがないわよ」

「ふん、キッカケなんて面倒くせえ。正面突破だ」エルザは彼らのほうへずかずか歩み寄っていくと、中年男の隣の席を指差しながら、「ここ、空いてるかい？」

奇妙な問い掛けに三人はキョトンだ。

無理もない。この時間、喫茶室はガラガラなのだ。

三人が顔を見合わせている間に、エルザはひとり勝手にその席に腰を落ち着けた。四人掛けの席はすべて埋まった。私はすぐ隣のテーブル席にひとりで腰を下ろし、とりあえずオレンジジュースを注文してから、四人の様子を観察することにした。

「なんだ、君は⁉」最初に驚きの声を発したのは、エルザの正面に座る若い男の片方だった。マンゴーみたいな楕円《だえん》形の顔をした男だ。彼は不愉快そうな口調で、「いきなり現れて、僕らになにか用か？　用がないなら別の席に移ってほしいんだが」

すると、隣に座るもうひとりの若い男が、優れた記憶力を発揮した。

「ん⁉　あなた、さっき二階の廊下ですれ違った人ですよね」

こちらはバナナのように歪んだ顔をした眼鏡男子だ。彼はエルザの顔を覗《のぞ》きこむようにしながら、「ひょっとして、あなたは岩本さんのご家族かなにかですか？」

「へえ、そう見えるかい？」彼女は唇の端にニヤリと笑みを浮かべると、自らの胸に手を当てていった。「あたし、生野エルザ。見てのとおりの私立探偵さ。よろしくな」

「え、私立探偵だってぇ……」とマンゴーが眉を顰め、

「そうは見えませんけど……」とバナナが顔の眼鏡を押し上げる。

エルザの隣に座る中年男は椅子の上で大きく仰《の》け反るような反応を示し、洋ナシに似た

顔を彼女に向けた。「探偵が我々になんの用かね？　ひょっとして、轢き逃げ事件についてで調べているのかな？　あれは下村君が自殺して、すでにケリがついているはずだが」

「その下村って人は、お宅の会社の社員だって聞いたけど」

「ああ、そうだ。私の営業部で課長を務めていた男だ。仕事のできる男だったが、酒で躓《つまず》くとは残念だよ。いずれにせよ、被害者はさほどの怪我ではなかったのだから、自殺まですることはなかった。真面目な男だったから、思い詰めてしまったんだろうな」

「本当に、そうなのかな？」

挑発するような探偵の言葉に、中年男の洋ナシ顔がさらに膨らみを増した。

「そうだとも。君がなにをどう疑っているかは知らないが、事実は事実だ。下村君は飲酒運転で岩本さんを撥ねた。そして自責の念に駆られて自ら命を絶った。不幸な出来事だ」

「でもよ、下村さんに酒を飲ませたのは、あんたたちなんだろ？」

なにい⁉　というように、探偵の前でマンゴーとバナナが腰を浮かせる。気色ばむ部下を片手で制しながら、中年男は探偵に対して作り笑顔を向けた。

「無理やり飲ませたわけではないよ。それに我々は、下村君が藤沢の飲み屋から平塚の自宅まで電車で帰るものと思っていた。ここにいる三人、全員がそう思っていたんだ。嘘じゃない。彼が車で帰ると判っていたなら、酒を飲ませたりはしなかった。当然のことだ」

「本当なんですよ」三人の中ではもっとも知的に映るバナナ顔の男が、真剣な声で訴えた。「最近は、どこも飲酒運転には厳しいでしょ。だから飲み屋の店員も注文を取る際、僕らに確認を取ったんです。『車で帰られる方は？』ってね。課長はハッキリ『電車だ』と答えました。店員は、その言葉を信用して酒を出したんです。僕らも課長の言葉を信じました」

「当たり前だ」とマンゴー顔の男が頷いた。「それに僕らは、飲み屋を出たところでバラバラに別れたんだ。その後で、課長が車のハンドルを握るなんて知りようがない。その場にいたら止めることもできたろうが、僕はひとりで真っ直ぐ最寄りのバス停に向かったし……」

「僕も、別のバス停からマンションへ帰宅を……」

「私は、飲み屋の周辺をぶらぶらして、それから電車で帰宅した」

文句はあるまい、というように洋ナシ顔の中年男が、探偵の顔を横目で睨みつける。

「ふん、そうかい。なるほど、こりゃ疑ったあたしが間違いだったようだな」

ゴメンよ、といって大人しく頭を下げるエルザ。

お役に立てずに悪かったね、と皮肉めいた口調の中年男。

だが、探偵は椅子から腰を浮かせかけたところで、突然「あ、そうそう」と呟くと、また椅子の上に座りなおして、「最後に、もうひとつだけ」と意外な粘り腰を見せる。

中年男は苛立ちを露にしながら、「なんだね。まだ聞きたいことがあるのかね」

「大したことじゃねえよ」と前置きしてから、探偵はズバリとその質問を投げた。「知ってるかい？　車に撥ねられた被害者の顔や服、珈琲で濡れてたんだってさ。被害者は珈琲なんか手にしていなかったのに、不思議だろ。なんで、そうなったんだろうな？」

その問いを耳にした瞬間、三人は三様の表情を浮かべた。

「珈琲で濡れてた？　どういう意味だ？」マンゴーに似た顔がキョトンとする。

「被害者のじゃないなら、誰の珈琲なんだ？」バナナ顔の男は歪んだ顔をさらに歪める。

そんな中、洋ナシ顔の中年男は目の前の珈琲カップを眺めながら、吐き捨てるようにいった。

「馬鹿馬鹿しい。珈琲なんてどうだっていいじゃないか！」

## 7

その日の夕暮れ時。私とエルザは一軒のコンビニに立ち寄った。

今夜飲むかもしれない、いや確実に飲むであろうビールとツマミを調達するためだ。

買い物籠にビールと乾き物を詰め込む私の横で、エルザは偶然目に留まった《マンゴーバナナ・オレ》を籠に投入。なぜ急に彼女がそんなものを飲みたくなったのか、私は敢《あ》えて聞かない。その代わり私は私で《洋ナシ味チューハイ》を籠に放り込む。

そうして無駄に重たくなった籠を持ちながら、私はレジへ。そのときエルザがレジ横の珈琲マシンに目を留めた。近年コンビニに普及した、セルフ式の珈琲抽出機だ。値踏みするように、しげしげと機械を眺めるエルザ。頭の中では、またしても例の珈琲問題が渦を巻いているに違いない。そんな彼女に私は何気なくいった。

「せっかくだから、珈琲、飲もっか」

「ん⁉　ああ、そうだな」

私は学生アルバイト風の男の子に「ホット珈琲のSサイズを二つ」と追加で注文し、紙コップを二つ受け取った。だが私が紙コップのひとつをエルザに手渡そうとした、ちょうどそのとき、彼女の携帯が着信を告げた。

「ゴメン美伽、あたしのはブラックでいいから」と言い残し、友人はコンビニの外へと出ていった。「はい、もしもし……なんだよ宮前、なんか用か……？」

友人は駐車場に停めたシトロエンの傍らに移動すると、立ったまま携帯で話しはじめた。相手は宮前刑事らしいと判るが、会話の内容までは判らない。私は友人の様子を気にしつつ、珈琲二杯分をマシンで抽出する。探偵と刑事の会話はまだ終わらないようだ。

仕方がないので私は重たいレジ袋を右腕に通し、二杯の珈琲を両手で持ちながらコンビニの外へ。ふらつき気味に車の傍へと歩み寄ると、エルザはまだ話し中だった。

「エルの珈琲、ここに置くわよ」

といって、車の上に紙コップを載せると、ようやく私は一息ついた。助手席側へと回り、扉を開けて車の中へレジ袋を放り込む。ちょうどそのとき、探偵は刑事との通話を終えた。さっそく私は友人に尋ねた。

「宮前刑事からね。どんな話だったの？」

「いや、べつに大した話じゃない。こっちの動向に探りを入れるための電話だ。だから、逆にいろいろ聞き返してやった。まず、事件の夜に下村洋介と一緒に飲んでいた例の三人組について、重要な事実が判明したぜ」

「え、なになに⁉　あの三人のなにが判ったの⁉」

「喜べ、美伽。あの三人の名前が判った！」

「素敵！　よくやったわ、エル！」

私は友人の快挙を称えた。彼らを果物の名前で呼び続けるのは、本人たちにも果物たちにも申し訳ないと思っていたところだ。「で、なんて名前なの？」

「マンゴー顔の奴が南郷《なんごう》、バナナ顔の奴が花田《はなだ》。西洋ナシに似た中年はラ・フランスだ」

「マンゴーが南郷で、バナナが花田かぁ。ふーん、まさに名は体を表すってわけね。でも、いくらなんでもラ・フランスは冗談でしょ？」

「もちろん冗談だけど、あながち間違いってわけでもない。あのナシ面《づら》男の本名は梨岡《なしおか》っていうそうだ。『三星貿易』の営業部長なんだとよ」

なるほど。やはり、ここでも名は体を表していたわけだ。

「で、他にはなにが判ったの？」

「溺死した下村洋介の体内からアルコールが検出されたのは事実らしい。それから白いセダンのハンドルからは、下村の指紋《しもん》だけが検出された。これらの事実と、三人組の証言、それから被害に遭った岩本和江さんと轢き逃げ現場の目撃者――これは、あたしたちのことだけど――それらの話を総合して考えれば、事件の輪郭《りんかく》は明らかなんだとよ」

「どう明らかなわけ？」

「あの梨岡って部長の言葉どおりさ。下村は飲酒運転でおばあちゃんを撥ね、怖くなって逃げた。そして切羽詰まった挙句《あげく》に早まって自ら命を絶った。警察もそういう見解だ」

「珈琲のことは問題とは思っていないのね」

「その点も梨岡と同じだ。『珈琲なんてどうだっていいじゃないか』だとよ！」

苦いものを吐き出すようにいうと、探偵は車のタイヤを靴の爪先で蹴り上げる。そして、ふと思い出したように「あれ⁉」と呟くと、紙コップを手にする私を見ながら首を傾げた。「そういや美伽、あたしの珈琲は、どうしたんだよ？」

「どうしたって、そこに置いてあるじゃない」

私はシトロエンの屋根の上を指で示した。そこにはホット珈琲の入った紙コップが蓋をした状態で載っている。私はエルザの珈琲を運転席側の屋根に置いたのだ。携帯での会話に集中していた彼女には、判りづらい置き場所だったのかもしれない。

エルザはいま初めて気付いたらしく、「なんだ、こんなところか」といって、屋根の上の紙コップに手を伸ばす。だが次の瞬間、彼女は伸ばした手をピタリと止めると、目の前の紙コップに嚙み付くような視線を向けた。「…………」

私は自分の珈琲を啜《すす》りながら、動きを止めた友人にいった。

「どうかしたの、エル？　珈琲、冷めちゃうわよ」

するとエルザは突然なにを思ったのか、再びコンビニの中へと駆け込んでいく。慌てて追いかける私の前で、彼女はレジカウンターに佇む若い店員を捕まえると、「ちょっと、兄さん、聞きたいことがあるんだけどさ」といって、ガラス越しに見える駐車場を指差していった。「ほら、いまあたしの車の屋根に珈琲の紙コップが載ってるだろ」

「え、ええ、見えますけど、それがなにか?」

「あんなふうに車の屋根に紙コップを置く人って、ときどき見かけるかい?」

「はあ、結構いらっしゃいますよ」なんだそんなことか、というように店員は平然とした口調で続けた。「屋根に紙コップを置くだけじゃなくて、そのまま走り出しちゃう人までいますね。僕も何度か目撃したことがあります」

「そのまま走り出す! それってマジか!」

「ええ、マジですとも。車できたお客様が、お店で買い物して、ついでにセルフの珈琲を買うとするでしょ。片手にレジ袋を提げて、もう片方の手に珈琲の入った紙コップを持つことになりますよね。お客様はその恰好で車へと戻る。でも、そのままじゃ車のドアを開けられないですよね。両手が塞がっているから。そこでお客様は紙コップをいったん屋根の上に置いて、運転席のドアを開ける。それから手にしたレジ袋を助手席とかに置くんですけど、その瞬間に忘れちゃうんでしょうね、屋根に置いた紙コップのことを。そのままお客様は運転席に腰を下ろして、車をスタートさせてしまうってわけです」

「屋根に珈琲を載せたまま⁉」呆れ顔のエルザに対して、

「ええ、屋根に珈琲を載せたまま」店員は事も無げに答える。

「ねえ、店員さん」私は二人の会話に割って入った。「その珈琲って、その後、どうなるのかしら？」

「さあ、どうなるんでしょうねえ。僕も追跡したことないから、よく判らないけど、家に帰り着くまで、あのまんまなんですかねえ。それとも運転手が途中で気付くのかな。まあ、車が激しく揺れたり弾んだりすれば、当然、屋根から落っこちちゃうんでしょうけどね——ははは！」

自らの発言に乾いた笑い声を漏らす店員。

だが事情を知らない彼をよそに、私とエルザは互いに目と目で頷き合うのだった。

8

店員の話から閃《ひらめ》きを得た私とエルザは、慌ててシトロエンの車内へと戻る。エルザは静かに車をスタートさせた。ハンドルを操作する彼女の表情は活き活きと輝き、その茶色い眸は爛々《らんらん》とした光を湛《たた》えていた。車は特に目的地もないまま夜の市街地を駆け回る。探偵は自分の考えを纏《まと》めようとしているのだろうか、無言のまま真っ直ぐ前を見据えている。

そんな友人の横顔を、私も黙って助手席から見守った。

やがて彼女は納得の表情を浮かべると、すでに暗くなり始めたアスファルトの道路を見詰めながら、事件の真相について語りはじめた。

「事件の夜、下村洋介って男は、白いセダンの屋根に珈琲の紙コップを載っけながら、車を走らせていた。その状態で、彼の車は藤沢から平塚までの道のりを走ったんだ」

「屋根の紙コップを落とさずに？」

「ああ、そうだ。あり得ない話じゃない。舗装された道は段差も凸凹もほとんどない。藤沢から平塚の一般道なら夜でも込み合っているから、それほどスピードを出すこともない。下村は酒に酔っていた。その分、逆に慎重な運転を心がけていたとすれば、屋根の上の紙コップは落ちそうで落ちなかっただろう。だがそこで、あの事故が起こった」

「交差点での事故ね。下村は岩本和江さんを撥ねてしまった」

「そうだ。下村は急ブレーキで車を止める。そのとき、ついに屋根の上の紙コップが地面に落っこちたんだ――こんなふうに！」

そういってエルザはいきなり車のブレーキを強く踏む。ガラスを引っ掻くような耳障《みみざわ》りな音。身体ごと前へ持っていかれるような強い衝撃があった。「――きゃあッ」

思わず悲鳴をあげる私の目の前。見覚えのある紙コップが一個、ボンネット上で弾んで、車の前方に転がって落ちた。その光景を見て、ようやく私は気付く。そういえば友人はコンビニの駐車場を出る際、珈琲を屋根の上に載せたまま、静かに車をスタートさせたのだ。

——この実演をやるためだったのね！

私は呆れた思いを抱きつつ、フロントガラス越しに前方の状況を確認した。路上に転がる紙コップ。その傍らには白い蓋が落ちている。蓋は落下した際に衝撃で外れたのだ。当然、アスファルト上には茶色い液体がぶちまけられている。私は友人に対してひと言、心からの忠告をおこなった。「エル、道路を汚しちゃ駄目でしょ！」

「判った判った。そう怒るなよ、美伽」

友人はゴメンというように肩をすくめると、停車した車内で話を続けた。「とにかく、車は急停止した。和江さんはバンパーに接触して後方に転倒。と同時に屋根の上の紙コップも前方に吹っ飛ばされた。慣性の法則ってやつだな。そして、それは和江さんの身体の上に落下した。衝撃でカップの蓋が外れて、中の珈琲が飛び散る。転倒した和江さんの顔や服に珈琲がかかる。飛沫の一部は車のバンパー付近にも付着した。あり得る現象だろ」

「確かに」私は助手席で頷いた。「じゃあ、べつに下村が和江さんの身体に珈琲をかけたわけではなかったのね。彼女に珈琲がかかったのは、偶然が重なった結果だった」

「そうだ。しかし事故は事故だ。マズイと思った下村は、現場から逃走しようと考えた。だが、路上に転がった紙コップをそのままにしてはおけない。紙コップの表面には、下村自身の指紋が残っているからだ。そこで下村は慌てて運転席から飛び出した」

そういって、エルザもまたドアを開けて運転席を出ていった。そして、車の前方に転がる紙コップとプラスチック製の蓋を拾い上げると、アスファルトに染み込む茶色い液体に《後ろ足》でパッパッと路上の砂をかける。その姿を助手席から眺めながら、私は思わず呟いた。「あんたは排泄《はいせつ》直後のライオンか！」

やがて運転席に戻ったライオン娘は、回収した紙コップを運転席の脇のカップホルダーに収めながら、「――とまあ、こんなふうに下村は証拠の品を回収したってわけだ」

「《後ろ足》で砂をかけたりは、しなかったと思うけど」

「は⁉　誰に《後ろ足》があるって⁉」エルザは横目でジロリと助手席を睨む。

「ま、それはともかく」と呟いた私は、あらためて事故の場面を振り返る。「あのとき、運転席に戻る男の手に紙コップのようなものが握られていた。それを見て、私たちは運転手が和江さんに紙コップの珈琲をぶちまけたと、そう解釈した。でも実際は違ったのね。下村は証拠の品を持ち去っただけ。下村はただ逃げるのに必死だっただけで、特別に奇妙な行動を取っていたわけではなかった」

「ああ、そうだ。下村はただ逃げるのに必死だっただけだ」

「それから下村はどうしたのかしら。再び車をスタートさせて、私たちを蹴散らすように逃走して、それから……ええっと、それから彼は花水川橋まで車を走らせて、路肩に車を放置。そして花水川の河口に身を投げた。自責の念に駆られて……ん⁉」

私は助手席で思わず腕を組んだ。「なんだか、しっくりこないわね。証拠隠滅までやって逃げたわりには、下村はやけにアッサリと命を絶った印象だわ。今回の事件って、本当にそういう話なのかしら？　なんだか裏がありそうだけど」

「美伽のいうとおりだ。この事件は表面上見えているような単純な事件じゃねえ」

「どういうこと？」

「見えてない部分があるってことさ。ポイントは屋根の上の紙コップの位置だ」

「紙コップの位置？　ますます判らないけど」

「まあ、考えてみろよ」そういって探偵は自分が座る運転席の真上を指差した。「仮に紙コップが運転席側の屋根に載っかっていたとしよう。現場は交差点だ。そこを車は左折しようとして急停止した。この場合、屋根の紙コップは、どういう動き方をすると思う？　さっき実演したみたいに、前に向かって真っ直ぐ吹っ飛んでいくと思うか？」

「いや、そうはならないわね。車が左にカーブしながら急停止するってことは、屋根の上の紙コップには右方向に遠心力が働くはずだから……」

「そうだ。前に進む力と、右方向に飛ばされる力。屋根の上の紙コップには、その両方向の力が作用する。てことは、たぶん紙コップは車の進行方向の右斜め前方に飛ばされるはずだ。よし、試しにやってみようぜ！」

「やんなくていい！　これ以上、道路を汚さないで！」

　私は前のめりになる友人を制して叫ぶ。「で、それがどうしたっていうのよ。紙コップが右斜め前方に飛ばされるとしたら――ん、右斜め前方⁉」と呟きながら、私は友人の座る運転席に視線をやった。彼女のシトロエンは日本仕様の右ハンドル。その右斜め前方ということは――「そうか、確かに変ね」

「な、変だろ。紙コップが運転席側の屋根にあって、それが右斜め前方に吹っ飛んだとしたなら、そこには誰もいないはずだ。和江さんは車の正面に倒れていたんだからな。珈琲は路上にぶちまけられるだけで、和江さんの身体にはほとんどかからない。彼女の顔や服が珈琲まみれっていう状態にはならないはずだ」

「確かにそうだわ。あ、てことは！」

　私は手を叩いて、単純な結論を口にした。「つまり、紙コップの位置は運転席側じゃなかった。それは助手席側の屋根にあったってことね」

「そうだ。助手席側の屋根にあった紙コップが右斜め前方に吹っ飛ばされたなら、それは車の正面にいる和江さんと衝突する確率が高い。そう、紙コップが載っていたのは、助手席側の屋根なんだよ。――なあ美伽、これって何を意味していると思う？　なんで、珈琲の紙コップは運転席側じゃなくて、助手席側の屋根に置かれたんだ？」

「………」しばしの黙考の末、私はようやく顔を上げた。「ひょっとして助手席側に誰かいたってことかしら。あの車に乗っていたのは、下村だけじゃなかったってこと？」

「ああ、おそらくな」探偵は頷いた。「もちろん決め付けることはできない。あくまで、その可能性が高いってだけの話だ。でも、あたしはこの推理に結構自信がある。だってそうだろ。下村がひとりで運転中に店に立ち寄り、テイクアウトの珈琲を買ったとしてだ、その紙コップを助手席側の屋根に置き忘れる可能性なんて相当低いはずだぜ」

「確かに、助手席に誰か別の人がいたと考えるほうが自然よね。――だけどエル、ちょっと矛盾してないかしら。逃走する白いセダンの助手席は空っぽだった。そう証言したのは、あなた自身だったはずよ」

「そうさ。実際、助手席には誰も乗っていなかった。だから、さっきからあたし、助手席側っていってるだろ。助手席は空っぽだったけれど、助手席側には誰か乗ってたんだよ」

「助手席ではなくて助手席側!?」私は一瞬考え込んでから、「判ったわ。つまり後部座席ね。後ろの席の助手席側に誰かが乗っていたんだわ。逃走の際、その誰かは長いシートに寝そべるようにして身を隠していた。だから、その人物はエルの視界に入らなかった」

「たぶん、そうだ」頷いた友人は、私の前に指を一本立てた。「ならば考えるべき問題はひとつ。下村の運転する車の後部座席に乗っていた人物は、いったい誰か？」

「誰なの？」ゴクリと唾を飲みながら、私は聞き返す。

「厳密にいうと、判らない。下村が誰を車に乗せたかについては、あらゆる可能性が考えられるからな。それこそ、偶然出会った昔の知り合いや、初対面のカワイ子ちゃんを乗せていた可能性だってゼロじゃねえ。だけどよ、これもまた可能性の話になるんだが」

そう前置きして、エルザはもっとも考えられる可能性について口にした。

「下村は藤沢の飲み屋で会社の仲間たちと一緒に飲んでたんだ。その彼が車で平塚に帰ろうとするとき、『その車についでに乗っけてくれ』という人物が現れるとするなら、やっぱりそれは一緒に飲んでいた例の三人組。その中の誰かである可能性が高いと思う」

「確かに、まったく別の誰かを乗せるよりは、飲み会の仲間を乗せる可能性のほうが高いわね。だけどマンゴー顔の南郷がいってなかったかしら。『僕らは、飲み屋を出たところでバラバラに別れた』って」

「ああ、そうだ。だがバラバラに別れたように見えて、実際には誰かが下村と一緒だった可能性はある。あるいは、いったん解散した仲間同士が、また近くで出くわすことも、よくある話だ。飲み屋の近くに停めた車に乗り込もうとする下村を、仲間のひとりが見つけて、『俺も乗せてくれ』という。そういうケースは充分にあり得るだろう。だとするなら、果たしてそれは誰か？　誰である可能性が、いちばん高いか？」

　慎重なエルザの問い掛けに、私も慎重に答えた。

「あの洋ナシ部長の梨岡じゃないかしら。だって、南郷や花田は下村課長の部下でしょ。だったら後部座席じゃなくて助手席に乗ると思う。そして上司の話し相手を務めるはずよ。同乗させてもらいながら後部座席でくつろいでいるなんて、梨岡以外に考えられないわ。彼は下村の上司だし、しかも洋ナシみたいな太めの体形だから、きっと広々とした後部座席に乗ると思うのよね」

　私の答えに、エルザは猫のように目を細めて頷いた。

「いい推理だ、美伽。あたしも同感だぜ。同乗者は部長の梨岡だと思う。もちろん、その可能性が高いってだけで確証はない。だけど、梨岡が車の後部座席にいたなら、珈琲の件はこんなふうに考えられるんじゃねーかって思うんだ」

　そういって、探偵はひとつのあり得るケースを語った。

「下村は後部座席の助手席側に梨岡を乗せて車を走らせていた。すると梨岡が珈琲を飲みたいと言い出す。そこで下村はコンビニの駐車場に車を停める。下村は珈琲を二杯買い求め、紙コップを両手に持って車に戻る。彼は梨岡に珈琲を渡そうと思うが、両手が塞がっていてドアが開けられない。そこで下村は片方の紙コップを助手席側の屋根に載っけてから、後部座席のドアを開け、梨岡に紙コップを手渡す。そのとき、梨岡と下村の間で二言三言の会話でもあったかもしれない。やがて後部座席のドアを閉めたとき、下村の頭からは屋根に載せた自分の珈琲のことは、すっかり消え去っていた。下村はすぐさま運転席に戻り、車をスタートさせる。車は助手席側の屋根に珈琲の紙コップを載せたまま走りはじめた……」

「絵が浮かぶわね」私は目を閉じて呟いた。「だけど走っている途中で、下村はさすがに気付くんじゃないかしら」『あ、買ったはずの俺の珈琲がない』って具合に」

「だろうな。でも仮に気付いたって、とでもないだろ。上司を待たせて機嫌を損ねるぐらいなら、そのまま車を走らせるさ」

「そうね。そう考えると、やっぱり下村の同乗者は、上司の梨岡がいちばんしっくりくるみたい」

「だろ。それに、同乗者が梨岡だとするならば、今日の彼の態度も納得できるってもんだ。梨岡は自分が下村の車に同乗していたことを、絶対誰にも知られたくない。だから、探偵であるあたしに対して、警戒感を露にしていたわけだ」

「確かに、あの男、エルのことをずいぶん目障りに思っていたみたい。でも、なぜ梨岡は自分が下村の車に同乗していたことを知られたくないの？　事故を起こしたのは下村なんでしょ？　まさか、梨岡がハンドルを握って事故を起こしたなんてことは、ないわよねえ？」

「ああ、それはない。あたしたちが目撃した運転手は、あんな特徴的な身体つきじゃなかった。ハンドルを握っていたのは下村のほうだ。梨岡は後部座席にいただけ。それは間違いない」

「だったら、なぜ……？」

「なぜっていうけど、美伽も聞いたことあるだろ。飲酒運転って、場合によっては一緒に乗っていた人物も罪に問われるんだぜ。運転手が酒を飲んでいることを知りながら、その車に同乗していたような場合、運転手が事故を起こした責任の一部は、注意義務を怠った同乗者にもある。実際、それで助手席の人間が有罪となった判例もある」

「そっか。まさしく今回の梨岡は、それに当て嵌まるケースってわけね」

「そうだ。実際、裁判になった場合に、どの程度の罪に問われるかは判らない。罪といっても軽いものかもしれないし、やりようによっては無罪になるかもだ。だが、有罪か無罪かは別にして、社会的な信用を失うマイナスの効果は大きい。早い話が、出世に響くじゃんか、こういうトラブルって。梨岡にしてみりゃ、『なんで他人が起こした事故のせいで、自分のキャリアに傷がつくんだ！』ってな考えにもなるってもんだ」

「確かに、そういう考え方をしそうな人だったわね、あのオジサン。あ、だったら、下村が逃走したのも、梨岡のせいかもしれないわね。トラブルを恐れた梨岡が、『下村、早く逃げろ』って、後部座席からそそのかしたのかもしれないわ」

「上司の命令に従って、下村は逃走したってわけだ。確かに考えられることだな。いずれにしても下村は現場から逃走した。彼は轢き逃げ犯になった。後部座席には梨岡が乗っている。二人を乗せた白いセダンは、その後、花水川橋へと向かった。二人は橋の傍の路肩に車を放置した。そして、二人の間になにかが起こった」

「なにかが……？」私は背筋にゾクリと冷たいものを感じる。

「翌日、下村は河口に浮かぶ溺死体となって発見され、自殺と判断された。一方、梨岡は事故の夜に下村の車に同乗していたことを、必死に隠そうとしている。――なあ、美伽」

エルザは私のほうを横目で見やりながら、淡々とした口調で質問した。

「花水川の河口付近で、この二人の間になにが起こったと思う？　自分の命でもって罪を償おうとする下村課長の姿を、川岸に佇む梨岡部長が涙で見送った――なんて光景は、馬鹿馬鹿しくって到底考えられねえよな。美伽だって、そう思うだろ」

もちろんだ。私は震えそうな声で「やっと判ったわ」と呟き、いまようやく私の中で鮮明になった真実を口にした。「下村洋介は自殺ではなかった。梨岡に殺されたのね」

「そうだ。あたしはそう思う」

私の賢い友人は、そういってしっかりと頷くのだった。

## 9

路上に停められたシトロエンの車内。一杯の珈琲から推理を重ねることで、探偵は轢き逃げ事件の裏側の真相を暴き出した。私は彼女の慧眼《けいがん》に舌を巻くばかりだ。探偵は暗い車内に、なおも淡々とした声を響かせ続けた。

「宮前もいっていたように、轢き逃げってやつは、いくら逃げたって大抵バレるもんだ。下村だって、いつかは警察に捕まるだろう。そうなれば、同乗者である梨岡の責任も問われる。だから、そうなる前に梨岡は下村を自殺に見える形で殺害した。言葉巧みに花水川の河口に下村を導き、岸辺から川に突き落としたんだろう。そうすることで、梨岡は今回の轢き逃げ事件を、あくまでも下村ひとりの事件に見せかけようとしたんだな」

「責任逃れのための口封じってわけね。なんて卑劣な殺人なの！」

私は強い憤りを露にしながら、運転席の頼れる友人を見やった。「梨岡の奴、絶対許せない。ねえエル、これからどうするの？　どうやって梨岡を懲《こ》らしめてやるわけ？」

だが、友人は私の期待を裏切るように、アッサリと首を左右に振った。

「まあ、待てよ、美伽。懲らしめるっていうけど、あたしたち刑事でも裁判官でもねえ。ただの探偵だ。今回の轢き逃げ事件については、偶然、被害者のおばあちゃんと一緒に飲んでいたってだけの話。誰かから事件の調査を依頼されたわけでもない。あたしがこの事件の謎を解き明かそうとしたのは、いわば探偵としての本能。要するに自分の好奇心を満たしたかっただけのことだ。べつに真犯人をどうこうしたいわけじゃない」

「それは、そうだけど……」頷きながらも私は納得できない。「だって、犯人は梨岡なんでしょ？」

「いや、梨岡が絶対犯人だと決め付ける根拠はない。何度もいうようだけど、あたしの推理はあくまでも、『そうである可能性が高い』ってだけの話だ。実際には、下村の車に同乗者はいなかったのかもしれない。同乗者がいたとしても、それは梨岡ではなく、南郷や花田だったかもしれない。あるいはまったく別の誰かだった可能性もゼロじゃないんだ」

「じゃあ、どうするの？　梨岡のことは、このまま放っておくの？」

「べつに、放っておくつもりもねーけどよ。そうだな。とりあえず宮前の奴に、さっきの推理を耳打ちしてやるかな。警察が自慢の人海戦術で調べ上げりゃ、それこそ動かぬ証拠や決定的な目撃者が現れるかもだ」

「じゃあ、私たちの出番は、ここまでってこと？」私は落胆の声をあげながら、助手席の背もたれに上体を預けた。「なーんだ、つまんないの！」

「仕方ねーだろ。そもそも依頼人のいない事件なんだからよ」

「あーあ、こんなことなら、和江さんに依頼人になってもらっとくんだったわね」

狭いシートの上で疲れたように伸びをする私。だがその瞬間、ふいに私の脳裏を微《かす》かに不安の影がよぎる。私はその不安を隣の友人に打ち明けた。

「ねぇエル、あなた、梨岡の前で自分が探偵だってこと、ハッキリ口にしたわよね」

「ああ、そういったな。相手がどういう反応を示すか、見てみたくてよ」

「梨岡は恐怖を感じたでしょうね。探偵が自分たちに疑いを向けていると思って」

「ああ、実際そういう反応だったな。それが、どうかしたか？」

「ねえ、よく考えてみて。確かに私たちは、単なる行きがかりで轢き逃げ事件と関わった。珈琲の謎を解き明かそうとしたのも、いわば単なる好奇心。だけど、梨岡はそんなふうには思っていないはずよね。プロの探偵が依頼もなしに動き回るなんて、普通はあり得ないもの。当然、探偵に事件の調査を依頼した人物がいる。梨岡はそう思ったはずよ。だとすれば、梨岡はその依頼人を誰だと考えたかしら？」

「そりゃあ……」エルザは一瞬考えただけで即答した。「あの、おばあちゃんだろうな。

事実は全然違うけど、梨岡の目にはそう映ったはずだ。ははん、やっと判ったぜ、美伽が何を心配しているのか。要するに、勘違いした梨岡がおばあちゃんに危害を加えるんじゃないかって、そう思ってるんだろ。なるほど、確かにその心配はあるかもな」

不安げに俯《うつむ》くエルザ。だが彼女はすぐにノホホンとした顔を上げると、背もたれに上体を預けながら、「けどまあ、大丈夫だろ」と、やけに楽観的な言葉を口にした。「だってよ、ああいう総合病院ってところは、昼間は大勢の患者や見舞い客が訪れるけど、夜になっちまえば、そう簡単に外部の人間が立ち入れる場所じゃねえ。だから今夜のところは心配いらねえってこと……」

「わッ、馬鹿馬鹿！　エル、なに寝ぼけたこといってんのよ！」

びっくりした私は、素《す》っ頓狂《とんきょう》な声をあげながら隣の友人をポカポカと拳で叩く。

「え、馬鹿って、なんだよ⁉　どうした美伽⁉」とエルザは訳が判らずキョトンだ。

そんな彼女の耳元で、私は今日、病室で聞かされた事実を告げた。「和江さん、今日の午後に退院したのよ。だから今夜はもう病院じゃないんだって！」

「チッ、なんだよ、それを早くいえっての！」

ようやく事の重大さを認識したエルザは、すぐさまエンジン始動。コンマ五秒の早業で車をスタートさせると、助手席の私にもっとも重要な指示を与えた。

「美伽！　宮前に電話で聞いてみてくれ。あのおばあちゃんの家がどこかってことを！」

平塚の夜を切り裂くように爆走するシトロエン。その進路は平塚駅の南側に広がる住宅街へと向けられている。和江さんが轢き逃げに遭った交差点、その近辺に彼女の自宅があることは間違いない。

私はエルザの指示に従って、自分の携帯から宮前刑事と連絡を取り、和江さんの自宅の詳しい住所を確認した。「――エル、判ったわ。高校のすぐ傍よ！」

「だったら、すぐじゃんか！」探偵はアクセルを踏み込み、愛車の速度を上げた。

間もなく車は高校の近くの路上に停車。運転席を降りたエルザは、ラゲッジ・スペースに隠し持つ木刀を取り出し、片手でブンとひと振り。そして私たちは教えられた住所を頼りに目的地を探した。

そうしてたどり着いたのは、うっそうとした樹木が生い茂る、廃墟のごとき狭い門だ。その門の向こう側を覗き込みながら、木刀片手に探偵が呟く。

「本当に人が住んでんのか？　まるで空き家の庭先みてえだぞ」

「高齢者のひとり暮らしだから、きっと庭の手入れまで行き届かないのよ」

「ふーん、そういうもんか」と呟きながら、ガタつく門扉を押し開けるエルザ。「とにかく中に入ってみようぜ」といったときには、もう彼女の身体はすっかり敷地の中だった。

「駄目じゃないの、エル、勝手に入っちゃ」

と、いいながら私も、彼女の背中を追って結局中へ。

暗い庭を進むと、そこに聳《そび》えるのは二階建て木造建築のシルエット。玄関らしき薄汚い扉が目の前にある。エルザはその扉を拳で数回ノック。そして返事も待たずにノブを引くと、開いた扉の向こうに大きな声で呼びかけた。

「いるかい、おばあちゃん。様子を見にきてやったぜ、ちょっとだけ顔を見せて――」

とそのとき、彼女の声を遮るように、奥から「ギャアッ！」と聞き覚えのある女の悲鳴。思わず互いの顔を見合わせる私とエルザ。次の瞬間、エルザは乱暴に靴を脱ぎ捨て、建物の中へと飛び込んでいく。私も迷わず彼女の後に続いた。

そうする間も、女性と何者かが争うような声が、建物の奥から断続的に響いてくる。

「どうした、おばあちゃん！」

叫びながら、エルザは暗い廊下を声のほうへと進む。やがて彼女は廊下に面した襖《ふすま》の一枚を片手で開けると、右手の木刀を室内へと向けた。だが、そこには誰もいない。エルザは暗い和室を横切り、その奥にある別の襖を再び開け放つ。瞬間、「――あッ」という叫びが、私とエルザの口から同時に漏れた。

そこは蛍光灯の光に照らされた和室。真ん中にはひと組の布団が敷いてある。その布団を踏みしめながら、黒い服を着たマスク姿の男が立っていた。男の腕の中には白い寝間着姿の老婦人。和江さんだ。退院したばかりの彼女は、男の腕力でもって無理やり立たされている状態だ。マスクの男の正体が梨岡であることは、その下膨れの体形で歴然と判る。

梨岡は私たちの姿を見るなり、「──ちッ」と小さく舌打ち。そして、手にした銀色の刃物を老婦人の首筋に押し当てた。「近づくな。それ以上近づいたら、このババアの命はないぞ！」

「な、なにぃ！」エルザは木刀片手に怒りの表情を浮かべた。「梨岡ぁ、仮にも年上の女性を相手に、ババアはねえだろ。せめて、バアサンぐらいの呼び方をしやがれ！」

「バアサンでも結構失礼よ、エル！」私が思わず叫ぶと、

「そうだよ、あたしゃまだ若いよ！」和江さんも猛抗議。

この切羽詰《せっぱつ》まった状況の中でずいぶん肝《きも》の据わったバアサ、いや、おばあちゃんだな、と私は密かに呆れる思い。一方、エルザは木刀を身体の正面に構えながら、「逃げらんねえぜ、梨岡」と相手の隙を窺っている。和江さんの身体を盾にした恰好で、梨岡はジリジリと後退した。

互いに決め手がないまま緊張の場面は続く。と思われたそのとき突然、和室の周囲に人

の気配。それもひとりではない。大勢だ。いったい誰が？　そう思った次の瞬間！

和室を囲む四方の襖がいっせいに開いた。襖の向こうからいきなり姿を現したのは、いずれも屈強な強面《こわもて》の男たち。黒いスーツ姿もいれば、鋲《びょう》のついた革ジャンの男もいる。腹にサラシを巻いた刺青《いれずみ》の男や、赤いヘルメットを被った学生運動崩れと思《おぼ》しき男まで。

彼らはそれぞれにドス、木刀、警棒、角材といった愛用のエモノを持ちながら、梨岡と老婦人の周囲を取り囲んだ。

彼らの作り出す強面の輪の内側にいる私たちもまた、困惑の思いを禁じ得ない。

「なによ!?　なんなの、この人たち!?　エルのヤンキー時代の知り合い!?」

パニックに陥る私をよそに、友人は構えた木刀を下ろす。そして和江さんに対して唇を尖《とが》らせた。

「なんだよ、おばあちゃんの嘘つき。ひとりものだっていってたくせに！」

「嘘じゃないさ。あたしゃひとりものだよ」

そして老婦人は平然と付け加えた。「ただし、気の荒い手下が二十人ばかりいるけどね」

その言葉に反応するように、二十人の野郎どもが、その包囲網をジリッと狭める。

「ひゃ、ひゃあぁぁッ！」

無様に悲鳴をあげた梨岡は、手にしたナイフを慌てて放り捨てる。

そして彼は命乞いをするかのように両手を合わせ、ヘナヘナと膝を屈したのだった。

## 10

それから数日が経過した、とある平日の昼間のこと。

私とエルザは再び競輪場を訪れていた。熱戦が繰り広げられるバンクに、鳴り渡るジャンの響き。一瞬の歓声と深い溜め息とが繰り返される娯楽の殿堂、平塚競輪場。そのスタンド席に陣取ったエルザは、例によって赤いTシャツ、青いスカジャンのヤンキースタイル。右手に赤ペン、左手に予想紙、これで煙草でもくわえていれば、見た目上は《ギャンブルで人生狂わせたイタい女》にしか見えないはずだ。そんな彼女の傍らに座る私は、晴れ渡る秋空を眺めながら、なんとなく事件のことを思い出す。

あの夜、梨岡は駆けつけた警官の手で平塚署へと連行された。とりあえずの容疑は傷害未遂と住居侵入の罪だ。その後、警察の取調室でさらなる追及を受けた梨岡は、ついに下村洋介殺害について自白したらしい。一杯の珈琲から組み立てられたエルザの推理は、やはり真相を捉えていたわけだ。

私はその事件を愉快に報じる東スポの紙面を眺めながら、隣の友人に尋ねた。

「ねえエル。梨岡はどうやって下村洋介を花水川の河口付近に誘導したのかしら。下村はなにも警戒せずに、あんな危険な場所についていったの？　それで易々《やすやす》と殺されちゃったわけ？　どうも、その点が腑《ふ》に落ちないんだけど」

「ああ、そこはあたしも疑問に思ったんで、宮前に聞いてみたんだ」

友人は予想紙に視線を落としたまま、刑事からの情報を伝えた。「梨岡の奴、下村にこういったらしい。『知り合いに自動車修理工場をやっている男がいる。そいつに頼んでバンパーとタイヤを交換してもらおう。そうすれば警察の追及をかわせるはずだ』ってな」

「いかにも、もっともらしい嘘ね。でも、それと下村殺しと、どう関係するの？」

「梨岡は、さらにこういったんだ。『俺が修理工場に車を預けにいく間、おまえはどこかに隠れていろ。そうだ、ピッタリの隠れ家がある。俺についてこい』ってな」

「それで、向かった先が花水川の河口付近ってわけね。あんな場所に隠れ家なんてあるわけないのに」

「まあ、冷静に考えればバレバレの嘘さ。だが気が動転している下村は、上司の言葉を疑わずに、河口の端まで誘導されていった。そして、梨岡はその背中をドンとひと突きする。酒に酔った男がスーツを着たまま川に落ちたら、そう簡単には助からない。結局、下村は溺死した。梨岡はこれで一安心と胸を撫で下ろす。だが意外なところから追及の手が伸びてきて、彼は焦った。そしてあの夜、和江さんを襲撃し、自滅したってわけだ」

二十人の手下を前に、みっともなく降参した梨岡の姿を思い出し、私は思わずクスリと笑った。

「まさか、あのおばあちゃんが、岩本組の四代目だったとはねえ。どうりで独居老人の家にしては、やけに広いと思ったのよ。廊下は長いし、和室の向こうにまた和室があるし」

「でも、あたしたちが通った裏門と裏口はお粗末だったぜ。岩本組も案外、台所事情は苦しいみてえだな――って、いってるうちに、おい美伽、いま何周目だ？」

エルザは事件の話を脇に置くと、椅子の上で身を乗り出す。目の前のバンクでは、すでに九人の選手たちが何度目かの周回を重ねている。友人は興奮した面持ちで、「ここは九州勢の連携が強い。あたしは③番から①番④番⑨番だ」と意味不明の言葉を発している。

九州勢って何？　連携って、どういうこと？　首を傾げる私は、前回、私に幸運をもたらしてくれた⑨番がらみの車券を手にしてレースを見守った。

やがてジャンが鳴り、レースは佳境。先頭に立つ①番に対して、最初に仕掛けたのは⑦番。そこに⑥番⑤番と続く。私の⑨番は後ろから二番目。エルザの③番が最後方だ。だが、残り半周。後方のままと思われた⑨番と③番がほぼ同時にスピードを上げた。

これが連携というやつか。私とエルザも、ほぼ同時に椅子を立つ。

「ほら、きたよ、エル！　きたきたきたきたきた！」

「ああ、くるぜ、美伽！　くるくるくるくる！」

私たちの夢と希望とリッチな夕飯の願いを乗せて、紫と赤のウェアが前の選手を次から次へと抜き去っていく。最終コーナーを回って直線の半ば。レースの趨勢《すうせい》は⑨番と③番の一騎打ちだ。熾烈な一着争いの結末は、⑨番か③番か、⑨か③か、③か⑨か、⑨か③か！　と思われたそのとき、私の⑨番とエルザの③番、その真ん中を割るように伸びてくる黒い影。次の瞬間、背後から聞き覚えのある女性の叫び声。その絶叫は競輪場全体に轟《とどろ》き、頭上に広がる秋空へ向かって響き渡った。「きたあぁ――ッ、②番だぁ――ッ」

驚きとともに、思わず振り向く私とエルザ。すると私たちのすぐ後ろの席に、見覚えのある彼女の姿があった。

「なんだ、おばあちゃん、いたのかよ」

「和江さん、もう身体、大丈夫なの？」

そこに立つのは、岩本組の四代目、とは到底見えない茶色いブルゾン姿の老婦人。岩本和江さんは、丸めた予想紙を振って、私たちに全快をアピール。そして彼女は私たちの前に、たったいま的中させたばかりの車券を示しながら、屈託のない笑みを浮かべた。

「勝った奴が負けた奴に奢る。それがルールだったね」

――え⁉　と顔を見合わせる私とエルザ。やがて小さく頷いたエルザは、義理堅い女組長に向かってニヤリと笑った。「ああ、そのとおりだ。ご馳走してもらえるのかい？」

「もちろんさ。あれだけ世話になったんだ。なんでも好きなものをいってごらん」

「そうかい。でも、そういわれると、なかなかパッとは浮かばねえな。――どうする、美伽？」

聞かれた私は、即座にこう答えた。

「とりあえず、珈琲でも飲みながら考えれば？」

ああ、それがいいや！　そういって友人は私の言葉に笑顔で頷くのだった。

# 第三話　首吊《つ》り死体と南京錠《なんきんじょう》の謎

# 1

生野エルザといえば、欲望渦巻く地方都市平塚でライオンの異名を取る凶暴かつ勇敢な女。私、川島美伽にとっては頼れる友人であり、警察からも一目置かれる要注意人物。その実態は、おはようからおやすみまで暮らしを見つめる私立探偵だ。

もっとも『生野エルザ探偵事務所』の実際の営業時間は、おはようからおやすみまで、なんてことはない（それじゃブラック企業だ）。営業開始は毎日決まって午前十時。一方、終了時刻は明確には決まっていないが、大抵の場合、夜も深まり喉《のど》の渇《かわ》きを覚えたライオンが冷蔵庫の中から缶ビールを取り出し、その鋭い爪がプルトップに掛かった直後といっていい。

缶ビールの口から放たれる「プシュッ」という美味しそうな音。それこそが探偵事務所の営業時間終了を告げる合図というわけだ。私たちはこの「プシュッ」を《終業チャイム》と呼んでいる。チャイムが鳴った後には、たとえアラブの大富豪が宝石をジャラジャラいわせながら、「大変だ、花嫁が盗賊にさらわれた！」と血相変えて駆け込んできたとしても、基本的には「悪いけどお断り！」と、友人はそう決めているらしい。

「それはちょっと変じゃないの？　話ぐらい聞いてあげなさいよ」

と以前に異議を唱えたところ、彼女は金色に近い茶髪のショートヘアを掻き回しながら、こう答えたものだ。

「だってよ、探偵事務所を訪れる人たちってのは、みんな深刻な問題を抱えてるんだぜ。その真剣な依頼を、缶ビール片手に聞くなんて、大切なお客様に対して失礼じゃんか」

だから全員一律にお引取りを願うというわけだ。

実にエルザらしい真摯《しんし》な対応と呼べるだろう。大切なお客様のために、缶ビールのほうを後回しにしようという発想は、彼女の頭にはないらしい。

そんなわけで事務所の終了時刻には明確なルールが存在する。そしてそのルールによるならば、十一月初旬のその日、事務所にいきなり現れた依頼人こそは、実に微妙なタイミングだったといえるだろう。

その女性はエルザが冷蔵庫から缶ビールを取り出し、指先をプルトップに掛けた、まさしくその瞬間に事務所の扉を叩き、室内へと飛び込んできたのだ。あと一秒遅ければ、エルザの指にぐっと力が入り、缶ビールの口が《終業チャイム》を奏でていたことは間違いない。だが、こちらの事情など知る由もないその女性は、緊張した顔色で一方的に依頼の言葉を口にした。

「こちら探偵事務所ですね。お願いしたいことがあります。力をお貸しください」

それは二十代前半と思しき若い女性だった。長い黒髪に茶色いベレー帽を乗っけている。顔立ちは整っているほうだが、おとなしすぎる化粧と黒縁眼鏡のせいで、印象は極めて地味で野暮《やぼ》ったい。背は高く、手足も長い。洒落たドレスでも着せれば似合いそうな体形だが、実際には自分の魅力を押し隠すような地味なグレーのワンピースにベージュのカーディガン姿。手には小さな茶色いハンドバッグを持っている。

そんな彼女は事務所の微妙な雰囲気を察したのか、消え入るような声で聞いてきた。

「あの、ひょっとして、もう営業時間終了ですか……？」

私は冷蔵庫の前でモアイ像のように硬直する友人に視線を向けた。

「どうするの、エル？」

するとモアイ像は、「ちぇ、仕方ねーな」と小声で呟くと、自らのルールに従ってプルトップから指を離し、缶ビールをそのまま冷蔵庫の中へと戻した。なんという強靱《きようじん》な精神力であろうか。私は百獣の王が見せた偉大なる痩《や》せ我慢に、新鮮な感動すら覚えた。

探偵はビールへの未練を断ち切るように冷蔵庫の前を離れると、依頼人に歩み寄っていった。

「確かにうちは探偵事務所。しかも運がいいことにギリギリ営業時間内だ。まあ、とにかく突っ立ってないで座りなよ。あたし、生野エルザ。で、こっちは美伽。よろしくな——おい、美伽」

　はいはい、判ってるって。私は友人に目で頷くと、事務所の片隅にある小さな流し台へと向かう。依頼人にお茶を振舞うのは、探偵助手である私の役目なのだ。ところが——

「あの、お茶でしたら必要ありません」そういって彼女はソファに座ることもせず、探偵へと向き直った。「それよりも、ひとつお聞きしたいのですが」

「ん!?　なんだい、聞きたいことって」

「探偵さんは、その、いろいろなお仕事をやられると思うのですが……」

「ああ、なんでもやるぜ」エルザは右手の指を折りながら、「浮気調査に家出人の捜索だろ。失《う》せもの探しにボディガード。ほかにも逃げ出したカメを捜したりとか……」

「そうですか。ではあの、探偵さんは、いわゆる錠前を開ける特殊技術はお持ちですか」

　意外な問いに、エルザは一瞬ポカンとした表情を浮かべた。

「錠前を開ける特殊技術ってピッキングのことかい？　はは、そんなの特殊でもなんでもねーよ。探偵なら誰だって身に付けてる初歩的な技術さ」

「へえ、そーなんだ」むしろ驚いたのは私のほうだ。「エルって、そんな便利な技術持ってたのね。でも大丈夫？　空腹に負けて、その技、変なことに使ったりしてない？」

「使ってねーし、そんなに腹もへってねえ！」

喉は渇いているけどよ——とビールへの未練を覗かせながら、探偵はあらためてベレー帽の依頼人を見詰めた。「てことは、あんた、あたしに開けて欲しい錠前があるってことだな。それ、どんなタイプだい？　いっとくけど、ブツブツのいっぱい付いた鍵で開けるような複雑なやつは、さすがのあたしでも無理なんだけどよ」

探偵がいっているのは、最新式のディンプル・キーのことらしい。だが依頼人は即座に首を振った。「いいえ、そんなんじゃありません。開けてほしいのは南京錠《なんきんじょう》です」

「え、南京錠⁉　玄関や金庫の鍵とかじゃなくて、南京錠……」

南京錠、あるいはカバン錠ともいうが、要するにもっとも一般的な錠前だ。私の個人的な記憶によれば、体育倉庫の戸締りに使われているイメージがある。しかしまさか彼女が体育倉庫の鍵を無くしたわけでもあるまい。

嫌な予感を察知したようにエルザの表情が曇る。

だが探偵の顔色などお構いなしに、依頼人は一方的に続けた。

「ええ、普通の南京錠です。私は鍵がないから開けられませんけど、探偵さんならきっと大丈夫だと思います。それで申し訳ないんですが、いまからすぐにいって開けてもらえますか。ちょっと遠いんですが、その場所までは私がご案内いたしますから」

「ちょっと遠くの……」とエルザが呟くその隣で、

「鍵のない南京錠……」と私は思わず眉を顰める。

まさか、ひょっとして――と互いに目配せする私とエルザ。二人の微妙な反応をよそに、依頼人は真剣な表情で深々と頭を下げた。

「どうぞ、よろしくお願いいたします。お代は必ずお支払いいたしますので」

探偵は短い茶髪を右手で掻き上げながら、「うーん」と呻き声を発すると、いまさらながら根本的な問いを口にした。「じゃあ、まずは、あんたの名前を聞かせてもらおうか」

自己紹介がまだだったことに、依頼人は初めて気付いたらしい。恥じらうような素振りを見せると、彼女はか細い声であらためて自分の名前を口にした。

「私、松原《まつばら》美咲《みさき》といいます。湘南《しようなん》文化大学の三年生です」

2

それからしばらくの後。私たちは探偵の愛車である古いシトロエンに乗り込み、夜の平塚を疾走《しつそう》していた。ハンドルを握るのは依頼人の松原美咲。彼女が自ら案内役を買って出たのだ。私とエルザはおとなしく後部座席に座り、依頼人の運転に身を任せていた。

十一月の夜は、もうずいぶんと肌寒い。私は薄手のダウンジャケットに紺色のスカート。エルザはデニムパンツに赤いシャツ、その上に青いスカジャンを羽織っている。車内には冷え冷えとした空気が漂っていた。

車は平塚の市街地を順調に走行。だが、しばらく走るうちに周囲の雰囲気はガラリ一変。街の明かりは消え去り、いつしか車窓の向こうに見えるのは、鬱蒼《うっそう》とした木々が立ち並ぶ光景だ。前方には、蛇《へび》のように曲がりくねった坂道が続いている。古いシトロエンは喘ぎ声にも似たエンジン音を響かせながら、急な山道を延々と登り続けていく。

「この坂道を登った場所って、確か……」

「ああ、もはや目的地は明らかだな……」

後部座席で声を潜めながら頷き合う私とエルザ。互いの顔には、曇り空のようにどんよりとした表情が浮かんでいる。だが、私たちの様子に気付くこともなく、運転席の依頼人はハンドル操作に集中していた。やがて車は小高い山の頂に到着。そこには広い駐車場と休憩所の建物がある。松原美咲は駐車場の片隅に車を停めると、後部座席に顔を向けた。

「到着しました。降りていただけますか」

私たちは揃って車を降りた。ここは果たしてどこなのか。もはや確認するまでもない。

「やっぱり湘南平《しようなんだいら》ね……」

「思ったとおりだぜ……」

私とエルザは溜め息混じりに呟くばかりだった。

私たちのテンションが異常に低下している理由については、平塚市民ならおおよそ見当が付くと思うのだが、そうではない大多数の人にとっては説明の必要がありそうだ。

地図で見ると、ここは平塚市と大磯町の境界線あたり。小高い山の上にある見晴らしのよい場所で、平塚の街並みや大磯の海岸などを一望することができる。だったら「平塚平」や「大磯平」で良さそうなものだが、この場所はなぜか一般に「湘南平」と呼ばれている。平塚市民の湘南への憧れが、このような地名を生んだのかもしれない。

そんな湘南平の名を一躍世に知らしめたのは、ここに建つテレビ塔の存在だ。

高さは東京スカイツリーのウン十分の一程度だと思うのだが、とにかく全然高いものではない。それでもいちおう展望台の役割を果たすようにできていて、三階あたりまでは誰でも自由に上れるようになっている。眺めの良さは、昼間に限るならば「中の上」程度で、集まる人もあまりいない。

だが、ひとたび日が落ちれば様相は一変する。そこに都市があり、それを眺める小高い山があり、それなりの展望台があれば、その場所が絶好の夜景スポットとなるのは必然。

そこに集うのはもちろん、幸せいっぱい夢いっぱいの若いカップルだ。

だが、それだけなら湘南平も数あるデートスポットのひとつに過ぎなかっただろう。

ところが、ここに集まるカップルどもは、いつしかこの場所で奇妙な儀式をおこなうようになった。テレビ塔の展望台の金網に二人で南京錠をぶら下げて永遠の愛を誓い合う、という意味不明の行為だ。

最初に始めたのが誰なのかは知らない。若いカップルが思いつきでおこなったお遊びだったのか、あるいは経営に困った南京錠専門業者が意図的に始めた仕掛け販売の一種だったのか。いずれにしても、この儀式は瞬く間に広がりを見せ、湘南平のテレビ塔は恋人たちの聖地として一躍スポットライトを浴びる存在となった。

結果、ラブラブなバカップルどもが南京錠を手にしながら大挙してテレビ塔を訪れる騒ぎとなり、平塚市周辺の錠前屋は大喜び。一方、テレビ塔の管理者は金網にぶら下がった蟻《あり》の大群のごとき南京錠を眺めながら、「マズイ、このままでは南京錠の重さで塔が倒れる、倒れてしまう〜」と余計な不安を抱えるに至ったのだとか。

もちろん、塔が倒れるのを管理者が黙って見ているはずもない。金網にぶら下げられた膨大な数の南京錠は、いまでは管理者の手で定期的に《駆除》されている。きっと南京錠とともに誓い合った永遠の愛も、定期的に終わりを迎えていることだろう。ざまーみろ、と思わず叫びたくなる私は、いうまでもなくそのような儀式とは縁のない人生だ。正直、テレビ塔なんていっぺん倒れちゃえばいいのに、と思っている。——あれ⁉　何の話だったっけ。そうそう、私とエルザのテンションが低い理由だ。

要するに、私たちには松原美咲の超つまらない依頼内容がハッキリと見えたのだ。

「テレビ塔にぶら下げた南京錠を……」

「外してくれっていうんだろうな……」

小声で囁き合う私とエルザ。そんな私たちを従えながら、依頼人は迷うことなくテレビ塔へと歩を進めた。暗闇の中に徐々に姿を現す鋼鉄の塔。そのシルエットを間近に眺めながら、私は自分の脳内で勝手な想像を巡らせた。

おそらく松原美咲は以前、恋人と一緒に湘南平を訪れたのだ。そしてテレビ塔の金網に二人の名前を書いた南京錠をぶら下げて、永遠の愛を誓い合った。が、しかし——最近になって二人は別れたのだ。

間違いない。

そもそも永遠の愛なんてあり得ないのだから！

だが、いざ別れてしまうと、テレビ塔にぶら下げた南京錠の存在が不愉快だ。出来ることなら取り外して捨ててしまいたい。そう願う気持ちは判らなくもない。

だが、事はそう簡単にはいかないのだ。というのも、テレビ塔に南京錠をぶら下げるカップルの多くは、南京錠をロックした直後に、その鍵を塔の上から眼下に広がる森の中に向かって投げ捨てる風習がある。鍵を捨てる行為まで含めて、ひとつの儀式なのだ。だから、恋人たちの手に鍵は残らない。愛が終わっても、南京錠は残るのだ。

それでも鍵の掛かった南京錠を、どうしても取り外したいと願うならば――

そのときは鍵職人、もしくはピッキングの得意な探偵の出番というわけだ。

目の前のビールを後回しにして引き受けた仕事。その内容がこれだ。友人が溜め息をつくのも無理はない。彼女のスカジャンの背中に刺繡《ししゅう》された獅子の顔が、いまにも泣きだしそうに映る。

そんな探偵の気持ちを知ってか知らずか、依頼人は先頭を切って、塔の中へと足を踏み入れる。鉄製の階段を上ると、そこはもう二階の展望台だ。周囲には転落防止用の金網が四方に向かって張り巡らされている。その金網の網目のひとつひとつに、小さな物体が隙間なく付着している。確認するまでもなく、それらはすべて南京錠だ。なんとグロい光景だろうか。

「で、どの南京錠だい？　あたしに外して欲しいってのは」

「これだけ数があると、見つけ出すのもひと苦労よね」

だが、松原美咲はぐっと腰をかがめ、迷うことなく金網の一隅を指差した。

「ほら、これです。この南京錠」

どれどれ、といいながら探偵もまた腰をかがめる。金網の端の下側。網目のひとつに一個の南京錠がぶら下がっていた。

それはなかなか特徴のある南京錠だった。色は多くの南京錠と同じく艶《つや》のない金色。本体は縦二センチ横三センチ程度だから、南京錠としては普通のサイズだ。だが、その本体から突き出ているUの字を逆さまにしたような金具（本体をカバンと見なすなら、いわば取っ手の部分だが）、これが異常に長い。通常ならば二センチ弱のところ、この南京錠はそれが五センチほども本体から突き出ている。要するに縦に細長ぁ〜い南京錠だ。

ちなみに、こういう形状の南京錠は、どのホームセンターでも普通に売られている。その意味ではけっして珍しいものではないのだが、実際に使われているのを見ることは稀《まれ》だ。おそらくテンションの上がったカップルが、ちょっと風変わりな南京錠を選んだ結果だろう。

そしてその金色のボディには、男女の名前がデザイン性の高い文字で書かれていた。八〇年代に流行った変体少女文字、いわゆる丸文字というやつだ。これもテンションの上がったカップルが、面白がってやりそうなことだ。

私はそのデザイン化された文字を黙って見詰めた。

〈まさと♥みさき〉〈20××・7・3〉

畜生、やっぱりいっぺん倒れちゃえ！　いや、いっそ爆破されちゃえばいいのだ、こんなテレビ塔なんて！

フッフッと湧きあがる邪悪な思いに、こめかみがピクピクと痙攣《けいれん》する。これって嫉妬《しっと》？　私、幸せなカップルを妬《ねた》んでる？　自らの暴走する感情に、私は若干の恐怖すら覚えた。

一方、エルザは顔色ひとつ変えることなく、問題の南京錠を眺めながら、

「ふん、形は変わってるけど、錠前としては普通のタイプだな。これなら楽勝だ」

そういって、彼女はスカジャンの内ポケットに右手を差し入れた。取り出したのは革製の財布のごとき物体。中には数種類のピンや金具が納まっている。いわばピッキングに用いる七つ道具的なものなのだろう。彼女はその中から一本のピンを選び出すと、おもむろに南京錠の鍵穴に差し入れた。「――ふんふん♪　ふん♪」

陽気な鼻歌など口ずさみながら、無造作にピンを操る女探偵。しかし彼女の意に反して、なかなか南京錠は開かない。探偵の表情に次第に浮かぶ焦りの色。「――ふ、ふんふんッ、ふんッ！」

陽気な鼻歌はいつしか荒い鼻息に変わっていた。

「ねえ、ちょっと、エル、本当に大丈夫なの？」

「は、はは、だ、だいじょーぶに決まってるじゃんか。ぜ、全然、問題ねーぜ」

強気な口調とは裏腹に、友人の額には玉の汗が浮かんでいる。不安に駆られる私。

するとエルザは強気なライオンの面影《おもかげ》はどこへやら、臆病なシマウマのごとく神経質な一面を覗かせた。

「あのよ、そんなふうに後ろからジーッと見詰められると気が散るんだよな。悪いけど、車のところに戻っていてくれねえか。終わったら、そっちにいくから」

「判った。じゃあ、私たちは休憩所のあたりでジュースでも飲んでるから」

いきましょう、と依頼人に声を掛けると、松原美咲は頭を下げながら「では探偵さん、よろしくお願いします」と言い残し、おとなしく私の後に続いた。

駐車場に戻った私たちは自販機でジュースを購入し、休憩所のベンチに腰を下ろした。

黙っているのも気詰まりなので、私は思い切って彼女に聞いてみた。

「あの南京錠、思い出の品なんですね」

私の問いに、松原美咲は俯き加減に頷いた。「ええ。今年の夏の初め、私の誕生日の七月三日に彼と一緒にここにきたんです。そのとき、二人であの南京錠をあの場所に」

「そうだったんですか」

正真正銘、ラブラブなバカップルだったんですね。と心の中で嫌味を呟く私……で、その彼とは別れたんですか。なぜ別れたんですか。浮気ですか。性格の不一致ですか。別れた彼はどうしているんですか。あの南京錠を外して、どうする気ですか。聞きたいことは山ほどあるが、どれも聞いちゃいけない気がして、なかなか次の質問が浮かばない。――とそのとき、いきなり彼女の口から漏れる悲痛な告白。

「実は彼、死んだんです。二ヶ月前、夏の終わりに事故で」

「……え……!?」

突然、知らされた衝撃の事実に私は思わず絶句。その瞬間、私は彼女の依頼内容を理解した。それは私が思い描いたような、終わった恋の後始末、みたいな単純なものではなかった。松原美咲は死んだ恋人との思い出の品を、今夜取り戻しにきたのだ。放っておけば、やがて撤去されてしまう南京錠。だから、そうなる前に彼女は手を打ったのだ。

「亡くなった彼の名前が、まさとさん、なんですね。南京錠に書いてありました」

「はい、木戸雅人《きどまさと》さん。大学のサークルの先輩でした。とても、いい人だったのに……」

「そ、そうだったんですか。あの、事故というと、交通事故かなにか?」

「いいえ、山の事故です。彼、山登りの最中に誤って崖から落ちたんです」

思い詰めたような表情で、ぎゅっと唇を噛む松原美咲。いま目の前に同じ崖があれば、迷わず飛び込んでいきそうな、そんな深刻な表情に見える。

いたたまれない思いの私は、慌てて言葉を探す。

そんな私の口を衝いて出た言葉は、「ごめんなさい」だった。ごめんなさい、本当にごめんなさい。バカップルなんて、もう二度と呼ばないから許してください。あなたはきっといい人です。彼もきっと素敵な人だったのでしょう。少なくとも嫉妬のあまりテレビ塔の崩壊を期待する私なんかより遥かに立派です。「私なんか私なんか……ごめんなさいごめんなさい、生まれてきてすみません……」

「あの、どうしました？　なにを謝っているんですか？」松原美咲は戸惑いの表情だ。

その顔を見て、ようやく私は我に返る。「あ、いや、なんでもありません」

手を振って誤魔化す私。それから後は、二人の間に気まずい沈黙が続いた。

やがて美咲の口から、「遅いですねえ、探偵さん」と不安そうな言葉が漏れる。

私は腕時計を確認した。「そろそろ三十分だわ。まったく、どこがお安い御用なんだか」

だらしない友人への不満を口にした、ちょうどそのとき――

「おーい、お待たせぇ！」

暗闇の向こうから、聞き覚えのある声。駆け寄ってくるのは、スカジャンを着た細身のシルエット。掲げた右手には、鈍い輝きを放つ金色の南京錠がしっかりと握られている。探偵は散々苦労した挙句に、なんとか今宵《こよい》のミッションを成し遂げたらしい。

「やったわね、エル」

歓声をあげて駆け寄る私。松原美咲もホッとしたようにベンチから立ち上がる。

「なーに、余裕余裕」と相変わらず言葉だけは強気なことをいいながら、探偵は依頼人へと歩み寄った。「ほらよ、お待ちかねの品だ。これで文句ねーだろ」

差し出された南京錠を受け取る松原美咲。失った恋人との思い出の品を胸に抱きながら、依頼人は深々と頭を下げて、「ありがとうございます、探偵さん」と感謝の言葉を口にするのだった。

3

そんな湘南平での仕事から瞬く間に十日が経過した、とある平日の夜。すでに《終業チャイム》が鳴った探偵事務所では、私とエルザが缶ビール片手に、「今日も一日お疲れさん」「明日も一日よろしくね」と世界一呑気《のんき》な自由時間を過ごしていた。

すると突然、事務所の入口に人の気配。誰かと思って身構えていると、乱暴なノックとともに姿を現したのは見覚えのあるスーツ姿の若い男。平塚署の宮前刑事だ。『生野エルザ探偵事務所』と宮前刑事とは、事件にかかわる重要な情報を交換し合ったり、隠し合ったり、奪い合ったりという大変密接な関係にある。

エルザはソファに腰を下ろしたまま、刑事のことを迷惑そうに睨みつけた。

「なんだ、誰かと思えば宮前じゃんか。どうしたんだよ、こんな時間に。悪いけど、いま猛烈に忙しいんだ。急ぎの用事じゃないなら、明日にしてくれねーかな」

「嘘つけ、どこが忙しいんだよ」宮前刑事は探偵の持つ缶ビールを指差しながら、「忙しいのは、こっちのほうだ。いきなりで悪いが、いくつか質問させてもらうぞ」

質問って何のことだ⁉　と眉を顰める女探偵。宮前刑事は彼女の正面のソファにどっかと腰を下ろすと、胸のポケットから一枚の写真を取り出し、テーブルに置いた。そこに写るのは野暮ったい眼鏡を掛けた髪の長い女性だ。

宮前刑事は単刀直入に尋ねた。「君たち、この女性に見覚えはあるか？」

私たちは揃って写真を覗き込み、目と目で頷き合った。答えたのはエルザだ。

「ああ、十日ほど前にここにきた依頼人とよく似てるな。名前はなんていったっけか。そうそう、確か松原美咲っていってたはずだ」

「そう、その娘だ」宮前刑事は指を弾き、その指先を写真の女性に向けた。「松原美咲、二十一歳。湘南文化大学の三年生だ。やっぱり知り合いだったんだな」

「まあ、知り合いっていうほど、よく知ってるわけじゃねーけどな」

いいながら、エルザは手許の缶ビールをぐいと大きく傾ける。私は横から口を挟んだ。

「ねえ宮前さん、彼女がどうかしたの？　なにか事件に巻き込まれたとか？」

すると刑事は淡々とした口調で事実を告げた。「ああ、松原美咲は死んだよ」

「……え!?」あまりにも衝撃的な事実に、私は思わず言葉を失う。

隣のエルザに至っては、驚きのあまり口に含んだビールを「ブーッ」と盛大に噴いた。

「……死んだ!?　嘘だろ、宮前」

「本当だ。大学のサークルの部室で、首を吊《つ》っているのが見つかったんだ。発見されたのは今日の朝だが、死んだのは昨日の夜のことらしい。——そうか。じゃあ、やっぱり松原美咲は以前ここにきたんだな」

「ああ、その娘なら確かに依頼人として、この事務所を訪れたことがある。だけど、なんで警察がそのことを知ってるんだ？」

「現場には松原美咲のハンドバッグがあった。中に遺書かなにかあるかもしれないと思って探してみたんだが、結局、遺書の類は見つからなかった。だがその代わり、奇妙な領収書が出てきた。松原美咲に宛てた『生野エルザ探偵事務所』の領収書だ」

「べつに奇妙じゃねーよ。それは、正真正銘うちの領収書だ。仕事が終わった後、この事務所で美伽が書いて、仕事料と引きかえに彼女に渡したものだ」

受け取った領収書と、テレビ塔から取り外した南京錠。その二つを大事そうにハンドバッグにしまう松原美咲の姿は、私の脳裏にも鮮明に残っている。

「そうか」と頷いた宮前刑事は、探偵の顔を覗きこむようにしながら、「ちなみに、松原美咲は君たちにどんな仕事を頼んだんだ？　あ、いっとくが守秘義務なんていわないでくれよ。これは重要なことなんだ。ちゃんと答えてくれないと困る」

「べつに守秘義務なんていわねえよ。ただ南京錠を開けてやっただけさ」

単純極まるエルザの答え。だが予想に反して宮前刑事の反応は大きかった。

「なにッ、南京錠だと！」

南京錠一個でここまで興奮する刑事は珍しい。エルザも同様の疑問を覚えたのだろう。茶色い眸で目の前の刑事を見据えながら、「南京錠がどうかしたのかよ？」

「待て待て。その質問に答える前に、まずは君たちのやったことを話せ。いつ、どこで、どんな南京錠を開けたんだ？　こっちの話はそれからだ」

「なんだ、取り引きしようっていうのかよ」

ちぇ、仕方ねーな、と小さく舌打ちしたエルザは、十日前の湘南平での一件について、あらためて刑事の前で語って聞かせた——

「……なるほど、そういうことか」

エルザと私の両方から話を聞き終えた宮前刑事は、深々と頷き納得の表情。そして胸のポケットから別の写真を取り出すと、それを松原美咲の写真の隣に並べた。

そこに写るのは見覚えのある南京錠だ。U字形の金具の部分が五センチほど飛び出した特徴的な形状。金色のボディには、〈まさと♥みさき〉〈20××・7・3〉の文字が幸せいっぱいに躍っている。

その写真を一瞥《いちべつ》した瞬間、エルザの口から驚きの声があがった。「これって、あの夜に、あたしが外してやった南京錠じゃねーか。宮前、こんな写真をどこで?」

「湘南文化大学の登山部の部室だ。松原美咲はそこで首を吊って死んでいたんだが、その部室の出入口に、この南京錠が掛かっていた。おかげで、部室を使おうとした登山部の学生たちは部室に入れない。それでちょっとした騒ぎになって、いろいろあった挙句、ようやく死体発見に至ったというわけなんだが……」

あまりにも大雑把な刑事の説明に対して、探偵はすぐさま不満を口にした。

「待てよ、宮前。その『ちょっとした騒ぎ』と『いろいろあった挙句』って部分を、もう少し詳しく教えてくれねーかな」

　宮前刑事は「やれやれ」と呟きながら、手帳を取り出しページを繰った。

「第一発見者は登山部の部員三人。三年生男子と二年生男子、それと一年生の女子部員だ。この三人は今日の朝、揃って部室に向かった。部室はサークル棟と呼ばれる建物の二階だ。出入口としては木製の引き戸が一箇所あるのみ。他は窓があるだけだ。彼らはこの引き戸を開けて中に入ろうとした。だが、その引き戸がなぜか開かない。中から鍵が掛かっているらしい。てことは中に誰かいるってことだ。三人はそう思って、中の誰かに呼びかけたり、ノックをしたりしたんだが、なんの反応もない。室内はシンと静まり返ってて、人の気配さえ感じられない。なんだか変だ、と誰だってそう思うだろ」

「まあ、確かに変だな」

「そのとき三人はあることに気付いた。引き戸を強く引くと、ほんの僅かだが引き戸が横に動いて、木枠と引き戸の間に隙間ができるんだな。隙間の向こう側には、南京錠らしきものがぶら下がっているのが見える。なるほど、この南京錠のせいで引き戸が開かなくなっているんだ、とようやく三人は理解したそうだ」

「ふーん、引き戸の構造がイマイチよく判んねーけど、要するに戸板の端っこと、木枠の部分が南京錠で繋がっているんだな。だから引き戸は開かなかった」

「そうだ。しかしU字形の金具の幅の分だけ、引き戸は動くんだ。その結果、ほんの一センチ弱ではあるが、引き戸と枠の間に隙間ができるというわけだ。三人はその隙間から室内を覗きこんだ。すると隙間のほぼ正面のテーブルの上に、見覚えのあるハンドバッグが見えた。松原美咲のバッグだと、一年生の女子部員がそう気付いたそうだ」

「部室にいるのは、松原美咲。そう考えられるってわけだ」

「そうだ。だが、それにしてはなんの反応もない。そもそも部室に松原美咲がいたとして、中から南京錠を掛けて、他の部員を締め出す意味が判らない。いよいよ不審を覚えた三人は、いったん引き戸の前を離れて外に出た。窓から中の様子が覗けるかもしれないと、そう思ったからだ。窓のほうは鍵が開いているって可能性も考えられるしな」

「でも部室は二階なんだろ。どうやって窓から中を覗くんだよ」

「もちろん梯子《はしご》を使ったのさ。大学は今の時期、ちょうど学園祭準備の真っ最中だ。キャンパス内にも梯子や脚立《きゃたつ》がいくつもある。彼らはそのひとつを拝借して、サークル棟の壁に立てかけた。まず二年生の男子部員が梯子をよじ上り、窓を覗き込んでみた。窓ガラスは透明だったが、中の様子は窺えなかった。窓辺のカーテンがぴったり端まで引かれていたからだ。そして窓のクレセント錠は施錠《せじょう》されていた。これじゃ、どうしようもない。そこで三年生の男子部員が、ついに決断した。窓ガラスを破って中に入ろう、とな」

「ふーん、やけに早い決断だな」

「一刻を争う状況かもしれない、とそのときはそう思えたらしい。松原美咲は部室の中で、ひとり体調を悪くして倒れているのかもしれないわけだからな。とにかく、そう決断した三年男子はこれまた学園祭の準備に必要不可欠な鉄パイプを一本手にして、自ら梯子をよじ上っていった」

「鉄パイプって学園祭に必要不可欠かしら⁉」

私は思わず小さなツッコミを入れたものの、「いや、まあ、どーだっていっか」とすぐに自らの疑問を打ち消し、話の続きを促した。「で、その三年生は鉄パイプで窓ガラスを打ち砕き、クレセント錠を外して、中の様子を確認したってわけね、宮前さん？」

「まあ、そういうことだ」

「で、どんな具合だったんだよ？　中の様子は」

エルザの問いに、宮前刑事は相変わらず淡々とした口調で答えた。

「松原美咲は部室の壁際で首を吊っていた。壁のフックにロープが掛けられていてな、そのロープの先が輪っかになっていた。その輪っかに首を突っ込んだ形で彼女は首を吊っていた。彼女の両足は僅かながら床に接していた。いわゆる首吊りという言葉から我々が連想するような、宙ぶらりんの死体ではなかった、ということだ。なので、その光景を見た三年男子は、最初それが首吊りだとは思わなかったようだ。まるで松原美咲が床の上で斜めに立っているような、そんな不安定な体勢に見えた、と彼はそういっている。彼はすぐさま窓から中に飛び込み、彼女のもとに駆け寄った。そしてようやく彼女が絶命していることを知った。驚いた三年男子は再び窓から飛び出し、慌てて梯子を下りながら、松原美咲の死を他の二人に伝えた——」

「なるほどな。で、他の二人はどうしたんだ?」

「状況を聞かされた二年生男子は、自らも梯子を上って、自分の目で現場を確認したそうだ。一方、一年生女子は自分の携帯で一一〇番通報をおこなった。そして三年男子はすぐさま駆け出して、大学の職員たちに事態を報せにいった。そういう流れだ」

「なるほどな」頷きながら、エルザは南京錠の写真を指先で叩いた。「その部室の出入口にぶら下がって、第一発見者の進入を阻んでいたのが、この南京錠ってわけか」

「そういうことだ」宮前刑事は真っ直ぐに頷いた。

私は素朴な質問を口にした。「警察は松原美咲の死をどう考えているの、宮前さん?」

「どう考えるって、どうもこうもないさ。松原美咲は自殺したんだな。現場の状況から見て、その可能性が高い。それに、いま君たちから湘南平でのエピソードを聞かされて、さらにそう確信したよ。とりあえず思い浮かぶのは、こんなストーリーだな」

宮前刑事は遠くを見るような目をしながら、まるで見てきたような物語を口にした。

「松原美咲はかつて恋人とともに湘南平を訪れ、そこに南京錠をぶら下げて、彼との変わらぬ愛を誓い合ったんだな。だが、その恋人は二ヶ月前に山の事故で急死。松原美咲は深い悲嘆に暮れた。そのことは、登山部の関係者たちも証言していたよ。無理もない。幸せな毎日から、いきなり悲しみのどん底に突き落とされたんだからな。そんな彼女は、十日前の夜、矢も盾もたまらなくなって、探偵事務所の扉を叩いた。湘南平のテレビ塔にぶら下げた南京錠を開錠してもらうためだ。そうして、ようやく恋人との思い出の品を取り戻した松原美咲は、ついに昨日の夜、その南京錠を持って大学のキャンパスをひとり訪れた。登山部の部室に入った彼女は、思い出の南京錠で出入口をロック。そして壁のフックに掛けたロープで自ら首を吊った、というわけだ」

「思い出の南京錠で出入口をロックねえ……」

首を傾げながら、探偵は刑事の言葉を鸚鵡《おうむ》返しする。

一方、宮前刑事は何もかもが腑に落ちたかのような納得の表情だ。

「そうさ。思い出の品を用いながらの自殺だ。自殺者の心理としても頷ける話だろ」

ソファの背もたれに悠然と背中を預けながら、宮前刑事は余裕のポーズ。そんな彼に対して、探偵は冷ややかな視線を浴びせた。「けどよ宮前、彼女の死はひょっとすると自殺を装った殺人かもしれねーじゃんか。そういう可能性は考えなくていいのかよ？」

するとする宮前刑事は、勘弁してくれ、とばかりに右手を顔の前で大きく振った。

「おいおい、なにも難しく考える必要はないだろ。そもそも南京錠の掛かった部屋の中で、どうやって人が殺せるんだよ。窓にはクレセント錠も掛かっていたんだぞ」

「そりゃまあ、そうだけどよ」

「な、そうだろ。松原美咲は自殺だ。死んだ恋人の後を追ったんだ。君たちの語ってくれた話も充分そのことを裏づけているじゃないか。――さてと」

勢いをつけてソファを立った宮前刑事は、「それじゃあ聞きたいことは聞き終えたし、俺は署に戻るとするかな」と呟きながら、そのまま事務所の玄関へと歩を進める。

そんな彼の背中に向かって、エルザは率直な願望を口にした。

「その登山部の部室ってのを、いっぺん見てみたいな。なんとかならねーか、宮前？」

「そうか。だったら、いい手がある」

宮前刑事は玄関扉を開けながら、極上のアイデアを口にした。「湘南文化大学の一般入試は来年の二月だ。いまから頑張ればなんとかなるぞ」

「はあ⁉」一瞬、間抜けな声を発したエルザは次の瞬間、「ふざけんな、この野郎！」

乱暴な叫び声とともにビールの空き缶を投げつける。

宮前刑事は素早く扉を閉めて、その攻撃をブロック。扉に跳ね返された空き缶は、憤る探偵をあざ笑うかのように、乾いた音を立てながら事務所の床を転がるばかりだった。

4

その週の土曜日、私とエルザは連れ立って湘南文化大学へと足を運んだ。

普段なら二十七歳女子二人が勝手に大学を訪れたところで、キャンパスの入口で追い返されるのが関の山。ところが今日は特別だ。なぜなら、この週末は湘南文化大学恒例、秋の学園祭。したがって今日と明日の二日間だけは、女子大生だろうが女子高生だろうが女子探偵だろうが、キャンパスは誰でもウェルカムなのだ。

「つまり、二月の一般入試をパスしなくても、大学に入れるってわけさ」

「よかったねー、エル。今回の事件が学園祭シーズンでー」

そんな会話を交わしながら、私とエルザは金銀のモールで飾られた正面ゲートをくぐる。するとキャンパスはすでにお祭り騒ぎの真っ只中。模擬店の屋台が立ち並ぶ広場を、大勢の来場者たちが歓声をあげながら行き交っている。ひとりでも多くの客を呼び込もうと、甲高い声を張り上げる学生たち。焼きソバの屋台から漂うソースの香り。焼きトウモロコシの屋台から漂う醤油の香り。両面から漂う濃厚な二つの香りに挟まれて、たちまち私は空腹感を覚える。

だが、いうまでもないことだが、私たちは模擬店のジャンクフードを食するために、この会場を訪れたわけではない。「あくまで目的は事件の真相究明。そうよね、エル？」

「そうだ。松原美咲の死は、どうも腑に落ちねえ」友人は私の問いに頷きながら、手にしたチョコバナナをパクリ。そして不思議そうな顔を私に向けた。「ん!? なんだよ、美伽、そんな幽霊を見たような顔して。チョコバナナ、珍しいか。なんなら一口食うか？」

「馬鹿馬鹿馬鹿、エルの馬鹿！　この裏切り者めえ！」

叫んだ私は、目の前の屋台に駆け込み、濃厚なソースとマヨネーズで味付けされたタコ焼きを購入。その場で「ハフハフ」いいながら、はしたなくも立ち食い行為に及んだ。

そんな私の傍らでは、「ちょっと、そこのお兄さん」とエルザが屋台の男子学生をつかまえて、さっそく情報収集。「なあ、登山部って、どんなイベントしてるか知ってるかい？　へえ、中庭でカフェを開店中ね。判った、いってみる。ありがとよ。——いや、案内とか必要ねえ。いいってば、付いてこなくて。——ん、あたしの名前!?　え、何学部かって!?　馬鹿、あたし学生じゃねーっての！　いこーぜ、美伽」

言い寄る男子を振り切るように、友人は私の腕を取って歩き出す。目指すはキャンパスの中庭だ。人ごみを掻き分けて進む私とエルザ。その間にも彼女のもとには、イベントの案内やサークルの勧誘のチラシなどが、男子学生の手で次から次へと差し出される。中には「君、見かけない顔だけど、何年生？　彼氏いる？」と直接聞いてくる猛者《もさ》までも――

だが、それも無理はない。今日のエルザはブルーデニムのＧジャンに真っ赤なミニスカート。足許は白のスニーカーという装い。ライオン探偵のイメージを封印し、今日ばかりは活発な女子大生風のファッションだ。

「まったく、学生じゃねーっていってるのによ」

と受け取ったチラシをまとめてゴミ箱に放り込むエルザ。だが、その表情はまんざらでもない様子。本音をいえば、女子大生に間違われる自分に対して、「あたし、まだまだいけるじゃん！」と自信を深めたに違いない。

一方でこの私、川島美伽を誘ってくる男子は、なぜかひとりも現れない。その代わり、年配の来場者から「喫煙所はどこですか？」とか「文学部はどちらでしょうか？」などという真面目な質問を受けたりする。キョトンとしながら受け答えするうちに、ようやく私は合点《がてん》がいった。

どうやら自分は大学の職員かなにかだと思われているらしい――

「いいじゃんか、まともな大人に見られてるって証拠だろ」

そういって友人は落ち込む私の肩を叩くのだが、私は正直、一度でいいから女子大生に間違われてみたかった。地味なブラウスに膝丈のスカートというコンサバな装いがいけなかったのだろうか。私もミニスカートを穿いてくればよかったのだろうか……？

ともかく、そのような紆余曲折《うよきょくせつ》を経て、私たちはようやく中庭にたどり着いた。

仮設ステージでは軽音楽サークルらしきアマチュアパンクバンドが、盛大な雑音を響かせている。大半の観客はポカンと口を開けながらその前衛的な演奏を眺めている。最前列の観客だけは全員揃って頭を揺らしている。ボーカルの男はマイク片手に鉄パイプをブンブン振り回していた。なるほど、不可欠か否かはさておくとして、学園祭に鉄パイプは必要なものらしい。宮前刑事の言葉はおおよそ正しかったわけだ。

そんな喧騒から少し離れたところに、登山部のカフェはあった。カフェといっても簡単なものだ。珈琲の屋台があり、少し離れた場所に陽射し避けのテント。そこに椅子とテーブルが並べられ、イートイン・スペースとなっている。屋台の幟《のぼり》には『山カフェ』という屋号が描かれている。珈琲を振舞う登山部員はカラフルなウインドブレーカー姿だ。店はまあまあ繁盛しているらしく、テーブル席は半分程度、お客さんで埋まっていた。

とりあえず私たちは、《登山部特製、濃い目の珈琲》というメニューを選択。特製珈琲の入った紙コップを持って、テーブル席のいちばん端に腰を下ろした。勇気を奮ってひと口飲むと、口いっぱいに広がる強烈な苦味。私は思わず歯磨きしたくなった。

「いったい、どーゆー舌してんのよ、山男たちは！」

「そうかな⁉　結構いけるじゃんか。こんなエグい珈琲、街の喫茶店じゃ飲めないぜ」

友人は顔を顰《しか》めながらも、この珈琲が気に入ったらしい。まあ、所詮ライオンの舌なんて、生肉の味しか判らない馬鹿舌に違いない。そう決め付ける私は手許の珈琲をもうひと口啜って、やっぱり苦い顔。その傍らで、エルザはテーブルを拭きにきたポニーテールの登山部員をつかまえて、小声で話しかけた。

「ねえ君、小耳に挟んだんだけど、最近、登山部の部室で首吊り自殺があったんだって？　その件について詳しい人って、誰かいるかな？」

「えと……」女子部員はしばし視線を泳がせると、やがて意を決したように、「実は私、結構、詳しいです。なんせ、松原先輩の死体を最初に発見したひとりですから」

へえ、と呟きながらエルザと私は顔を見合わせる。宮前刑事の話によれば死体の第一発見者は三人。その中のひとりに、私たちは偶然声を掛けたらしい。

「君、なんていう名だい？」

「岩崎円夏《いわさきまどか》、一年生です」と名乗った彼女は、溜め息混じりに続けた。「松原先輩は本当に可哀想。やっぱり、木戸先輩のことが忘れられなかったんですねえ。あ、木戸先輩っていうのは、松原先輩の恋人だった人です。木戸雅人さん。二ヶ月前に亡くなったんですけどね」

「その二人、そんなに深い仲だったのかい?」

「ええ、木戸先輩と松原先輩はとっても仲が良くって、お似合いのカップルでした。松原先輩の誕生日に二人で湘南平に夜景を見に出掛けたって、みんなの前で嬉しそうに話したりして。だから木戸先輩が亡くなって以来、松原先輩は酷く落ち込んでいました。それでも二ヶ月が経ち、さすがにもう大丈夫かなって、私たちも油断していたんですが、それが突然こんなことに……」

「なるほどね」呟くようにいうと、エルザは質問を変えた。「ところで、その木戸先輩って山の事故で亡くなったって聞いたんだけど、それって、どういう状況だったのかな?」

すると岩崎円夏は、その質問には答えず、気味悪そうにエルザの顔を覗きこんだ。

「木戸先輩の事故のことまで知ってるなんて、あなた、いったいどういう人ですか。刑事さんには見えないけど、まさか探偵じゃないでしょうし……」

「——え⁉」瞬間、エルザの顔に浮かぶ焦りの表情。

だが彼女は態勢を立て直すと、「いや、探偵さ」と開き直るように胸を張った。「『探偵部』って聞いたことないかな。『探偵部』っていうのは、『探偵小説研究部』みたいな創作や研究のためのサークルじゃなくて、あくまでも現実の探偵活動に従事することを趣旨とする実践的サークルなんだけどよ」

「ああ、そんな話、確かにどこかで聞いたような気が……」

どこで聞いたかは知らないが、岩崎円夏は深く納得した表情。どうやら生野エルザのことを、『湘南文化大学探偵部』の一員だと信じ込んだらしい。それで安心したのだろうか。彼女は木戸雅人の死について語りだした。

「木戸先輩は不幸な事故でした。夏の終わりにサークルの部員たちで、とある山に登ったんです。すると頂上付近で急にあたりが深い霧に包まれて、視界がまったく利かなくなりました。互いの顔も見えないほどの霧に、部員たちは右往左往するばかり。でも、しばらく待つと霧は晴れて、視界が戻りました。そうなったときに、初めてみんな気が付いたんです。木戸先輩がいないってことに。まさかと思ってみんなで捜してみたところ……」

「木戸先輩は崖の下だったたってわけか」

エルザの問いに、岩崎円夏は悲しげに頷いた。

「ええ。おそらく霧で視界が悪い中、誤って崖から転落したのでしょう。木戸先輩は首の骨を折って亡くなっていました。ほぼ即死だったそうです。松原先輩が泣き崩れたことは、いうまでもありません。結局、松原先輩はその悲しみに耐え切れなかったんですね」

「そう、そんな悲しい出来事があったのね。知らなかったわ」

岩崎円夏の話に頷く私。その胸に、あの湘南平の夜の松原美咲の姿が蘇《よみがえ》る。あのとき、恋人の思い出と死について語る松原美咲は、酷く思い詰めた表情だった。やはり、彼女は恋人の後を追ったのだろうか。

私が半分そう信じかけたとき、岩崎円夏が思わせぶりな口調でいった。

「だけど、ひとつだけ不思議なんですよねえ」

「え⁉　なにが」と私は思わず身を乗り出して聞き返す。「なにが不思議なの？」

「実は松原先輩、亡くなる数時間前まで、登山部のみんなと一緒に居酒屋でお酒を飲んでいたんですよ。そのときの松原先輩の様子には、これから自殺しようなんていう気配、まったくありませんでした。そもそも、これから恋人の後を追おうとする女性が、その直前にみんなと楽しくワイワイやるものなのか。——ねえ、どう思われますか、先生？」

「え、先生って⁉　はあ、それ、私のこと⁉」自分の顔を指差しながら、私は激しい動揺を露にする。「ち、違うわよ。あたしだって『探偵部』なんだから！」

いや、実際は探偵部でもないのだが、それはともかく、なぜエルザが女子大生で私は先生なのか。まったく納得いかん、と私は一気に機嫌を悪くする。

「まあ、落ち着きなって」憤る私を制しながら、友人は岩崎円夏に尋ねた。「ところでよ、あんたと一緒に死体発見に立ち会った男子が、他に二人いたって聞いてるんだけど」

「ええ、森山祐樹《もりやまゆうき》部長と杉下健太《すぎしたけんた》先輩ですね。杉下先輩は、そこでチラシを配ってる彼ですよ」

岩崎円夏の指差す先には、眼鏡を掛けた中肉中背の男子。道行く来場者にチラシを配っているが、あまり受け取る人はいないようだ。

「森山部長は、そこで店番やってますよ」

岩崎円夏は屋台で珈琲を淹《い》れる男子の背中を指で示した。青いウインドブレーカーを着たその男子は、登山部部長というだけあって、山登り向きのいい体格をしている。

そんな森山祐樹の傍らには、赤いウインドブレーカーを着た女性部員の姿があった。

バッチリメイクの派手目な女性だ。背はすらりと高く、体形はモデルのよう。ベリーショートの髪は綺麗な栗色に染めてある。そんな彼女は大柄な森山部長の陰に隠れるように立ちながら、その視線を私たちのテーブルへと向けていた。

——私たちのことが、気になるのかしら？

訝《いぶか》しく思いながら、彼女のほうを見詰め返すと、一転して彼女は私たちのテーブルから目を逸《そ》らす。そして彼女は隣に立つ森山祐樹に何事か話しかけると、足早に屋台の前を離れていった。祭りの人ごみへと消えていく赤いウインドブレーカーの女性。その背中を見送りながら、私は咄嗟に尋ねた。

「ねえ、いま屋台から離れていった茶髪の美人、誰？」

「え、茶髪の美人⁉」岩崎円夏は屋台のほうに軽く顔を向けると、「ああ、桑島《くわしま》先輩だと思いますよ。桑島瑞穂《みずほ》先輩。きっと休憩にいったんでしょう。それがどうかしましたか」

「え、いやべつに……」

ぎこちない笑みで誤魔化す私を、岩崎円夏は不思議そうに見詰める。エルザはそんな女子大生に向かって短く礼をいった。「とにかく、ありがとう。参考になったよ」

どういたしまして、と小声でいって、岩崎円夏は私たちのテーブルを離れていった。

私たちはぬるくなった特製珈琲を啜りながら、互いに声を潜め合った。

「桑島瑞穂って女、私たちの会話に聞き耳を立てていたみたい」

「そうかもな。チラチラこっちのほうを見てやがったし」

「なんだ、エルも気付いていたのね」

「ああ。逃げるように立ち去ったのも怪しいな。でも、とりあえず」といって探偵は登山部の男子二名、森山祐樹部長と杉下健太に視線を向けた。「まずは、彼らに話を聞こうぜ」

「そうね。で、どっちを先にする？」

「うーん、そうだなー」思案するエルザは、森山祐樹の背中を見やりながら腕を組む。

　そして今度は杉下健太へと視線を移しながら脚を組む。すると、偶然にも彼女の組んだ綺麗な脚が、付近に強力な磁場を形成したらしい。チラシを持った杉下健太が、磁力に吸い寄せられる金具のごとく、エルザのもとへと自ら歩み寄ってきた。

　探偵は、しめしめという表情を押し隠しつつ、「ん、あたしに何か用かい、お兄さん?」

　すると杉下健太はミニスカートから覗く、エルザの長くしなやかな脚をジーッと見詰めながら、「き、君、見かけない脚――いや、見かけない顔だね」といってチラシを一枚、彼女に手渡した。「もしよかったら、登山部に入らないか」

　渡された白い紙には、『登山部で青春を謳歌しよう!』と黒い文字が躍っている。エルザは山登りなど何の関心もないくせに、貰《もら》ったチラシを食い入るように見詰めながら、

「へえ、登山部かぁ。あたし、すっげえ、興味あるなぁ」

「え、本当かい!?」意外な好反応に、男は眼鏡の奥の眸を光らせた。「だったら、ぜひ!」

「うーん、でも登山部ってどういう活動してるか、判らねえしなぁ」

「それなら大丈夫。僕が、いまここで説明してあげよう。登山部というのはね……」

「ここじゃなくて、部室がいいなぁ」

　すっくと立ち上がったエルザは、「登山部って部室があるんだろ? 連れてっておくれ

よ」と、いきなり男子学生目掛けて至近距離から必殺のウインク！

果たして、その効果はテキメンだった。

「ぶぶ、部室に⁉　きき、君を⁉」その不埒《ふらち》な脳内で、いかなる妄想を膨らませたのだろうか。杉下健太は激しい興奮を露にすると、鼻息を荒くしながら、その指先でぎこちなく顔の眼鏡を押し上げた。「は、ははは、いいとも。喜んでお連れしようじゃないか。――あ、森山部長ッ、入部希望者を案内してきますんで、僕、ちょっと外しますねー」

杉下は森山祐樹の背中に向かって一方的に叫ぶと、再びエルザへと向き直り、「さてと、それじゃあ、さっそく――」と、いいながら彼女の腰にさりげなく腕を回す。

エルザはその不埒な腕をピシャリと払い退けると、「よし、いこーぜ、美伽」と陽気な声を発した。「親切な彼が、あたしたちを部室に案内してくれるんだってよ」

「あら、嬉しい」阿吽《あうん》の呼吸で席を立つ私。「じゃあ、さっそくいきましょ！」

いま初めて私の存在に気付いたらしい杉下は、眼鏡の奥で目をパチクリさせると、

「え、君も一緒に⁉　いや、あの、僕はそっちの彼女と二人っきりで、その……」

「誰がてめーと二人っきりなんていったんだ？」エルザが彼の右腕をぐいと摑む。「ガキのくせに贅沢《ぜいたく》いうんじゃねえ。美人のお姉さん二人に囲まれて、両手に花だろ」

「そうよ、何が不満なのよ」そういって、私は彼の左の腕に取り付いた。「文句いってな

いで、さっさと部室に連れていきなさいよね！」

　無理やり左右から腕を掴まれる杉下健太。その姿は《両手に花》というよりも、むしろ《捕らえられた宇宙人》といった感じ。そんな彼は、「なんだよ畜生、騙《だま》された！」と、いまさらのように後悔の言葉を口にするのだった。

5

　そうしてたどり着いたサークル棟は、古びた造りの三階建て。その二階の一室が登山部の部室だった。ただでさえ狭苦しい空間には、登山道具やらキャンプ用品などが所狭しと置かれていて、足の踏み場もないほどだ。正直、私が自殺を決意したとしても、ここを最期の場所に選ぶことはないだろう。やはり松原美咲は自殺ではなくて、誰かに殺されたのではないか。

　そんな疑問が湧き上がってくる中――

　部室に足を踏み入れたエルザは、さっそく窓をチェックした。透明なガラスの嵌まった腰高窓だ。死体発見当時、窓ガラスは鉄パイプで破壊されたはずだから、目の前にあるこのガラスは新しく嵌められたものだろう。クレセント錠の状態を確認したエルザは、あらためて杉下健太に向き直った。

「聞いた話だけどよ。君と森山部長、そして岩崎円夏の三人は、部室の出入口が南京錠で施錠されていることを知って、それならば、とばかりに外に出て、この窓に梯子を掛けた。その梯子を最初に上って、窓を覗き込んだのは君だ。そうなんだろ？」

「ああ、そうだ」杉下健太は頷き、そして怪しむような視線を私たちに向けた。「でも、おまえら、なんでそんなに詳しいこと知ってんだ？　いったい、おまえら何者だよ。刑事には見えないし、まさか探偵ってこともないだろうし――はッ、ひょっとして！」

「……⁉」思わず顔を見合わせる私とエルザ。

そんな私たちを指差しながら、杉下はこう断言した。

「さては、おまえら『探偵部』だな。『湘南文化大学探偵部』、それは『探偵小説研究部』みたいな創作や研究のためのサークルではなくて、あくまでも現実の探偵活動に従事することを趣旨とする実践的サークルだと聞いている。そうなんだな？」

「…………」一瞬の間を置き、友人は図々しくも彼の勘違いに乗っかった。「バレちゃしようがねえ。君のいうとおりさ。なあ、美伽」

「え⁉　ええ、そうね、エル」

私も戸惑いながら調子を合わせる。出まかせで口にした『探偵部』だが、意外にも実在するらしい。湘南文化大学、意外と奥の深い大学かもしれない。

呆気に取られる私の隣では、『探偵部』に成りきったエルザが、再び杉下に質問する。

「君が窓から中を覗いたとき、カーテンは開いていた？　それとも閉まっていた？」

「カーテンは閉まっていた。だから室内の様子は判らなかった。それで窓を開けようとしたんだが、駄目だった。中から施錠されていたんだ」

「つまりクレセント錠が掛かっていたんだな。その点、間違いねえんだな？」

「ああ、間違いないさ。クレセント錠が掛かっていることは、透明なガラス越しにも確認できた。だから俺は諦めて、梯子を下りたんだ」

「それで次に森山部長が鉄パイプを持って梯子を上り、窓ガラスを破ったってわけだ」

「ああ、そうだ。部長はガラス窓に穴を開け、そこから腕を突っ込んで、クレセント錠を開錠し、窓を開けて室内へと飛び込んでいった。俺たちは梯子の下で、ジリジリしながら待っていたんだ。そうしたら、部長が再び窓から姿を現し、酷く慌てた様子で梯子を下りてきた。それで俺がびっくりして、『どうしたんですか』って聞くと、部長が叫ぶようにいったんだ。『松原が首を吊って死んでいる』って――」

「それを聞いて、あんたはどうしたんだい？」

「ちょっと恐かったけど、あらためて梯子を上り、割れた窓から中を覗いてみた。確かに、部長のいうとおりだった。壁際で松原さんが首を吊っているのが見えた」

「そのとき、出入口の引き戸の様子を見たか？　そこに南京錠は掛かっていたかい？」

「ああ、見たとも。確かに南京錠は掛かっていた。つまり部室は密室だった。だから、咄嗟に俺も思ったんだ。『ああ、松原さんは自分で首を吊ったんだな』って——」

「そうか」

短く頷いたエルザは、Gジャンのポケットから一個の物体を取り出した。それは南京錠だった。以前、松原美咲に依頼されて、テレビ塔から取り外したものと同じタイプ。U字形をした金具の部分が五センチほどもある、細長い形状のものだ。

探偵はその南京錠を杉下に示しながら、「そのとき、部室の出入口をロックしていたのは、こんなやつだったと思うんだけどよ」

「ああ、俺も後から刑事さんに実物を見せてもらった。確かにこういう形の南京錠だった。サイズも同じだと思う。実物は二人の名前と日付が入っていたけどな」

そうか、と再び頷いたエルザは窓辺を離れ、いよいよ問題の出入口に歩み寄った。

引き戸はなんの変哲もない木製。それを施錠するメカニズムも簡単なものだ。

戸板の引き手の端に小さな金具が付いている。一方、木枠のほうにも似たような金具がある。二つの金具には直径一センチに満たない程度の小さな穴が開いている。引き戸を閉めると、戸板と木枠の両方の金具はピタリと重なり合い、二つの穴もまた重なり合う。そこへ南京錠のU字形の金具を差し入れ、それを南京錠の本体にカチリと押し込めばロックは完了というわけだ。

　実際、エルザは私の目の前でそのようにして、引き戸をロックした。戸板と木枠を結びつけるように、南京錠がぶら下がっている。U字形の金具の部分が長いので、まさしく《ぶら下がっている》という形容がピッタリだ。

　エルザはその状態で引き戸を引いてみた。戸板はU字の横幅の分だけ僅かに横へと動く。結果、戸板と木枠の間に若干の隙間ができる。これも、宮前刑事から聞いた話のとおりだ。しかし――

「ん!?　待てよ」探偵はふと思いついたように、ぶら下がっていた南京錠の本体を持ち上げて、南京錠の全体を横に向けてみた。当然、U字形の金具も横向きになる。「この状態で、戸板を引けば、どうなるか――」

　エルザは実際に戸板を引いてみる。今度はU字の縦の長さの分だけ、すなわち五センチ近く戸板は横に動いた。先ほどよりも遥かに広い空間が、戸板と木枠の間に生まれている。その空間を興味深そうに眺めながら、探偵は私に訴えかけた。

「見ろよ、美伽。なかなか面白いじゃんか。この出入口は中から完璧にロックされているように見える。だけど、実際には戸板と木枠の間には、これだけの隙間があるんだぜ」

「ホントだ」私はその広い隙間から廊下の様子を眺めながら、「ねえ、エル、これだけの隙間があるってことは、ひょっとすると廊下側にいる人間が、この隙間から中に手を差し入れて、内側から南京錠を施錠することも、可能なんじゃないかしら」

私のアイデアは密室トリックとしては素朴すぎるもの。だが友人は乗り気になった。

「そりゃいいや。まさかとは思うけど、いちおうやってみようぜ！」


しかし数分後。勢い込んで挑戦してみた私たちは、廊下に佇みながら、揃って落胆の溜め息を漏らしていた。結論をいえば、廊下側から腕を差し入れながら、室内側にある南京錠を施錠することは不可能だった。南京錠のU字形の金具は、長さが約五センチ。だがU字形の先端にはカーブがあるため、実際には引き戸は五センチも開くことはない。せいぜい四センチ弱だ。これだと掌の途中までしか室内側に入らない。せめて手首のあたりまでスッポリ室内側に入らなければ、部屋の内側から南京錠をロックすることは不可能だ。

「やっぱり無理か」エルザは首を振りながら、部室の中に引き返す。

「やっぱり無理ね」私も友人の後に続き、出入口の引き戸を閉める。

部室の中では、私たちの失敗をあざ笑うように、杉下健太が悠然と椅子に座っていた。

「どうだった？　密室の謎は解けたかい？　ははん、その顔じゃ上手くいかなかったようだな。まあ、無理もないさ。そもそも、おまえらが思い付く程度のことは、警察がとっくに試しているはずだからな。でも、これで判っただろ、松原さんが間違いなく自殺だってことが。彼女は自分の手で部室の内側から南京錠を掛けて、ロープで首を吊ったんだよ。それ以外には考えられないってことだ」

「うーん」私は呻き声を発しながら、友人が持つ南京錠を恨めしげに睨む。「だけど、あともう少しなのよねえ。そのU字形の金具の部分が、あと二センチぐらい長くできていれば……。それなら、廊下側からでも南京錠をロックできると思うんだけど。ねえ、エル」

「そうだな。美伽のいうとおり、あと二センチばかり細長い南京錠だったら……」

「おいおい、なに馬鹿なことといってんだ」杉下が呆れた様子で肩をすくめる。「あと二センチ長かったらなんて、まったく無意味な話だ。密室にタラレバなんてないだろ」

「ふーん、『密室にタラレバなんてない』か。なかなか名言だな」エルザは手にした南京錠をブラブラさせながら呟くと、ふいに顔を上げた。「――いや、待てよ」

「どうしたのよ、エル？」

「ひょっとして、やっぱりそれが正解なんじゃねーか」

「正解って、なにが⁉　タラレバ⁉」

「いや、そうじゃねえ。ていうか、タラレバが正解ってなんだよ！」

エルザは短いツッコミを入れると、勢い込んで説明した。「長かったんだよ。南京錠は、これよりもあと二センチほど。それを使えば、犯人は廊下側から腕をすっぽり手首まで差し入れて、引き戸を内側からロックすることができる。その状態で第一発見者の三人が、引き戸の前にやってくる。彼らは引き戸を引いてみるが、戸板は僅かしか開かない。その細い隙間から、辛うじて南京錠がぶら下がっているのが垣間見える。このとき南京錠の全体の長さが何センチだったか、U字形の金具の長さは何センチだったか、なんてそんな細かい点を記憶している奴なんて、きっといないはずだ。――な、そうだろ？」

探偵は椅子に座る杉下健太に同意を求める。杉下は戸惑いながらも頷いた。

「そりゃそうだ。こっちはそもそも南京錠の長さなんて、問題にしてないんだからな」

「だったら、隙間から垣間見えた南京錠は、U字形の金具の長さが七センチもあるようなタイプだったのかもしれない。犯人はその細長い南京錠を使って、廊下側から引き戸を施錠した。しかし第一発見者たちの目から見れば、引き戸は内側から施錠されたようにしか見えない。――どうだ、美伽？」

「なるほど、確かに」と頷いた私は、すぐに夢から覚めたようにブルブルと首を左右に振った。「ううん、違う違う。そんなわけないじゃない。密室に使われた南京錠って、あの松原美咲の思い出の南京錠のことよね。あれの金具は、確かに五センチ程度だったはずよ。私たちだって湘南平で実物を見たじゃない」

「ああ、そうだ。でもよ、美伽、ひょっとして現場にあった南京錠が、最初のものとは別物だったとしたら、どうだい？　U字形の金具が七センチ程度ある南京錠が、途中で、松原美咲の思い出の南京錠に、犯人の手でこっそりすり替えられていたとしたなら？」

「すり替えられてた⁉　まさか、そんなことといったい誰が……あッ」

友人のいわんとするところを理解して、私は思わず声をあげた。彼女のいうようなすり替えがおこなわれたとして、それを実行できる人物は、おそらくひとりしかいない。

「判った、森山祐樹ね！」

瞬間、杉下が椅子を蹴って立ち上がる。「え、うちの部長が⁉」

彼の傍らでエルザは真っ直ぐに頷いた。

「そうだ。森山祐樹は自ら窓を破って、誰よりも先に部室に入っていった。そのとき杉下健太と岩崎円夏は梯子の下にいたから、森山の行動は見えない。そこで森山は、死体を確認すると見せかけて、その実、死体ではなく真っ直ぐ出入口に駆け寄った。その戸板は、U字形の金具の長さが七センチほどもある、細長い南京錠で施錠してある。森山は隠し持っていた鍵を取り出し、その南京錠を開錠。それをポケットに仕舞いこむと、今度は別の南京錠を取り出した。金具の長さが五センチほどしかない南京錠だ」

「松原美咲の思い出の南京錠。エルがテレビ塔から取り外してやった、あれね」

「そう。森山はその南京錠を使って引き戸を再び施錠した。もちろん自分の指紋を残さないように、そして松原美咲の指紋を消さないように、気を配りながらだ。その作業を終えると、森山は再び窓から姿を現し、慌てた素振りで梯子を下りる。そして『松原が首を吊って死んでいる』と、いま初めて知ったかのように叫んだってわけだ。——あり得ない話じゃねーだろ」

探偵に水を向けられた杉下健太は、「うーん」と呻いてから、おもむろに頷いた。

「確かにうちの部長は裏表のある人で、好青年っぽい外観とは裏腹に、腹の中では何を企んでるのか判らない男だ。なるほど、南京錠のすり替えは充分あり得る話かもな」

「………」杉下健太の中での森山部長の評価は意外なほど低いものらしい。そのことに驚きながら、私はひとつの結論を語った。「エルの推理が正しいとするならば、この密室っぽく見える部室も、実は密室じゃなかったってことになるわね。てことは松原美咲の首吊りだって、必ずしも自殺とはいえなくなるってことだわ」

「そういうことだな」と頷いたエルザは説明の最後に、「もっとも、これは犯人が森山祐樹だと仮定すればの話だ。まだそうと決まったわけじゃない」と慎重に付け加えた。

だが、そのとき――

「なにが、『決まったわけじゃない』だ。もう充分、決め付けてるじゃないか！」

激しい怒りの声とともに、いきなり部室の引き戸が開く。戸の向こう側から姿を現したのは、青いウインドブレーカーを着た大学生だった。日焼けした精悍《せいかん》な顔と短く刈った髪の毛。厚い胸板はいかにも山で鍛えたものだ。

彼こそは、先ほどから話題に出ている本人、登山部部長の森山祐樹その人だった。

「おや、ずっと部室の前で立ち聞きしてたのかい、部長さん？　ここは登山部の部室なんだから、堂々と入ってくればよかったのによ。遠慮深いんだな、山男って」

遥かに体格のいい男子大学生を前にしながら、女探偵は臆するところがない。「ところで部長さん、珈琲の屋台は放っておいていいのかい？」

「いまは俺にとって遅い昼食時間なんだ。部室で弁当でも食おうと思ってきてみれば、中から誰かの話し声がする。興味深い話だったんで、しばらく聞かせてもらったよ。だが、もうこれ以上は黙ってられないと思ってな」

「判るぜ、その気持ち」と探偵は深く頷いた。「後輩から、『腹の中では何を企んでるのか判らない男』なんていわれちゃ、部長として黙ってるわけにはいかねーよな」

「そのことじゃない！」

いったんそう叫んだ森山祐樹は、「いいや、やっぱりそのこともある！」と即座に訂正して、杉下健太へと顔を向ける。そして彼はゾッとするような冷たい視線を後輩部員に投げかけると、いきなり冷酷非情な決定を下した。「杉下、おまえ、登山部、除名な」

「ええッ、そ、そんなぁ！」問答無用の処分に顔色を失った杉下健太は、やがてワナワナ震えはじめると、「ちっくしょーぃ」とひと声叫んで、脱兎のごとく部室を飛び出していった。「部長の人でなしぃーッ」

捨て台詞を残して廊下を走り去っていく杉下。その足音を聞きながら、森山は「よし、絶対除名」と冷たく呟き、ようやく私たちのほうへと向き直った。

「邪魔者はいなくなった。これでようやく落ち着いて話ができるというものだ。さてと、君たちはいったい何者だ？　なぜ松原美咲の死について嗅ぎまわっている？」

「あたしたちかい？」エルザは自分の胸を親指で示しながら、「あたしたちは、見てのとおり、湘南文化大学の『探偵部』で――」と、まさかまさかの三度目の嘘。

しかし、さすがに今回の嘘は通じなかった。

「ふざけるな！　おまえら学生じゃないだろ！」

森山祐樹は足を踏み鳴らしながら憤りを露にした。「まあいい。君たちが何者だろうが、俺の知ったことじゃない。だが、これだけはいっておく。俺は松原美咲の死とは無関係だ。俺はたまたま彼女の首吊り死体を最初に発見しただけの男だ。君は、その死体発見の際に、俺が妙な小細工を弄《ろう》したと疑っているようだが、見当違いもいいとこだ。あの場面、窓を破って部室に入った俺は、真っ直ぐ松原さんのもとに駆け寄り、その安否を確認した。君が考えるような、出入口の南京錠をすり替えることなど絶対にしていない」

「あんた、それ、証明できるかい？」

「ふん、証明する義務などない」アッサリ断言すると、森山は反撃に転じた。「じゃあ聞くが、君のいうようなすり替えトリックをおこなうためには、俺の手許に松原美咲の思い出の南京錠が必要になるはずだ。それがなけりゃ、すり替えはできない。だが、なんで俺が彼女の大事な南京錠を持ってるんだよ。そんなもの持ってるわけがないじゃないか」

「そうとは限らないぜ。松原美咲は思い出の南京錠を、常にバッグの中に入れて持ち歩いていたのかもしれない。あるいは身につけていた可能性もある。あんたはそれをトリックに利用した。充分に考えられる話だと思うんだがな」

「ほう」と森山は余裕の笑みで切り返した。「あんた、それ、証明できるのかい？」

「証明する義務はねえ。ただ可能性の話をしてるだけじゃんか。カッカすんなよ」

敢えて挑発的な言動を弄するエルザ。それに対して森山は表情を硬くして怒りの表情。

だが、すぐに冷静さを取り戻すと、端整な顔に冷酷な笑みを浮かべた。

「なるほど、可能性の問題か。確かに俺には南京錠をすり替えるチャンスがあった。それは事実だ。もし、これが君の考えるような密室殺人だとするならば、犯人は俺ってことになるのかもしれないな」

「へえ、認めるのかい？　自分が犯人だって」

「馬鹿な。認めるものか。そもそも松原美咲の死は殺人じゃない。自殺だ。彼女は恋人の死にショックを受け、ついに自殺を決意した。そこで彼女は恋人との思い出の品である南京錠を持って、夜中にこの部室を訪れた。その南京錠で出入口を施錠した彼女は、ロープを壁のフックに掛け、自ら首を吊ったんだ。単純明快なストーリーじゃないか。これほどしっくりくる話を、なぜわざわざ難しく考える必要があるんだ？」

サッパリ判らん、とばかりに森山は両手を広げ、大袈裟に肩をすくめる。

だが探偵は首を振りながら、「そうかな？　あたしは全然しっくりこねーんだけどよ」

「なにが⁉　なにがしっくりこない。どこに疑問があるっていうんだ⁉」

「恋人との思い出の南京錠を自殺の現場に持ち込む。そこまでは判る。でもよ、その南京錠を密室の戸締りに使っちゃマズいだろ。思い出の品なら肌身離さず持ってりゃいいじゃんか。ポケットに入れとくとか、掌に握り締めるとか。そうすりゃ天国まで持っていけるかもしれねーだろ」

　まあ、実際に持っていくのは無理だけどよ、と冗談っぽく付け加える女探偵。一方、森山の顔には僅かながら怯えの色が見える。エルザは何事もないように続けた。

「それなのによ、その大事な南京錠を出入口にぶら下げたまま首を吊るなんて、後追い自殺する女の心理として、どうなんだろうな。まあ、そういうあたしも後追い自殺なんて経験したことないから、自殺者の本当の心理は判んねーけどよ」

「そ、そうだとも。君のいうとおり自殺者の心理なんて所詮、他人には判らないものだ」

　そう断言した森山は、不毛な議論に終止符を打つように、大きく手を振った。

「とにかく、松原美咲の死は自殺だ。君たちが、どうしても俺を殺人犯に仕立てたいのなら、彼女の死が自殺ではなく殺人であるという証拠を見せることだな。それを証明する義務は、そっちにあるはずだ。そうじゃないか、君たち？」

　冷静な口調とは裏腹に、森山祐樹の眸は挑戦的な色合いを帯びている。その目をジッと見据えながら、「ああ、あんたのいうとおりかもな」とエルザは深く静かに頷いた。

　その強い意志を秘めた茶色い眸は、いつにも増して強い輝きを放っている。

　負けず嫌いな私の友人は、売られた喧嘩は借金してでも買う女なのだ。

## 6

森山祐樹の挑発には乗ったものの、とりあえずいまの私たちには決め手がない。

結局、私たちは一時退散を余儀なくされた。「畜生、覚えてろよ」と弱いヤクザのような捨て台詞を残して、エルザは登山部の部室を後にする。私は黙って友人の後に続いた。

私たちは駐車場に停めたシトロエンに乗り込み、学園祭会場を後にした。

興奮の収まらないエルザは、憤るライオンのように運転席で荒い鼻息。頭の中では、森山の傲慢かつ不遜な態度を思い返しているらしい。時折、ハンドルを叩きながら、

「くそッ、今度会ったときは、必ずギャフンといわせてやるからなー」

と判りやすい決意を口にする。

まあ、彼女が何をどう頑張ったところで、森山の口から「ギャフン」なんて素敵な言葉が飛び出すことはあり得ないと思うのだが、それはともかく——

「ねえ、エル、松原美咲が自殺じゃないってこと、どうやって証明するつもりなの？」

助手席から問い掛けると、私の短気な友人は苛立ちを露にしながら、「だから、いま安全運転そっちのけで、そのことを考えてるんじゃねーか」

「わ、馬鹿！　いまは運転に集中しなさいよね。余計なこと考えてると事故るわよ」

不安に怯える私の隣で、ガサツな彼女は「平気へーき」と軽々しく手を振った。

「そんなことより、美伽も見ただろ。あの森山って奴の態度。あいつが松原美咲を殺した張本人だってことは、ほぼ間違いねえ。密室だって、初歩的な錠前のすり替えトリックで説明が付く。あいつには間違いなくやれたはずなんだよ」

「でも、松原美咲はロープで首を吊っていたんでしょ？」

「ああ、だが岩崎円夏の話にあっただろ。松原美咲は死ぬ直前に、みんなと酒を飲んでいた。飲み会が終わった後、松原美咲はひとりで帰宅の途につく。そこへ彼女の命を狙う犯人――まあ、森山祐樹に間違いねーけど――彼が何食わぬ顔で接近する。そして登山部の部室で飲み直そう、とかなんとかうまいことをいって、彼女を夜の部室へと誘い込む。そこで森山は松原美咲にさらに酒を飲ませた。やがて彼女の意識は朦朧《もうろう》、足許はフラフラだ。森山は壁のフックにロープを垂らし、その先端を輪っかにする。そして、酔っ払った彼女の身体を支えながら、その輪っかを相手の首に掛けた。この状態で森山が手を離せば、前後不覚の松原美咲は、たちまち首吊り状態だ。やがて彼女は息絶える。こうして出来上がった死体は、一見したところ、自分で首を吊ったように見えるってわけだ」

「そういえば、宮前さん、いってたわね。首吊り死体の両足は床に接していたって」

「そうだ。他人をロープで宙吊りにするのは難しいが、これなら割と簡単にできるだろ」

「確かにそうね。だけど、松原美咲はひとりで夜の部室を訪れ、自ら壁際にロープを垂らし、自らの意思で首を吊ったとも考えられる。その可能性が残るうちは、森山を犯人だと決めつけることはできないわ」

「そうだ。でも、これって案外難しい問題だな。自殺ではないということの証明か。いったい何をどう考えりゃいいんだ？　畜生、サッパリ判らないな……」

探偵は、犯人が殺人をおこなったことの証明問題にはそこそこ慣れている。だが今回ばかりは普段と勝手が違うらしい。戸惑いの色を滲ませながら、エルザは黙ってハンドルを操る。そんな友人の横顔を眺めながら、私はなんの気なしに口を開いた。

「確かに、自殺じゃないことを証明しろ、といわれても難しいわね。ていうか、普通に考えれば、これは自殺に見えるもの。前にも話したけど、湘南平のテレビ塔にいった夜、私、休憩所で松原美咲と少しの時間、会話をしたの。あのときの彼女、いかにも思い詰めたような悲しげな顔だったわ。だから彼女が自殺したって聞いたとき、私、びっくりする一方で、『ああ、やっぱり！』って心のどこかで思った。だって彼女、そんな雰囲気あったもの――」

と、そのとき突然のブレーキ音が私の言葉を遮った。

シトロエンはタイヤを鳴らして急停車。思わず「きゃあ！」と悲鳴をあげた私は、危うくフロントガラスに頭をぶつけるところだった。

「ど、どうしたのよ、エル！　野良猫でも轢いたの！」

「いや、そんなの轢いちゃいねえ」

「だったらなによ。ライオンでも轢いた？」

「んなわけあるか」そう叫んだ友人は助手席に顔を向け、私の言葉を繰り返した。「思い詰めたような悲しげな顔。それって、後追い自殺しそうな雰囲気だったってことか？」

「そうよ。前にもそう話したと思うけど」

「そうだ。ああ、確かに聞いた。でもそれって、いまにして思えば変じゃねーか？」

「変って、どこが？」

「だって、松原美咲はたぶん自殺じゃないんだぜ。理屈はともかく、印象として森山祐樹はクロだ。密室トリックだって判ってる。美伽だって、いまさらこれがありふれた後追い自殺だとは思っちゃいねえだろ。おそらく彼女は自殺を装って殺されたんだ。あたしが説明したような手口でもって」

「ええ、確かにそんな気がするけど。――ん!?　そっか、考えてみれば変ね」

私はいまさらのように首を傾げた。「松原美咲が自殺じゃないとすると、なぜ湘南平での彼女はあんなに思い詰めた表情で、死んだ恋人の話なんかしていたのかしら。そもそも、なぜ、このタイミングでテレビ塔から南京錠を取り外す必要があったの？」

「そうだ。彼女に自殺の意思があったのならば、その行動にも不思議はない。だけど、彼女に自殺の意思がなかったのだとしたら、いったい……」

運転席で黙りこんだまま、探偵は微動だにせず思考を巡らせる。やがて彼女はいきなりバシンとハンドルを叩くと、シトロエンの車内に盛大な叫び声を響かせた。

「ああッ、畜生、まさか！」

そしてエルザは突然シフトレバーを乱暴に操作し、アクセルを踏み込む。古いシトロエンは背後に黒煙を撒き散らしながら、鞭《むち》を喰らったライオンのような勢いで、平塚の街を猛然と走りはじめた。私は窓の外をビュンビュンと遠ざかる景色に目をやりながら、

「ちょ、ちょっとエル！　この車、どこに向かってんのよ。事務所ならアッチよ！」

「事務所じゃねえ」エルザはハンドルを切りながら、「ちょっと寄り道するぜ、美伽」

「寄り道⁉　どこに⁉」

私の短い問いに、彼女もまた短く答えていった。

「――湘南平だ！」

## 7

翌日の昼過ぎ、私とエルザは再び湘南文化大学の学園祭を訪れた。昨日食べたチョコバナナとタコ焼きの味が忘れがたかったからではない。今回の事件に、ひとつのオトシマエを付けるためだ。私たちは準備万端整えて、日曜日のキャンパスへと足を踏み入れた。

祭りの二日目は、昨日にも増して大勢の来場者で大盛況。

今日のエルザはGジャンではなく、カーキ色のサファリジャケットを着用。デニムパンツにブーツを履いて会場を大股で闊歩するその姿は、またもや多くの男子学生の注目の的だ。だがナンパ野郎が迂闊《うかつ》に声でもかけようものなら、たちまちエルザはライオンの本性を現し、噛み付くような視線を向けることだろう。事実、「お姉さん、ひとり？」と声をかけてきた勇敢な大学生は、「邪魔だぜ、退《ど》きな！」と射るような視線を浴びせられて、その場で石になった（もちろん比喩《ひゆ》だが）。

一方、昨日のコンサバな服装を反省した私は、ベージュのワンピースに朱色のカーディガンというガーリーな装い。それでも声をかけてくる素敵な男性はひとりとして現れなかったが、とりあえず教職員には間違われずに済んだから良しとする。

私たちは真っ直ぐ中庭へと歩を進めた。特設ステージでは湘南文化大学のキャンパス・アイドルたちのコンサートが絶賛開催中。だが、私たちのお目当てはアイドルではない。登山部が出店する『山カフェ』だ。それは昨日と同じ場所で営業中だった。

私たちは離れたところにある花壇の端に腰を下ろして、カフェの様子を観察する。

時間帯のせいか、はたまたキャンパス・アイドルに客を持っていかれたせいか、カフェは苦戦中らしい。イートイン・スペースには客がチラホラ。屋台の前には誰も並んでいない。ぼんやりと客を待つ赤いウインドブレーカーの女性は、すらりと背の高い女子大生だ。その短い茶髪に見覚えがある。名前は確か、桑島瑞穂。昨日、私たちに微妙な視線を投げかけながら、ぷいっと姿を消した登山部員だ。

そんな彼女の隣には、これまた見覚えのある男子学生。こちらは登山部の部長、森山祐樹だ。青いウインドブレーカー姿の森山は、桑島瑞穂を相手に他愛のない会話を続けている様子だった。仲睦《なかむつ》まじい二人の姿を眺めながら、エルザは私にいった。

「とりあえず、ここで待機しようぜ。美伽、なんか買ってきてくれねーかな」

「いいわよ、任せて」

模擬店に駆け出した私は、磯辺焼きと鯛焼きとペットボトルのコーラを持って、友人のもとへと戻る。それからしばらくの間、私たちは飲み食いしながら、『山カフェ』の様子を眺め続けた。屋台の前では、相変わらず森山祐樹と桑島瑞穂が仲良く店番をしている。だが磯辺焼きと鯛焼きが私たちの胃袋に納まった、ちょうどそのとき、屋台の二人に動きがあった。

桑島瑞穂が森山に手を振りながら、屋台の前を離れていく。おそらく短時間の休憩か、もしくは遅い昼食タイムなのだろう。森山は屋台の前から動かない。ひとり店番を続けるようだ。

その瞬間、私の隣で友人がすっくと立ち上がった。

「よし、いくぜ、美伽！」

ポンと私の肩を叩いて、大股で歩き出すエルザ。私も彼女のすぐ後に続いた。

エルザは迷いのない足取りで、一直線に屋台へ。そして、そのまま屋台の前を無言で通り過ぎると、桑島瑞穂の赤いウインドブレーカーを追った。森山祐樹は目の前を通り過ぎる私たちのことに気付かない。私たちはそのまま女のほうを尾行した。

桑島瑞穂は模擬店の屋台でサンドイッチとコーラを購入。それを持って再び歩き出した彼女は、やがて学園祭会場の外れにある人けのない一角で、ひとりベンチに座った。

訪れた絶好のチャンスに、私とエルザは頷き合う。そして、二人いっせいに駆け出すと、ベンチに座る彼女の前へと急接近した。サンドイッチに手を伸ばしかけた女子大生

は、何事かというように身構える。そして彼女は目の前に立つエルザと私を交互に見詰めながら、

「なんですか、あなたたち？　私に何か用でも？」

真顔で問い掛ける彼女に、エルザはまったく感情のこもらない声で答えた。

「はい、私たちは、あなたに用が、あるんです。私たちのこと、覚えて、いませんか？」

言葉遣いを知らないライオン娘が、仮にも敬語で喋っている。それだけで私の目にはとても新鮮な光景だ。だが桑島瑞穂はそんなエルザの言葉にキョトンだ。

「はあ、どこかでお会いしたことがありましたっけ……？」

首を傾げて聞き返す女子大生。するとエルザはニヤリとした笑みを浮かべながら、

「おや、覚えてねーのかよ。だったら、これでどーだい？」

エルザは自分の頭に乗せた黒髪ロングのカツラを取る。現れたのは金色に近い鮮やかな茶髪のショートヘア。「――あッ、あなたは！」と驚きの声を発する女子大生の頭に、エルザはその黒髪のカツラをすっぽりと被せる。そして素早くベンチの背後に回ると、相手の上半身に腕を回し、彼女の身体を無理やり椅子に固定した。

「――な、なにするの、放して！」身をよじって抵抗する桑島瑞穂。

その正面に立った私は、自分の目許から黒縁のダテ眼鏡を取り、彼女の顔にそれを無理

やり装着させる。仕上げは茶色いベレー帽だ。私は自分が頭に被っていたそれを取り、彼女の黒髪ロングのカツラの上に乗せてやった。

私たちは桑島瑞穂に正体を悟られず接近するために、あらかじめ変装した姿で学園祭を訪れていたのだ。作戦は上手くいったようだ。私たちは桑島瑞穂の顔に三つの変装アイテムを装着させることに成功した。

そうして現れたのは、いつか見たことのある、どこか地味で野暮ったく映る女子大生の顔だ。間違いない。確信を持った私は深く頷く。それを見てエルザは相手の身体をベンチから解放した。慌てて立ち上がる桑島瑞穂。その顔を正面から一瞥すると、探偵は久しぶりの対面を果たした、かつての依頼人に対して、皮肉めいた口調で呼びかけた。

「久しぶりだな、松原美咲さん。一緒に湘南平に出掛けていった、あの夜以来だっけ？」

「な、なんのことよ！　あなたたちなんか知らないわ！」

桑島瑞穂は無理やり被せられたベレー帽とカツラを脱ぎ捨て、黒縁眼鏡を地面に叩き付けた。

「知らない!?　なんだよ、依頼人のくせに探偵の顔を忘れたのかい!?　それにしちゃ昨日は、あたしたちの顔を見て、こそこそ逃げてったみたいだったが――まあ、いいや」

エルザは首を振ると、サファリジャケットのポケットに右手を突っ込んだ。

「実は、今日はあんたに渡したいものがあってきたんだ。受け取ってくれるかい？　いや、あんたが『いらない』っていっても、これは受け取ってもらうぜ」

エルザは有無をいわせぬ口調でいうと、ハンカチに包まれた物体を取り出した。ハンカチごと差し出すと、桑島瑞穂は気合負けしたように恐る恐るそれを受け取った。

「な、なんなのよ……」掌の上でハンカチを広げ、中身を確認する女子大生。その瞬間、彼女の口から「うッ」という呻き声が漏れた。「……こ、これは、なに⁉」

「なにってことはねーだろ。あんたがあたしに依頼したものじゃんか」

探偵はその物体を指差した。桑島瑞穂は信じられないといった表情で、手許のそれを見詰めている。ハンカチに包まれた物体。それは拳ほどもある大きな銀色の南京錠だった。

探偵はその南京錠の表面に記された文字を読み上げた。

「ほら、ちゃんと二人の筆跡で書いてあるだろ。〈20××年7月3日〉〈雅人&美咲〉〈ずっと一緒にいられますように〉って」

振り返って昨日の昼。学園祭会場を後にした私とエルザは、急遽《きゅうきょ》、車の進路を変えると、再び湘南平のテレビ塔を訪れたのだった。もちろん、女二人で永遠の愛を誓い合うためではない。テレビ塔の金網に恋人たちがぶら下げた、膨大な数の南京錠。その中からたった一個の南京錠を捜すためだ。

もっとも、その南京錠がどんな形でどんな大きさ、どんな色をしているのか、実は私もエルザもよく知らない。ただ、おそらくは「雅人」と「美咲」という男女の名前、それに「七月三日」という日付が記されているはず。その一点だけを手掛かりに、私たちはこの困難な仕事に立ち向かったのだった。

そして必死の捜索の果てに、私たちはついにその南京錠を発見した。

それこそが、この銀色のボディをした大型の南京錠というわけだ。

このような南京錠をテレビ塔にぶら下げるという行為が、男女の仲をどれほど強固なものにするのか、正直いって私は懐疑的だ。だが二人で一個の南京錠を懸命に捜すという行為が、私と友人の仲をより強い絆で結びつけたことは間違いない。事実、この銀色の南京錠を発見した瞬間、私とエルザは歓喜のあまり、人目も憚《はばか》らずオイオイ泣きながらヒッシとばかりに抱き合ったのだった。そんな私たちに、湘南平を訪れたカップルたちの冷ややかな視線が浴びせられたことはいうまでもない――

エルザは桑島瑞穂の手にした銀色の南京錠を指差しながら説明した。

「今年の七月三日、木戸雅人と松原美咲が湘南平を訪れた際、二人でテレビ塔にぶら下げた南京錠ってのが、これだ。二人にとっての正真正銘思い出の品は、これなんだよ。逆にいうと、筆跡を誤魔化すための変体少女文字で〈まさと♥みさき〉と書かれた南京錠は、まったくの偽物ってわけだ。じゃあ、なぜ依頼人である松原美咲は、偽物の南京錠をあたしに外させたのか。理由は簡単。その依頼人、松原美咲もまた本物ではなく偽者だったってわけだ」

桑島瑞穂は無表情なまま、黙ってエルザの話を聞いている。

私は友人の話の後を引き継いで、ちょっと探偵っぽく喋りはじめた。

「桑島瑞穂さん、あなたは今月初めの夜、『生野エルザ探偵事務所』を訪れたわね。カツラと眼鏡とベレー帽、そして普段とは違う地味な化粧と地味なファッション。別人に成りすましたあなたは、私たちの前で堂々と松原美咲の名前を騙《かた》り、私たちに仕事を依頼した。私たちは湘南平へ向かい、あなたが指差す金色の南京錠を疑いもせずに取り外した。実際には、それは松原美咲の思い出の品でもなんでもなくて、あなたが前もってテレビ塔の金網にぶら下げたものだった。だけど、松原美咲に成りすましたあなたは、いかにもその金色の南京錠が恋人との思い出の品であるかのように振舞った。私の前で思い詰めた顔で思い出話なんかしてね。この一件によって、私たちは松原美咲という女の顔と名前、そして特徴的な形をした金色の南京錠のことを、記憶に留めた。それこそが、あの夜、あなたが探偵事務所を訪れた目的だった。そして、まんまと騙された私たちは、自分たちの勘違いに気付くことはなかった。なぜなら、私たちが松原美咲さん本人と直接顔を合わせる機会は、結局、訪れなかったのだから……」

　私の説明に続いて、再びエルザが桑島瑞穂に向かい口を開く。

「湘南平での仕事の後、あんたはあたしが取り外した南京錠と、美伽が書いた領収書を受け取って、それをすぐさまバッグにしまい込んだ。この二つの品物にはあんたとあたしと美伽の指紋が付着している。南京錠のほうは全体を綺麗に拭いて森山祐樹に渡したんだろう。領収書のほうは美伽の指紋が残るように、自分の触った部分だけを拭いてから、やはり森山に渡したんだ。森山はその南京錠と領収書に、酔っ払った松原美咲の指紋を付けた。領収書のほうは彼女のバッグの中に入れる。それから南京錠のほうを使って密室殺人をおこなった。南京錠で施錠された密室の中で、松原美咲が首を吊ったかのような、つまり彼女が自殺したかのような、そんな現場を作り上げたんだ。密室の作り方や、酒に酔った女を首吊りにする方法なんかについては、もう説明しなくてもいいよな。それは、あんただってよく知ってるはずのことだからよ」

　茶髪の女子大生は青ざめた表情のまま微動だにしない。そこで私が再び口を開いた。

「松原美咲さんの死体が発見され、警察の捜査が始まると、私たちの事務所にも刑事さんがやってきたわ。その刑事さんは私たちに松原美咲の写真を見せて、『この女性に見覚えはあるか』と聞いてきた。私たちは『ここにきた依頼人に似てる』と答えたわ。いい、ここ大事なところよ。自分たちの名誉のためにいっておくけど、私もエルザもあの夜の依頼人と写真の人物が『同一人物だ』とは一度もいわなかった。私たちはただ、似てると思ったから似てると、そう答えただけ。けっして記憶力が悪いわけじゃないんだからね！」

若干、興奮気味になる私を後ろに下がらせると、友人が後を引き取った。

「実際には、松原美咲を名乗った依頼人と、写真に写る本物の松原美咲とは、似ているだけでまったくの別人だった。でも、あたしたちも刑事もそんなカラクリがあるとは思いもしない。あたしは湘南平での仕事の一件を、松原美咲にまつわる出来事として、刑事に聞かせてやった。それを聞いて刑事は納得した様子だった。松原美咲は湘南平のテレビ塔から取り外した南京錠で、登山部の部室をロックして、その中で首を吊った。そういう判りやすいストーリーが出来あがったってわけだ。当然、刑事はこれを自殺だと考える。だが実際は、そうじゃなかったんだな」

そして探偵は判りやすい結論を口にした。

「松原美咲は殺されたんだ。だって、そうだろ。もし彼女が自殺なら、自分と縁もゆかりもない偽物の南京錠を使って、部室をロックするわけねーもんな」

「……」探偵の言葉に、女子大生は震えながら吐息を漏らす。

その様子を見やりながら、探偵は勝利を確信したように頷いた。

「あの金色の南京錠は密室を装うために、あんたと森山が用意したものだ。密室を作るためには、ああいう特殊な形状の南京錠が必要だったんだな。だから、あんたたちは前もって、それをテレビ塔にぶら下げて、あたしに外させたんだ。だが、あんたたちのミスは、このときひとつの手間を惜しんだことだ」

「手間を惜しんだ……？」

「そうさ。偽物の南京錠をテレビ塔にぶら下げて、探偵に外させるのはいい。だけど、それなら本物の南京錠は、絶対見つからないように自分たちの手で外しておかなくちゃな」

「ああ、そうか……確かにそうね……そうするべきだったわ……」

桑島瑞穂は観念したようにうなだれた。もはや無実を主張する気力はないらしい。

そんな彼女を眺めながら、エルザは自嘲気味な笑みを浮かべた。

「といっても、あの膨大な数の南京錠を見れば、放っておいても大丈夫って、そう思うのも無理ねえか。あの中からたった一個の本物を捜し出そうとする物好きな奴なんて、いるわけがないって、誰だってそう思うよな。いや、実際、滅茶苦茶大変な作業だったんだぜ。なあ、美伽！」

まるで愉快な記憶のように、友人は陽気な声をあげる。私は金網にうじゃうじゃ群がる蟻のごとき南京錠の光景を思い返しながら、キッパリと断言した。

「ええ、まったくだわ！　あんな仕事、私、もう二度としないからね！」

ひとつの事件に決着を付けた解放感もあってか、私とエルザは妙にテンションが高い。

その一方で一敗地にまみれた女子大生は力なくベンチに腰を下ろし、悔しげに唇を噛んだ。やがてその口許からは、地を這うようなくぐもった声で、恨むような言葉が漏れはじめた。

「……なぜ？　なぜ、あなたたちは私たちの邪魔をするの？　誰かに頼まれたわけ？」

「いや、べつに頼まれたわけじゃねえ」

「だったら、なぜ？　私たちの罪を暴いて、あなたたちに何の得があるっていうの？　ひょっとして正義の味方にでもなったつもり？」

「いや、そういうつもりでもねーんだけどよ」探偵は短い髪を指で掻き上げながら、目の前の彼女にいった。「あたし、あんたの弔《とむら》い合戦のつもりだったんだぜ」

「わ、私の……弔い合戦……!?」

「そうさ。だってよ、あたしは今回の事件を、自分の可哀想な依頼人が殺された事件だって、本気でそう思ってたんだからよ。あたしの依頼人、つまりあの夜、湘南平まで一緒にドライブしたあんたが、誰かに殺されたってな。だから報酬なんか度外視して、この事件に首を突っ込んだんじゃねーか」

「…………」瞬間、桑島瑞穂は愕然《がくぜん》とした表情。その口許からは小さな呻き声が漏れた。

「ま、結果的には、あたしの依頼人は殺されたわけじゃなかった。松原美咲って娘は確かに殺されたが、彼女はあたしの依頼人とは別人だった。あたしの依頼人は、結局あんただけだ。で、そのあんたは松原美咲を殺した側の人間だったってわけだ。皮肉な結末になっちまったけど、悪く思わないでくれよな。すべては、あんたのためと思って、やったことなんだからよ」

探偵の心遣いに感激したのか、はたまた「余計な真似を！」と思ったのか。桑島瑞穂はベンチに座ったまま短い呻き声を発するばかり。なにも言い返すことはなかった。

そんな、かつての依頼人に対して、私の心優しい友人は笑顔を向けていった。

「で、これから、どうする？　警察にいって洗いざらい喋るっていうのなら、知り合いの刑事のところに連れていってやるぜ。そのほうが、あんたの罪も軽くなると思うけどよ」

探偵の言葉に、茶髪の女子大生はハッとした表情。やがて、ゆっくり立ち上がると「判りました。お願いします」といって、しおらしく頭を下げた。私とエルザは目と目で頷くと、彼女をエスコートするように、ゆっくりと歩き出す。

そんな中、桑島瑞穂は若干の戸惑いをその眸に覗かせながら、

「あの、ところで森山祐樹君は？　彼も一緒にいったほうが良いのでは……？」

するとエルザは吐き捨てるようにいった。

「森山祐樹⁉　ああ、あんな奴は、ほっとけばいいさ。あとで宮前が逮捕するだろ。そのほうが、宮前の手柄にもなるしな！」

その驚くべき剣幕《けんまく》に、女子大生は目をパチクリ。私は思わず溜め息だ。

まったくライオンとは、なんと執念深い動物だろうか。私の怒れる友人は、森山祐樹に対してだけは、最後までとことん容赦《ようしゃ》がないのだった。

8

こうして桑島瑞穂は平塚署に自ら出頭し、松原美咲殺害事件についてのいっさいを自供した。その後、彼女の自供をもとに森山祐樹が逮捕されたことは、いうまでもない。それが宮前刑事の手柄となったか否かはさておくとして、湘南平でのピッキングの一件から始まった今回の事件が、いちおうの決着を見たことは慶賀《けいが》すべきことだろう。

もっとも今回の事件、よく判らない点もある。

「最大の疑問は、犯人の動機ね。森山祐樹と桑島瑞穂は、なぜ松原美咲を殺害するに至ったのかしら。その点が全然判らないと思わない？」

私が素朴な不満を口にすると、エルザは昼寝するライオンのごとく事務所のソファに寝そべりながら、「そりゃあ、なんかあったんだろ、その三人の間でよ」とまるで無関心な態度。私の賢い友人は確かに有能な探偵ではあるが、終わった事件については一顧《いっこ》だにしない、超ものぐさな女でもある。

そんなわけで、結局この動機の問題に決着を付けてくれたのは宮前刑事だった。

犯人逮捕から数日が経過した、とある夜。探偵事務所のソファに座る宮前刑事は、手帳片手にこう語った。

「事の発端は、木戸雅人が登山中に崖から落ちて死亡した事件だ。当初は、霧の最中に起こった不幸な事故だと思われていたが、どうやら事実は違ったらしい。木戸雅人は森山祐樹に殺されたんだ。霧の中で森山が木戸の背中を押して、崖の下へと突き落としたんだな。もともと二人は部内でもソリが合わず、たびたび言い争う犬猿の仲だったそうだ。その日の登山の道中にも、二人が感情的になる場面があったらしい。そんな中で起こった、これは衝動的な殺人だった。ところが霧で視界が悪い中、森山の犯罪を間近に目撃していた人物がひとりだけいた」

「判った、松原美咲ね」

私はパチンと手を叩く。宮前刑事が頷くのを見て、私はさらに確信を持った。

「森山は自らの犯した犯罪が露見するのを恐れたのね。だから、目撃者である松原美咲の口を封じたんだわ。それが今回の事件の動機ってわけね」

――ああ、なんと可哀想な松原美咲！ 恋人の命を奪われ、その上、自らの命まで踏みにじられるとは！

哀れな彼女の身を思い、しみじみとした感傷に浸る私。

だがその隣で、私の賢い友人は不満げに口を歪めた。「納得いかねーな。木戸雅人の死から二ヶ月も経って、いまさら口封じってのは変だろ。だいいち、この二ヶ月間、なんで松原美咲はそのことを黙っていたんだよ。警察に真相を話して、さっさと恋人の仇《かたき》を討《う》てばいいじゃんか」

「あれ⁉ それもそっか。じゃあ、いったいなんで……？」

首を捻る私をよそに、エルザは突然パチンと指を弾くと、その指先を刑事に向けた。

「判った。松原美咲は森山を強請《ゆす》ってやがったんだ。そうなんだな、宮前？」

探偵の意外な指摘に、私は目を見張る。だが宮前刑事は彼女に向かって深く頷いた。

「そうだ、よく判ったな、名探偵。森山の犯罪を目撃した松原美咲は、そのことをネタに彼を強請ったんだ。森山の家は裕福な家庭なんで、強請りがいがあったんだろう」

——え、なに、どういうこと⁉

衝撃のあまり私は唖然。二人の会話は聞こえていても、その内容は全然理解できない。

「嘘でしょ⁉ 松原美咲は木戸雅人のことを心から愛していたのよ。その恋人を崖から突き落とした犯人を知りながら、彼女は警察に訴えもせずに、犯人に口止め料を要求したっていうの⁉ 恋人の死をおカネに替えたの⁉ そんなの嘘よ。松原美咲はそんな娘じゃないわ。彼女はもっと真面目でいい娘だもの！」

「はあ、なにいってんだ、しっかりしろよ、美伽」隣の友人が私の頭を軽く叩く。「美伽がいってるのは、湘南平で恋人との哀しい思い出を語る松原美咲だろ。そいつは松原美咲じゃなくて桑島瑞穂なんだぜ。美伽もあたしも、松原美咲っていう女子大生には一度も会ってないんだから、そいつがどんな女かなんて全然判らねーじゃんか」

「……あ……」

友人の言葉に、私は憑《つ》き物が落ちたような気分で頷いた。「そーいえば、そーだわね」

確かに彼女のいうとおりだった。松原美咲のことを好人物だと思い込む根拠は、私の中のどこにもない。あるのは、偽りの松原美咲と過ごした数時間の記憶。それは変装した桑島瑞穂によってもたらされたものなのだ。私は頭の中に残る松原美咲の誤ったイメージを振り払うように、乱暴に頭を振った。

そんな私をよそに、宮前刑事は手帳片手に説明を続ける。

「実際は腹黒い女だったらしいな、松原美咲という女。友人たちの前では恋人の死によって落ち込んだフリをしながら、裏では、それを殺した犯人を強請っていたんだから、たいした悪女だ。だが彼女はやりすぎた。最初は彼女の要求に従っていた森山も、次第に恐怖を感じはじめ、ついに逆襲に転じた。その際、森山に手を貸したのが桑島瑞穂だ。二人は以前から付き合ってた。おまけに桑島瑞穂は背恰好も容姿も、松原美咲にそこそこよく似ていた。それで森山は、今回のような奇妙な犯罪を思いついたんだな。すなわち森山祐樹が主犯格で、桑島瑞穂はその共犯者ってことだ」

こうして松原美咲殺害事件は、謎に包まれていた動機の問題も解明されて、本当の終幕を迎えた。説明を終えた宮前刑事も、この夜ばかりは探偵を怒らせる言動もなく、「じゃあな、名探偵」と片手を挙げただけで、おとなしく探偵事務所を去っていった。

そんな宮前刑事の靴音が階下に遠ざかっていくのを聞きながら、

「終わったな」

「終わったね」

互いに緩んだ表情で頷き合う私とエルザ。さっそく冷蔵庫に駆け寄った友人は、キンキンに冷えた二本の缶ビールを取り出すと一本を私に手渡す。缶ビールのプルトップに鋭い爪を掛けるエルザ。だがその瞬間、無常にも探偵事務所の玄関に鳴り響くノックの音。

まさか、嘘だろ――と私たちが揃って不安な顔を見合わせる中、「ガチャリ」と扉を開けて姿を現したのは、アラブの大富豪ではなく、ピッキングを依頼する謎の女でもなく、さっき出ていったばかりの宮前刑事だった。「――やあ、すまん、忘れ物だ」

宮前刑事はソファに歩み寄ると、置き忘れた手帳を取り上げ、スーツのポケットへ。そして何事もなかったように「邪魔したな」と軽く手を振ると、再び事務所を出ていった。

私とエルザは二人揃って、「ホーッ」と大きな溜め息。そして、どちらからともなく高らかな笑い声をあげると、二人は揃ってプルトップに指を掛ける。

そして、その直後――探偵事務所には普段にも増して盛大な《終業チャイム》が心地よく鳴り響いたのだった。

# 第四話　消えたフィアットを捜《さが》して

# 1

その夜、飯田孝平《いいだこうへい》がわざわざ車を飛ばして週末の海へと出かけていったのは、夜釣りを楽しむためではなかった。女の子とドライブするためでもなく、処分に困った変死体を捨てるためでもない。そもそも飯田に釣りをやる趣味はなかったし、助手席に乗せるガールフレンドも存在しない。殺したいほど憎らしい上司や同僚は数名いるが、いまのところまだ誰も殺していないので、とりあえずは処分すべき死体もない。そんな状況の中——

「でも、あの課長だけは、いつかマジでぶっ殺す！」

運転席で物騒な言葉を口にする飯田孝平は、平塚市内の金融機関に勤める二十六歳の会社員。普段は地味なスーツ姿でオフィスの片隅に座り、課長の小言を聞き、同僚の嘲笑を浴び、女性社員からの冷たい視線に耐える毎日だ。そんな彼がこの週末の深夜に、ワイルドなジャケットを身に纏《まと》い、黒革の手袋でハンドルを握り締め、ひたすら海へ向けて車を走らせる理由。それは、あの課長をマジでぶっ殺すため——では、もちろんない。

そもそも車を走らせる特別な理由など、もとから存在していない。

彼はただ車を運転する目的のために車を運転しているのだった。

　というのも飯田は最近、愛車を購入したばかり。赤いランドクルーザーだ。二十代の会社員が簡単に手を出せる代物ではない。暮れのボーナスを頭金にしてローンを組み、なんとか手に入れた念願の四輪駆動車だった。

となると、愛車を気ままに乗り回したいと願うのは車好きの性《さが》。その欲求が抑えられない飯田は、ここ最近、会社から定時の帰宅を続けていた。自宅へ戻り、ラフな服装に着替えて愛車に乗り込み、夜の路上へと繰り出す日々。クリスマスムードに染まる師走の街中で、自慢の四駆を走らせることは、彼になによりの優越感と解放感を与えてくれた。

　だが、そんな彼の幸せを快く思わない人物が会社の中に約一名。それが課長だ。

　数時間前、金曜日の夕刻。帰り仕度を始める飯田に対して、課長は判りやすい嫌味を口にした。

『おや、飯田君、もう帰るのかい⁉　ていうか、もう帰れるのかい⁉　へえ、凄《すご》いねえ、優秀だねえ。君のおかげでこの課は保《も》っているようなものだよ。ありがたいねえ』

『な、何をおっしゃいます、課長。今日はもう少し頑張ろうと思っていたところですよ』

『そうか。ならば来週の会議の資料作りを頼む。――あ、悪いが、僕は先に帰るから』

　こうして課長から無理やり仕事を押し付けられた飯田は、定時での帰宅に失敗。夜遅くまでオフィスに居残り、会議の資料作りに勤《いそ》しんだのだった。

そんな彼がようやくアパートに帰還したのは深夜零《れい》時。

最初はシャワーでも浴びて、さっさと寝てしまおうと考えていたのだが、アパートの駐車場に停まる赤い車体を見るなり、気が変わった。そのとき彼の胸に沸々と込み上げてきたのは、抑えがたい憤《ふん》怒《ぬ》の思いだ。

——意地悪な課長のせいで、今宵のお楽しみをフイにしてなるものか！

そう思った彼は部屋に戻るや否や、普段より少しだけワイルドな服装に着替えると、普段より少しだけワイルドなハンドルさばきで、深夜の単独ドライブへと出かけていった。

車の進路を海岸方面へと向けたのは、むしゃくしゃする彼の気分が、海の景色と潮《しお》の香りを求めたからとしかいいようがない。

「ええい畜生！　就業時間を過ぎて帰るのが、なぜ悪い。サービス残業を拒否することは、労働者の当然の権利だぞ。使用者側の横暴を許すな。労働者は団結せよ！」

仕事場では意識的に気配を消している飯田も、ひとたび愛車の運転席に座れば、労働組合の闘士のごとく振舞える。それもまた愛車を持つメリットのひとつといえた。

やがて車は海岸沿いに延びる国道一三四号線に出た。右手に街の明かり。左手には鬱蒼《うっそう》とした闇が広がっている。平塚名物、延々と続く防砂林だ。その光景を目にした瞬間、彼の脳裏に鬱憤《うっぷん》晴らしの素敵なアイデアが浮かんだ。

飯田はハンドルを左に切った。車は直角に方向転換。黄色い看板の立つ一本の小道へと入っていった。

それは防砂林を横切る狭い小道だった。舗装もされていない土の道は、しばらく進むと砂の道になる。やがて両脇に立ち並ぶ雑木林が途絶えると、フロントガラス越しの視界が一気に開けた。そこは小高い砂丘《さきゅう》の上。目の前に広がるのは、平塚の海と綺麗な砂浜だ。頭上に輝く月が、ほのかな明かりであたりを照らしている。

溜め息が漏れるほどに、美しく幻想的な光景。しかもクリスマス間近の週末とはいえ、時刻は深夜。浜辺で愛を語り合う酔狂《すいきょう》なカップルの姿は、ひと組も見当たらなかった。

これならランドクルーザーを縦横無尽に走らせたところで、誰かを撥ね飛ばす心配はない。しかもタイヤを取られやすい砂浜は、四輪駆動車の性能を発揮するのに恰好の舞台だ。魅力的な状況を前にして、飯田の胸は高鳴った。

「――ひゃっほぉ！」

世界一馬鹿っぽい叫び声をあげながら、飯田はアクセルを踏み込んだ。赤いランドクルーザーは小高い砂丘の斜面を駆け下り、広々とした砂浜へと飛び出していった。深い砂をものともしない力強い走り。柔らかい砂浜を、まるで舗装された路面のごとく疾走するランドクルーザー。飯田はハンドルを握り締めながら、思わず感嘆の声をあげた。

「凄い！　この走りはまるで水を得た魚、いや、まるで砂を得た四駆そのものだ！」

なにやら上手い言い回しにも聞こえるが、その実、飯田は事実をそのまま口にしているだけだった。だが些細なことはどうでもいい。彼は愛車の操縦に夢中だった。敢えて水際を走らせて、タイヤが飛沫を吹き上げる様を楽しんでみたり、あるいは凸凹になった砂地を走らせてみたり。飯田は愛車の運転を思うがままに楽しんだ。

そんな彼の目の前に、先ほどの小高い砂丘が見えた。下から見上げると、その小さな丘の斜面は、なかなかの急角度。それは彼の目に絶好の障害物として映った。

飯田は迷わずアクセルを全開にして、その障害物に立ち向かった。

「よーし、ゆけ、俺のランクル！　あの丘を乗り越えろ！」

ランドクルーザーは砂塵《さじん》を巻き上げながら、猛然と目の前の丘に迫る。急な傾斜にさすがの四輪駆動車も勢いが鈍る。斜面途中での息切れを心配したが、しかしそれは杞憂《きゆう》だった。車は一気に斜面を登りきり、丘の上の平坦な砂地に出た。「よっしゃあ！」歓喜の声をあげる飯田。だが次の瞬間、「——わあぁッ！」

会心の笑顔は激しい恐怖に凍りついた。

彼の目の前に煌々《こうこう》と輝くヘッドライト。ランドクルーザーとよく似たタイプの黒いSU

V、すなわちオフロード走行向きの四輪駆動車だ。
「ヨヨヨ、ヨンク！」

唇を震わせながら、飯田は一瞬の決断でハンドルを右に切った。黒い四駆車の運転手が、もし左にハンドルを切っていたなら、間違いなく正面衝突。惨事は免《まぬが》れなかっただろう。だが幸いなことに、相手の運転手もこちらと同様、右にカーブを切る。丘の上で急接近した二台の四駆車は、間一髪、衝突を回避した。が、しかし――

ホッとする間もなくSUVの背後に、もうひとつ茶色い車の影。車好きの飯田はひと目で、その車種を見て取った。

「チチチ、チンク！」

再び唇を震わせる飯田。《チンク》とは往年のイタリア車フィアット五〇〇《チンクエチェント》の愛称だ。日本の軽自動車と比較しても、さらにひと回り小さいサイズで、丸みを帯びた独特のスタイルには愛嬌《あいきょう》がある。おそらく現在では、「青いジャケットを着たルパン三世がカリオストロ公国で乗り回していた、ちっちゃい車」と説明するのが、いちばん判りやすいだろう。そんなフィアット五〇〇の特徴的なフォルムが、大きなランドクルーザーの目の前にあった。このような展開が予想できるはずもない。飯田は慌ててブレーキを踏もうとしたが、遅かった。

――駄目だ、ぶつかる！

思わず歯を食いしばる飯田。一瞬の後、車全体が何かに乗り上げるような激しい衝撃。その直後、彼は自分の顔面に強烈なパンチを喰らったような感覚を覚えた。パンチの正体は運転席のエアバッグ。つまり安全装置が正しく機能したに過ぎなかったのだが、このときの飯田にその状況を理解することは不可能だった。エアバッグの激しい衝撃を受け、飯田孝平はすでに運転席で気を失っていたのだった。

2

「――エアバッグで気絶する奴って、結構いるらしいぜ」

そういって私の友人、生野エルザは珈琲カップを口許に運んだ。細身のブルーデニムに赤いスニーカー。長袖の白シャツは飾り気がない分、シンプルな清潔感があって彼女には似合っている。そんなエルザは、テーブルの向こうに座るグレーのポロシャツ男に、彼女特有のブラウン・アイを向けながら、「でもまあ、命を落とすよりは全然マシじゃんか。気絶する程度で済んだんだ。これからはエアバッグに足を向けて寝られねーな」

すると飯田孝平は、ぶすっとした顔で、「俺、もともとエアバッグに足を向けて寝たりしませんから」と至極もっともなことをいった。「まあ、確かにこっちの命が助かったのは、不幸中の幸いだったのかもしれません。けれど……」

ふいに口を噤《つぐ》んだ彼は、おどおどとした仕草で自分の珈琲をひと口啜った。事故当時の状況を思い出したのか、その表情は若干青ざめて見える。そんな彼の様子は、なによりも雄弁に事態の深刻さを物語っているように思われた。

悪い予感を覚える私、川島美伽は目の前の紅茶には手も付けず、彼に尋ねた。

「まさか、相手の運転手が命を落とした、とか？」

しかし飯田は黙って首を左右に振った。私はピンクのセーターの胸元を押さえながら、

「なんだ、違うのね……」心配して損した！

隣に座るエルザも安堵の溜め息を吐きながら、「じゃあ、助かったんだな」といって、金色に近い茶髪のショートヘアを掻き上げた。「ま、そりゃそうだよな。相手の運転手が死んだなら、いまごろ、こんなしょぼい喫茶店で苦い珈琲飲んでいられねーもんな」

いきなり《しょぼい喫茶店》呼ばわりされた中年マスターは、カウンターの向こうで珈琲よりも苦い表情。私は口の悪い友人の脇腹を肘で小突いて、彼女を黙らせた。

喫茶『じゃんじゃん』は平塚競輪場のすぐ傍。なおかつ『生野エルザ探偵事務所』から歩いて数分の好立地。その古びた店内に客は私たち三名のみだった。閑散とする店内の様

子から察するに、本日月曜日は競輪開催日ではないらしい。基本、『じゃんじゃん』は競輪開催日以外、まったくお客の入らない店なのだ。

そんなしょぼい——いや、渋い喫茶店の片隅にて。ボックス席に陣取る私とエルザは、飯田孝平の口から、彼が金曜日の深夜（正確には土曜日の未明）にやらかした自動車事故の話を聞かされたところだった。

「で、相手の怪我はどの程度だったんだい？　あんたはほぼ無傷みたいだけどさ」

エルザの問いに、飯田は再び首を左右に振る仕草。彼が何をどう否定しているのか、よく判らない。苛立った私は声のトーンを上げ、昔馴染みの男に向かって問い掛けた。

「ちょっと飯田君。ちゃんと説明しなさいよ。フィアットの運転手は、どうなったの？」

すると飯田は焦点の定まらない曖昧な視線を私へと向けて、ひと言。

「消えた、みたいなんです……」

予想外の言葉に、思わずキョトンとする私。隣の友人も綺麗な眉を顰《ひそ》めながら、

「はぁ⁉　消えたって、どういうことだよ。運転手がどこかに逃げちゃったのかい？」

しかし、飯田はこの問いにも大きく首を振った。「違います。いえ、よく判らないんです。運転手だけじゃない。フィアットもです。いや、そもそも、あの衝突事故が本当にあったのか、どうなのか、それさえよく判らないんです」

あまりにも不可解な飯田の言葉。私とエルザは揃って首を傾げる。

飯田は自らに言い聞かせるような口調で、なおも奇妙な話を続けた。

「あの夜、俺は確かに茶色いフィアットと衝突したはず。それもかなりの勢いで。俺のランドクルーザーは大きい車だからいいとしても、向こうのフィアットは凄く小さな車。相当な損傷を受けたに違いありません。しかもフィアット五〇〇は六〇年代の名車。当然エアバッグなんてないでしょうから、運転手だって無傷ではいられないはず。なのに、どこにも見当たらないんですよ、事故の痕跡が。壊れたフィアットも傷ついた運転手も、そんなもの最初から存在しなかったかのように、跡形もないんです。それに――そうだ！」

飯田は急に立ち上がると、喫茶店の片隅に置かれた本棚に大股で歩み寄る。そこには漫画や週刊誌とともに、最近の新聞が積んであった。彼は神経質そうな手つきで、ここ数日の朝刊を選び出すと、それをテーブルに広げながら懸命に訴えた。

「俺は、この三日間、新聞やテレビのニュースを注意深く眺めていました。『平塚の海岸で自動車事故』とか『運転手、瀕死《ひんし》の重傷』とか、そんなニュースが飛び込んでくるんじゃないかと思ってね。だけど、ほら、どこにもないんです。そんなニュースは新聞の社会面にもローカル面にも、まったく載っていない。もちろん事故は毎日のように起こっていますよ。例えば、ほら、『上吉沢《かみきちさわ》で乗用車が溜池に転落、運転手死亡』とかね」

「あら、ホントだ。可哀想に……」

示された新聞記事の見出しを見て、私は思わず呟く。

だが飯田はそれどころじゃない、とばかりに首を振った。「だけど、いずれも街中や山奥で起こった事故です。海辺で起こった自動車事故なんて、一件も報道されていない。まるで、そんな事故はなかったかのように。——ねえ、これって、どういうことだと思います？」

すがるような目つきで問い掛けてくる飯田孝平。そんな彼の視線を逃れるように、エルザはいきなり席を立つ。その横顔には、《平塚のライオン》の異名を持つ私立探偵の表情が浮かんでいる。エルザは奥の席を親指で示しながら、探偵助手である私を呼んだ。

「——美伽、ちょっとコッチこいよ。二人で話そうぜ」

話は前後するが、そもそも月曜日の昼間に、私とエルザがなにゆえ飯田孝平と喫茶店で話し込んでいるのか。飯田が『生野エルザ探偵事務所』の正式な依頼人であるなら話は簡単だが、実際は少し違う。

飯田は私の高校時代の知り合い。ともにテニス部に所属した先輩後輩の間柄なのだ。テニスの腕前がさほどでもない飯田孝平は、ルックスもまた十人並み。目立つ存在ではなかったが、それなりに仲間内では信用のある人物と目されていた。

一方、高校時代の私はといえば、まさしくコートに咲いた一輪の白百合《しらゆり》もしくは霞草《かすみそう》。ひとたび私がテニスルックでラケット片手にコートに立てば、そのキュートで可憐《かれん》な姿をひと目見ようと、金網にへばりつく男子が続出。熱狂の渦が二重三重にコートを取り囲んだ——というのが、我が母校に伝わる《川島美伽伝説》だ。

いまとなっては誰も信じてくれない、それどころか《ナントカ細胞》並みに捏造《ねつぞう》の噂まで飛び交う怪しい伝説だが、とにかく飯田はそんな私の輝かしい時代を知る貴重な生き証人というわけだ。もっとも卒業以降は、すっかり疎遠になっていたのだが——

そんな彼から突然のメールが届いたのは、今朝のことだ。

それによると、どうやら飯田は『車で事故った』らしく、『先輩に折り入って相談したいことがある』とのことだった。どうやら川島先輩が現在、探偵事務所で活躍中との情報を得た上での、秘密の相談事らしい。

そこで私は急遽、生野エルザを引き連れ、待ち合わせ場所の喫茶店を訪れた。

エルザは私の頼れる友人であり、プロの私立探偵であり、勇敢なライオンであり、そして高校時代の私の同級生でもある。すなわち飯田にとっても同じ学校の先輩だ。そんなエルザだから、今回の相談事に加わる資格アリ、と私はそう判断したのだった。

こうして、私たち三人は久方ぶりの対面を果たした。飯田は高校時代の生野先輩のことをよく記憶していた(エルザは下級生からも恐れられる存在だった)。一方のエルザは一年下の飯田孝平のことを一ミリも思い出せない様子だった(まあ、無理もないが……)。

そんな飯田は先週末の事故と、それに纏わる奇妙な謎を、私たちに提示してくれたわけなのだが――

「どうも、おかしな話になってきたな」奥の席に腰を下ろした友人は、離れたボックス席に座る後輩の背中を見やりながら声を潜めた。「美伽の元カレを悪くいうのもナンだけどよ。どこまで信用していいんだ、あの男? ちょっとイカれてんじゃねーか?」

「確かに少し精神的に参っているみたいね。だけど本来の飯田君は信用できる人よ。少なくとも先輩を騙すような人じゃないわ――ただし!」私は友人に対し、自分の顔をずいと近づけ、一本太い釘《くぎ》を刺す。「飯田君は私の元カレじゃないから勘違いしないよーに! ていうか、なんで私があんな地味な下級生と付き合ってたと思うわけ? こう見えても私は高校時代、コートに咲いた一輪の雛菊《ひなぎく》もしくは胡蝶蘭《こちょうらん》……」

「ん!? 白百合もしくは霞草じゃなかったっけ」友人は細かいツッコミを入れつつ、「まあ、いいや。昔のことはともかくよ、いまは美伽だって結構、地味なキャラじゃんか」

「だからお似合いだとでも? 冗談じゃないわよ」

そもそも私は地味ではない。隣に派手なのがいるから、そう見えるだけだ。

私は目の前の友人に抗議の視線を向ける。エルザは再び飯田の背中を見やりながら、

「ところで美伽、あの男、カネ持ってるかな？　まあ、買ってすぐの新車を壊したばかりじゃ、あんまり持ってるわけねーか。これから修理代とか必要になるだろうし……」

「本人は持っていないと思うけど、実家は裕福な家柄のはずよ」

「へえ、そいつは朗報」

エルザはニヤリとした。獲物を見つけたライオンの笑みだ。

「待ってよ、エル。これが仕事になると考えているわけ？　正直、意味の判らない話よ。事故ったフィアットが消えちゃったなんて、出来の悪い都市伝説みたい」

「でも、嘘をつくような男じゃないんだろ？」

「それはそうだけど、なにかの勘違いかもしれないわ。お酒を飲んで夢を見たとか……」

「なるほど、酔っ払い運転か。よし、まずは、そのあたりから攻めてみようぜ」

喫茶店の奥の席。私たちは二人だけの密談を終えた。

お待たせ、といいながら私たちは再び飯田のいるボックス席に舞い戻った。さっそく用意した質問を投げようと、エルザが口を開きかける。そんな彼女の機先を制するように、

飯田のほうが答えていった。「俺、酒なら一滴も飲んでいませんからね」

それとあと、川島先輩とは元カレ元カノみたいな関係ではありませんから——と飯田はキッチリ付け加えた。どうやら私とエルザの会話は、まったく密談になっていなかったらしい。

バツの悪い表情を浮かべる私たち。それを前に、飯田は事故後の状況を説明した。

「気絶していた俺が、ようやく目を覚ましたのは、午前二時ごろのことでした。事故に遭ったのは、たぶん午前一時前後でしょうから、だいたい一時間程度は運転席で気を失っていた計算です。ランドクルーザーは小高い砂丘のその先にある、防砂林の小道の入口あたりで、一本の松の木に衝突して止まっていました」

「木にぶつかった際の記憶はないのかよ？」

「ええ、全然。木にぶつかる前に、エアバッグの衝撃でもう気絶していましたから。目が覚めてしばらくの間、俺はぼんやりしていて、自分がなぜここにいるのか、判りませんでした。でも徐々に状況を理解するうちに、俺は背筋にぞっと冷たいものを覚えたんです」

「フィアットと衝突したことを思い出したんだな」

「そうです。俺は運転席の扉を開けて、車の外に出ました。そして恐る恐る小高い砂丘の上——俺が事故ったはずの場所——そちらに視線をやりました。大破した茶色い車が転がっているんじゃないか、その運転席で誰かが俺と同じように気を失っているんじゃないか、ひょっとしたら死んでいるんじゃないか、そんなふうに思いながらね。でも意外なことに、そこには何もありませんでした」

「何もなかった……？」

「ええ、何もありません。俺は自分の車を離れて、丘の上に駆け寄りました。そこは砂地面が広がるばかりで、とても自動車事故が起こったとは思えない状況でした。砂丘から続く下りの斜面——俺がランドクルーザーで駆け上がった斜面ですが——そこを見下ろしても、やっぱり何もありません。綺麗な砂浜があり、その向こうに夜の海があり、月の明かりがそれを静かに照らしているばかりです」

「詩人だな」友人はうっとりと目を閉じた。「幻想的な平塚の海が目に浮かぶぜ……」

エルザは後輩飯田孝平のことを完全に馬鹿にしている。私はそう感じた。

彼も同じように思ったのだろう。「茶化さないでください、先輩。本当に何もなかったんですから」と声を荒らげて、さらに話を続けた。「俺はまるで狐《きつね》につままれたような気分で、自分の車に戻りました。松の木にぶつかった車は、確かにフロント部分に損傷がありました」

「その損傷ってのは、松の木にぶつかった際のもの？　それともフィアットと衝突して壊れたのかな。どっちだい？」

「さあ、その点は正確には判りません。ただフィアットと衝突したにしては、ダメージが少ないという印象でした。バンパーが凹《へこ》み、ヘッドライトが片方割れていましたが、車はなんとか動かせそうな感じでした。――と、そのときです！」

「な、なんだよ、いきなり？」

「防砂林に何かの気配がありました。いまにして思えば林に棲《す》む鳥や小動物だったのかもしれません。でも俺は咄嗟に人だと思い込みました。それで急に怖くなったんです。この場面を誰かに見られてはマズい。なんだかよく判らない出来事だけど、これ以上、この件に関わり合いになりたくない。そう思った俺は慌てて車に乗り込み、エンジンを始動させました。幸いエンジンに問題はなく、ヘッドライトも片方だけは生きていました」

「じゃあ、そのまま逃げちゃったのかよ。それ以上、詳しく調べもしないで」

「ええ、実はそういうわけでして……」

飯田孝平は頷きながら、申し訳なさそうに頭を掻いた。エルザは、「やれやれ」と小さく溜め息をつくと、「どう思う、美伽。いまの話？」

「奇妙な話ね。でも不可能ってことはないんじゃないかしら。飯田君は事故った後、一時間程度、車内で気絶していた。その間に誰かが壊れたフィアットを運転手ごとこっそり運び去った。そう考えれば、あり得ない話じゃないわ。ただ疑問に思うのは――」

「動機だ」エルザが先回りしていった。「何の目的で、密かに事故の後始末をするのか」

「そうね。あと、誰がそれをおこなったのか」

「そうだ。それから、もうひとつ。壊れたフィアットは、どこにいったのか」

三つ程度のもっともらしい（だが誰でも気付くような）疑問点を提示してから、エルザは凛々《りり》しい探偵の表情を後輩へと向けた。「なあ、飯田はこの謎にケリを付けたいんだろ。このまま放っておくなんて気分悪いもんな。だから川島先輩に相談のメールを送ったんだろ」

「え、ええ、まあ、そうですけど」

「よし判った」エルザはすべて了解とばかりに、自分の胸を叩いて、「あたしたちに任せな。よく判んねえ事件だけど、きっとなんか裏があるんだ。暇だから調べてやるよ」

――『暇だから』は余計よ、エル！

私は軽率なライオンを横目で睨む。一方の飯田は、なぜか焦りの色を滲ませながら、

「ちょ、ちょっと待ってください、先輩。もちろん、俺だって真実は知りたいんですよ。このままじゃ、本当に気が変になってしまいそうだから。だけど下手に調べてみて、やっぱり俺がフィアットの運転手を死なせていた、なんてことが判明したら、なんていうか逆

に……」

「ヤブヘビだってか⁉　なーに、心配すんな。そんときはそんときじゃんか」

まさしくサバンナで気ままに暮らす野獣の論理だ。これでは街の人間を説得できないだろう。そう思った私は、友人が黙るのを待って、真剣味溢《あふ》れる声で彼に訴えた。

「大丈夫よ、飯田君。彼女はこう見えても優秀な探偵だわ。きっとあなたの力になってくれるはず。だから安心して任せてちょうだい。――あ、そうそう、いまならキャンペーン中で同窓生割引が使えるの。料金は通常の三十パーセントオフよ。さあ、このチャンスをお見逃しなく！」

こちらは敢えていうなら、都会で暮らす商売人の論理か。

抜け目ない私のことを、エルザは呆れた表情で見詰めるばかりだった。

## 3

同窓生割引の効果は確かにあったようだ。飯田孝平は渋々ながら私たちの依頼人になってくれた。私たちは消えたフィアットを捜して、本格的な調査に乗り出すこととなった。

「まずは現場を見ておくことが先決だろうな」

そういって探偵は白シャツの上に黒い革ジャンを着込む。彼女の冬の定番アイテムだ。私も赤いダウンジャケットに袖を通しながら、彼女の言葉に頷いた。

「そうね、さっそくいってみましょ。飯田君、案内してくれるわよね」

依頼人は「もちろん」と頷き、私たち三人は喫茶店を出た。探偵の愛車シトロエンに乗り込むと、さっそく平塚の海岸へと向かう。運転席のエルザが軽快なハンドルさばきで車を走らせること数分。車は海沿いに延びる国道一三四号線に出た。話に出ていた防砂林の景色が、助手席側の窓の向こうに整然と広がっている。車は国道を大磯方面へと向かっていた。やがてエルザが後部座席の飯田に聞いた。

「この国道から防砂林の小道に入るんだよな。どの小道なんだ？」

延々と続く防砂林には、それを横断する小道が何本もある。どの小道を通っても、結局は同じ海岸に出られるわけだが、金曜日の深夜に飯田が車で通った小道は、果たしてどれなのか。すると飯田が後部座席から身を乗り出して、いきなり前方を指差した。

「あれです。入口付近に黄色い看板が見えるでしょ。あの小道に入ってください」

判った、と短く答えたエルザは急ハンドルを切って、車の進路を九十度変えた。

シトロエンは未舗装の小道に入っていった。道の両脇は、どちらを見ても茶色と緑が目立つ林の風景だ。小道は土の路面から、やがて砂地へと変わっていく。さらに進むと、目の前の視界が一気に開けて、広大な砂浜の景色が広がった。地元で虹《にじ》が浜《はま》と呼ばれる海岸だ。ほんの少し西へいけば、やがて『大磯ロングビーチ』に繋がるこの砂浜のことを、エルザは以前『おおよそロングビーチ』と呼んでいた。この砂浜をそんなふうに呼ぶのは、私の知る限り、生野エルザただひとりだ。

そんな虹が浜に出てすぐのところで、エルザは突然車を停めた。

「これ以上進んだら、シトロエンのタイヤが砂に埋まっちまう。ここまでだな」

「ええ、まさしくここでいいんです」

そういって飯田は後部座席から砂地に降り立った。そして、いまきた小道の出口に立つ太い松の木に駆け寄った。私とエルザも車を降りて、彼の後に続く。飯田はその松を指差しながら、「ほら、ここを見てください」といって、幹の部分を示した。

松の幹には大きな傷が残っていた。分厚い表皮が削り取られ、幹の内部が剝き出しになっている。傷跡は最近のものらしく生々しい。

「ランドクルーザーがぶつかって、こうなったんです。気絶していた俺が目覚めたとき、車はこの松の木に突っ込んだ形で止まっていました。だから事故が起こった現場は、たぶんその付近のはずなんですが……」

そういって飯田は松の木から十メートルほど離れた平坦な地面を指で示した。いまはシトロエンが停車している、まさしくその場所が事故現場なのだという。だが、そういわれても何の実感も湧かない。示された場所に、事故を示す痕跡はまさしく皆無だった。

「なんだ、何もないじゃない」私の口から思わず本音の呟きが漏れる。

「だから、最初からそういってるじゃありませんか。何もないから、不思議だって」

「確かに何もねーな」探偵は足許の砂に指先で触れながら、依頼人に確認した。「飯田が目覚めたとき、この場所は、すでにこんな状態だったのか？　そのときの様子と現在の様子を比べて、何か違ってる点とかはねーかな？」

「そうですねえ。あのときは夜で、いまは昼だから、多少は印象が違いますけど、べつに変わらないと思いますよ。当時もこんな感じでした」

「これじゃあ事故そのものがなかったって、疑いたくなるのも無理ねーな」

探偵は砂丘の端に立つと、海岸へ続く砂の斜面を見下ろした。そして、ふと何かに気付いたように口を開いた。「なあ、飯田は、この斜面をランクルで駆け上がって楽しんでいたんだろ。だったら、車はそのままの勢いで……うッ」

私は友人が余計なことをいう前に、そのお喋りな口許を右手で塞ぐ。そのまま彼女の身体を車の背後に引っ張り込むと、猛烈な早口で重大な警告を与えた。

「エル、あなたのいいたいことはよく判るわ。斜面を駆け上がった飯田君のランクルは、勢い余ってそのまま松の木に激突。エアバッグが作動して、彼は気絶した。フィアットと衝突したなんて話は、彼の混乱した脳ミソが勝手に作り上げた妄想に過ぎない。そういいたいんでしょ！」

「ぷはッ」エルザは苦しげな息を吐きながら、私の手を払い退けた。「そうさ、美伽のいうとおりだ。それで何もかも説明が付くじゃねーか」

「駄目よ。それじゃ話が簡単すぎて、おカネが取れないじゃない」

「そーいう問題かよ！」

「そーいう問題です！」

私は断固として言い切った。せっかくの依頼なのだから大きく稼がねば！

「んなこといったってよ、それがいちばん考えられそうなことだし……ん⁉」

ふいに言葉を止めたエルザは、その視線を私の背後へと注いだ。

「え⁉」と思わず私も振り返って後ろを確認。そこには傷ついた松があり、その向こうには昼なお暗い防砂林が広がるばかりだ。「どうしたのよ、エル。林の中に何かいたの？」

「ああ、いたみたいだぜ。鳥か小動物かもしれねえけど」

そしてエルザはその茶色い眸で林の中を睨みながら、意味深な呟きを口にした。

「あるいは人間だったかもな……」

4

結局、浜辺の事故現場（本当に事故があったならの話だが……）で、これといった収穫のなかった私たち三人は、再びエルザのシトロエンに乗り込んだ。もときた小道を逆向きに進んで防砂林を抜けると、再び国道一三四号線。だがエルザはそのまま国道を横切って、車を真っ直ぐ住宅街の道へと進めた。

——確か、ここから少しいったところに酢湯麵《スータンメン》で有名な『花水老郷《はなみずラオシャン》』があるはず。

と、そんなことを私はふと考えた。ちなみに酢湯麵とは平塚市民のソウルフードとも呼ばれる地元のB級グルメのこと。湯麵とはいうものの、平塚の酢湯麵はいわゆる中華料理店の湯麵とは似ても似つかぬ独自の食べ物で、その白い麵は冷麦に近く、具はワカメとたまねぎ、メンマのみ。酸味の利いたスープは透明で味もあっさりしている。酢湯麵の名店の一軒『老郷』は平塚駅の近くにあり、もう一軒の『花水老郷』はこの近所にあるのだ。

すると、これが以心伝心というものか。運転席のエルザが、「——ん⁉」と突然何かに気付いたような声をあげ、車を路肩に寄せて停める。そして後部座席に顔を向けると、依頼人に向かって一方的に告げた。

「悪いけど飯田、あんたはタクシーで帰ってくれねーか。ちょっと寄り道したいところがあるんだ。——おい、美伽」

「ＯＫ、任せて」私は車を降りると、小走りに国道まで戻って、流しのタクシーを捕まえる。そして不満そうな依頼人に対しては、「タクシー代は後で請求してね。探偵事務所が全額負担するから」と相手の懐に配慮した優しい言葉を囁く。すると、ようやく飯田も納得した表情で、「じゃあ遠慮なく」といって、おとなしくタクシーに乗り込んだ。

後々、彼はタクシー代を事務所に請求するだろう。私たちはその代金を払うだろう。そしてその代金は、最終的には探偵活動の必要経費として、依頼人に請求書が回るのだ。

「ゴメンね、飯田君、タクシー代は結局あなたが払うのよ……」

私は両手を合わせながら、依頼人のタクシーを見送った。そしてすぐさま友人のもとに舞い戻ると、期待に満ちた声で、「さ、いきましょ、エル！」

「ん⁉」友人は愛車の傍に佇んだまま、不思議そうに眉を顰めた。「いくって、どこへ？」

「どこって、『花水老郷』でしょ？」——あれ、違った？

「なんでだよ！　誰が酢湯麵、食いにいくっていったんだよ」

「でも、このあたり、酢湯麵以外に何か美味しいものあったっけ⁉」

「誰も食い物の話なんかしてねーっての。そうじゃねーよ、あれだよ、あれ」

そういって友人が指差したのは、住宅街の一角にある豪勢な日本家屋。しかし、なんだか様子が変だ。屋敷の門を出入りする数名の人物は、いずれも喪服に黒いネクタイ姿。どうやら、お通夜の準備中らしい。自宅で通夜を執り行う家なんて、いまどき珍しい。

「誰か亡くなったみたいね。あれが何か気になるの？　事件と関係あるとか？」

「ああ、そうかもな。——ほら、門の前に黒い車が停まってるだろ。覆面パトカーが」

「え、なんで判るのよ!?　あれが覆面パトカーだなんて」

「そりゃ判るさ。運転席を見てみな。あれがパトカーじゃなくて何だっていうんだよ」

いわれて私は車の運転席に目を凝らす。そこに座るのはダークスーツに身を包む若い男の姿。険しい表情で門前の様子を見詰める、その横顔に見覚えがあった。

平塚署の宮前刑事。——事件のたびに顔を合わせる腐れ縁の刑事さんだ。

私たちは路肩に車を停めたまま、そのお屋敷のほうへと歩み寄った。

私たちの姿を認めた宮前刑事は驚いた様子で、パトカーの運転席から姿を現した。困惑した顔には「なぜ探偵たちが、ここに……？」と書かれていたが、実際に彼が口にした言葉は全然違うものだった。彼は私たちの姿を見ながら、真っ先にこう指摘した。

「おいおい、君たち、その恰好で通夜に参列する気か？　常識がないのか？」

確かに、門前のしめやかな光景の中で、私たちの姿はあまりにファッショナブル過ぎたかもしれない。

しかし探偵は刑事の前で堂々と胸を張りながら、「常識ならちゃんとあるぜ。ただ、喪服がないだけさ。黒い革ジャンじゃ駄目かい?」と、まるで常識のないことを口にする。

「駄目にきまってる」宮前刑事は呆れ顔だ。「いったい何しにきたんだ、名探偵?」

「べつに弔問にきたわけじゃねえ。別件で通りかかったら、偶然、宮前の姿を見つけただけさ」そして探偵は目の前の豪邸に視線を向けながら、「――誰か亡くなったらしいな」

「ああ。この家は大平《おおひら》家といってな、高級老舗《しにせ》ホテル『大平楼《たいへいろう》』を代々経営してきた由緒《ゆいしょ》正しき名家だ。亡くなったのは先代の娘であり、現会長の大平香苗《かなえ》さんという女性だ。会長といっても、まだ五十そこそこの年齢だったんだがな」

「高級老舗ホテル⁉ そんなのが平塚にあるのかよ」

「馬鹿だな。平塚にあるわけないだろ。大磯にあるんだよ、大磯に」

――べつに平塚に高級老舗ホテルがあってもおかしくないと思うけど?

私はそう思ったが、わざわざ口を挟む場面ではない。

探偵は再び刑事に尋ねた。「で、その大平家の香苗さんってのは、なんで亡くなったんだよ。宮前がここにいるってことは、普通の死に方じゃなかったんだろ」

「確かにな。香苗夫人は金曜日の夜に自殺したらしい」

　そういった直後、宮前刑事は周囲を憚《はばか》るように声を潜めた。「だが、ここだけの話、夫人は誰かに殺されたんじゃないかと、俺はそう睨んでる」

「ふーん、疑問を覚える点があるんだな。――夫人は、この家で亡くなったのかい？」

「違う。夫人の遺体が発見されたのは上吉沢の山中だ。そこに地図にも載らないような、名もない小さな溜池があってだな……」

　宮前刑事が具体的な地名を出した瞬間、私とエルザは揃って顔を見合わせた。

「上吉沢っていやあ――美伽！」

「しかも溜池だって――エル！」

　たちまち脳裏に蘇ってきたのは、喫茶店で何気なく読み飛ばした新聞記事だ。平塚市上吉沢の溜池に乗用車が転落し、運転手が死亡。確か、そんな内容の記事だった。

「ほう、君たちも新聞くらいは読んでるんだな」宮前刑事は私たちの反応を見て、つまらない皮肉を口にした。「そう、それだよ。金曜日の夜、溜池に乗用車が落っこちて運転手が死んだ事件。運転席で亡くなっていたのが香苗夫人というわけだ」

　意外な展開に私は言葉を失った。飯田孝平は、山奥で起こった出来事と、海辺で起こった出来事とは、当然ながら無関係と考えていたようだ。私とエルザも深く考えることなく、いままで見過ごしていた。だが上吉沢で死亡した女性の屋敷が、虹が浜から国道を挟んですぐの場所だとなれば、話は別だ。二つの事件は、どこかで繋がっている可能性があるのではないか。

「おい、宮前、ちょっと教えろよ」

俄然、興味を引かれた様子の女探偵は、刑事に向かって重要な質問を口にした。

「その香苗夫人が乗っていた乗用車っていうのは、どんな車だったんだ？」

宮前刑事は質問の意味を量りかねたらしい。キョトンとした顔でこう答えた。

「どんな車かって⁉　茶色いフィアットだけど、それがどうかしたか、名探偵」

数分後、私たちは停車中の覆面パトカーの後部座席に図々しく乗り込んでいた。真ん中に座る宮前刑事に対して、私とエルザは両側から激しく詰め寄りながら結構無茶な要求。

「——詳しく話して、宮前さん！」

「——そうだ全部話せよ、宮前！」

すると女二人の剣幕に恐れをなしたのだろう。宮前刑事は背もたれに背中を押し付けながら、

「わ、判った判った、話せるだけは話そう。その代わり、君たちの知っていることも話し

てもらうからな。どうやら君たちも何か別の事件を追っているみたいだし……」

　私たちは交換条件を呑んだ。さっそく宮前刑事は上吉沢での事件について説明した。

「二日前、土曜日の朝のことだ。上吉沢の山道を歩く地元の老人が、道沿いにある溜池に車が沈んでいるのを発見して、警察に通報した。車は引き上げられ、運転席から女性の死体が見つかった。所持品などから、大平香苗五十一歳だと判明した」

「じゃあ、死因は溺死か」

「そうだ。夫人は金曜日の夜、山道を車で走行中にハンドル操作を誤って溜池に転落。車内に流れ込んだ水によって溺れ死んだ。そんなふうに思える状況だった。だが、よくよく調べてみると、そう単純な事故ではないらしい。そもそも夫人が夜の山中で車を走らせる理由がない。山道にはブレーキを踏んだ痕もない。しかも、この寒い季節だというのに、車の窓は全開だった。車が水没しやすいように、わざとそうしてあったかのようだ」

「つまり、自殺ってわけか。夫人は自らの意思で車ごと溜池に飛び込み、溺死した……」

　そういうことだ、と頷く宮前刑事に、私はすぐさま反論した。

「だったら自殺と同様に、殺人の可能性だってあるんじゃないの？　香苗夫人に殺意を抱く誰かが、彼女を車に乗せて、そのまま溜池に突き落とした。夫人が薬かなにかで眠らされていたとすれば、あり得ないことじゃないわ」

「確かに、香苗夫人の体内からは睡眠薬が検出された」

ほら、やっぱりね、と思わず手を叩く私。しかし刑事は即座に首を横に振った。

「自殺者が睡眠薬を服用しているケースは珍じくない。たとえば、こんなことが考えられる。香苗夫人は自殺を決意して、車で人けのない山中へと出かけていく。そこで大量の睡眠薬を飲むも死に切れず失敗。そこで、偶然目にした溜池に車ごと飛び込んだ――」

「こじつけだわ。警察は香苗夫人の死を自殺で片付けて、事を穏便に済ませたいのよ。きっと忘年会とクリスマスの季節だから、難しい殺人事件にしたくないのね」

「それは深読みが過ぎるなあ……」

と刑事は苦い表情で頭を掻いた。「実際、香苗夫人は不眠症で悩んでいたらしい。大量の睡眠薬を所持していたのも、そのためだ。だから、夫人が病気を苦にして自殺したという説も、いちおうの信憑《しんぴょう》性はあるんだ」

「だけどよ」とエルザが口を挟む。「宮前は美伽と同じ考えなんだろ。夫人は誰かに殺されたんじゃないかと、そう疑っている。宮前が他殺を疑う根拠は、何なんだ?」

「根拠ってことはないが、関係者の中に、そこそこ疑わしい奴がいてな……おっと!」

そのとき窓の外に目を向けた刑事の口から、小さな叫び声。慌ててそちらに目を向けると、停車中の覆面パトカーの外に喪服を着た中年男の姿があった。

年のころは四十代か。日焼けした褐色《かっしょく》の肌と鋭い目。分厚い胸板を誇る、堂々たる体格の男だ。彼は後部座席の窓を拳で叩きながら、中の刑事に向かって「開けろ」の合図。するど、その合図に応じるように渋々と窓を開けながら、「なんだい、あたしになんか用かい？」と女探偵が聞く。いきなり顔を覗かせた《タメ口茶髪女》に男はキョトンだ。

「な、なんだ、君は⁉ 刑事じゃないよな」

調子に乗ったエルザは、親指で自分の顔を差しながら、「当たり前じゃん。平塚署に、こんなべっぴんの刑事さんがいるかってーの！」

「駄目よ、エル、知らないおじさんをからかっちゃ！」私は慌てて友人を窘める。

「お、おじさん、だと……⁉」

一瞬、顔を歪めた中年男は、女どもに用はない、とばかりに私たちのことを無視すると、中央に座る男の刑事に直接語りかけた。「困りますねえ、刑事さん。こんなところにパトカーを停めてもらっては。覆面だからいいってもんじゃありませんよ。それでなくとも、あなたのおかげで私は良からぬ噂を立てられて迷惑しているんだ。悪いが帰ってもらえますか。これから弔問客をお迎えしなくてはなりませんのでね」

「そうですか。これは、どうも失礼」宮前刑事は形ばかり頭を下げ、後部座席から無理やり運転席へと身を移す。そしてすぐさまエンジンを始動させると、車の外の中年男に向かって大きな声を張りあげた。「では、また日を改めて伺いますよ、大平真治《しんじ》さん」

宮前刑事は車をスタートさせた。エルザはリアウィンドウ越しに後方を見やりながら、

「あの男、大平真治っていうのかい。てことは、香苗夫人の……？」

「旦那だ。といっても二年ほど前に一緒になった二人目の旦那だがな」

私は刑事の口調にピンとくるものを感じた。「判った。宮前さんのいっていた、最重要容疑者って、あの人ね」

「さあね」宮前刑事はとぼけるようにいった。「俺は最重要容疑者なんて、ひと言もいってないぞ。ただ、関係者の中にそこそこ疑わしい奴がいるって、いっただけで」

警察としては、いいたくてもいえない立場なのだろう。容疑者の存在を匂わせてくれただけでも、こちらとしては充分ありがたい。

「ところで、こっちの話せる分は、もう話した。今度はそっちの番だぞ」

「よし、判った」探偵は後部座席から身を乗り出し、前方を指差した。「宮前、真っ直ぐいって、そこの黄色い看板の立つ小道に入ってくれ。そう、その小道だ」

覆面パトカーは国道を横切り、再び防砂林の小道へと入っていく。そしてエルザは飯田孝平から聞いた、奇妙な自動車事故についての説明をはじめた。

それから、しばらくの時間が経過——

飯田孝平が事故に遭ったと主張する砂丘の上。探偵の説明をひと通り聞き終えた刑事は、手許の手帳をジッと見詰めながら、深刻な表情で顎に手をやった。

「……ふむふむ、よく判った。生野エルザ、君の話を要約すると、こういうことだな。つまり、先週金曜日の深夜（正確には土曜日の未明）、その飯田孝平という男が、この虹が浜の砂丘でランドクルーザーに乗りながらフィアットと衝突事故を起こしたところ、時空の歪みによる影響だか何だか知らないが、とにかく壊れたはずのフィアットも怪我したはずの運転手も、すべては跡形もなくその場から消え去り、そしてそのフィアットは、これまた超常現象か何かの理由によって、なぜか同じ夜に上吉沢の山道に現れて、運転手を乗せたまま溜池に転落。運転席の香苗夫人は溺れ死んでしまった――というわけだ。そういうことなんだな、生野エルザ！」

「さっすが、宮前。理解が早いぜ」探偵が賞賛の声をあげると、

「畜生、馬鹿にしてんのか！」

刑事は怒りとともに手帳を砂地に叩き付けた。「そんな話のどこをどう信用しろっていうんだよ。そんなのは、飯田って男の妄想もしくは作り話に決まってる。その男、虚言癖があるんじゃないのか。あるいは超リアルな夢でも見たんだな」

宮前刑事がそう考えるのも無理はない。私たちも不安げな顔を寄せ合いながら、

「やっぱり、そうなのかしら。エル、どう思う?」

「うーん。あたしも、なんか、よく判んなくなってきた……」

「まったく、君たちって奴は」宮前刑事は呆れ顔で砂まみれの手帳を拾い上げると、それを胸のポケットに仕舞った。「俺が教えた情報に比べて、君たちの与えてくれた情報は、訳が判らな過ぎる。こっちの情報を返してくれといいたいところだが、まあ、一度喋ったものは仕方がない。君たちに期待した俺が馬鹿だったと、諦めることにするよ」

そういって宮前刑事は蔑《さげす》むような視線をこちらに送る。

私たちは激しく強張《こわば》った顔を寄せ合いながら、

「ねえエル、私たち、散々な言われ方じゃないかしら……」

「耐えろ、美伽。この屈辱をいつか力に変えるために……」

肩をぷるぷる震わせながら、ぎゅっと拳を握る私とエルザ。

一方、宮前刑事は気が済んだのか、ひとり踵を返して覆面パトカーへ。運転席に身体を滑り込ませると、「俺は署に帰る。帰って、地道な捜査に戻る」と、いまここでする必要のない宣言。そして彼は運転席のドアを閉めると、砂丘の上に私たちを残したまま、ひとり防砂林の小道を車で走り去っていった。

舞い上がる砂塵。遠ざかる排気音。するとエルザは何を思ったのか、いきなり地面の砂を摑む。そして怒りの形相でもって、摑んだ砂を見えない刑事に向かって投げつけた。

「畜生、覚えてろよ、宮前！　この謎、必ず解き明かしてやるからな！」

エルザの投げた一握りの砂を、師走の海風が一瞬で吹き飛ばしていった――

5

翌日、火曜日の午前。私とエルザは車を飛ばして平塚市上吉沢へと向かった。

このあたりは平塚市内でも比較的、山深い地域。道すがら目にするバス停の名前さえも『山の神』『山入口』といった具合だ。運転席のエルザが「どんだけ山なんだい！」と呆れたように呟いたのも無理はなかった。

そんな上吉沢のバス通りから、さらに山奥へと入っていくと、その先に目指す事件現場があった。大平香苗がフィアット五〇〇とともに転落して溺死を遂げた溜池だ。車一台がやっとすれ違えるほどの狭い山道。そこから数メートルの斜面を下ったところに、それはあった。広さはテニスコートぐらいだろうか。池の周囲はジメジメとした地面と僅かな雑草が生えているばかりだ。《名もない溜池》と宮前刑事はいっていたが、地元の小学生たちは確実に《底なし沼》と命名しているに違いない。そう思わせる不気味な池だった。

道端に車を停めた私たちは、斜面を下り、問題の溜池へと歩み寄る。恐る恐る池の畔《ほとり》に立ちながら、「エル、押さないでよ、絶対、押しちゃ駄目だからね！」

すると私の意地悪な友人は、いつの間にか背後に迫りながら、「それって、押してくれって意味か。いいのか、押して？」と私の背中を指先でつつく。

「もう、やめてってば！　そういうのマジで怖いんだから！」

「へへッ、心配すんな。ホントに突き落とすような馬鹿な真似はしねーって」

いいや、そういう馬鹿な真似をしかねない女なのだ。生野エルザという女は！

私は慌てて池の畔から距離を取ると、あらためて周囲の状況を見回した。溜池は山道から一段低くなった場所にあり、境を隔てるガードレールの類もない。

「ねえエル、この状況だと、誰かが山道から斜面に車を押し出してやれば、その車は勢い良く斜面を転がって、そのまま溜池にボッチャン。そんな感じに見えるわね」

「ああ、つまり他殺の可能性は充分ってわけだ。となると問題は、虹が浜で飯田の車と衝突したフィアットが、なんで同じ夜に、この山奥の溜池に転落するのか。そこだな」

「てことは、エルは二つの事件に登場するフィアットを、同じ車だと考えてるわけ？」

「さあな。でもフィアット五〇〇は、そう滅多にある車じゃない。まったく無関係な二台と考えるほうが、むしろ不自然な気がする。きっと、なんらかの関連性があるはず――」

そう呟きながら振り返ったエルザは次の瞬間、「ん⁉」と意外そうな声をあげた。

釣られて振り向くと、山道には喪服と思しき黒いワンピースを身に纏った髪の長い女の姿。年のころなら二十歳前後か。喪服との対比で白い肌がより際立っている。愁《うれ》いを帯びた顔立ちは、同性の私の目から見てもドキリとするほど美しかった。

女は大平香苗の関係者らしい。その手には死者への手向けの花束が握られている。意外な先客の存在に戸惑ったのか。若い女は斜面を下りたところで立ち止まっていた。

「あんた、亡くなった香苗さんの知り合いかい？」

エルザが尋ねると、女は驚きと疑いの表情を浮かべた。

「えッ、ええ、はい。私は大平香苗の娘ですが。――母をご存じなのですか」

「いいや、あんたのお母さんのことは、あんまり知らない。ただ知り合いの刑事から、ちょっと話を聞いただけだ」

「刑事さんとお知り合い⁉　ああ、そういえば、なんだかヤンキーっぽい……」

エルザの少女時代に補導歴があるとでも思ったのだろうか。まあ、そう疑われても仕方のない、野蛮な革ジャン女ではあるが――

「いや、刑事と知り合いって、そういう意味じゃねーんだよ」

ヤンキーっぽい友人は手を真横に振りながら、喪服の女へと歩み寄る。そして自分の胸に手を当てながら、「あたし、生野エルザ、平塚で私立探偵やってんだ。――で、こっちにいるのが相棒の美伽な」

勝手に名字を省かないでほしい。私は横から「川島美伽、探偵助手よ」と補足説明を加える。エルザはあらためて喪服の女に顔を向けながら、

「実は訳あって、あんたのお母さんが自殺したっていう件について調べてるんだ。ちょっと話を聞かせてくれねーかな」

すると彼女は探偵の言葉にキッパリと首を振った。

「いいえ、母は自殺じゃありません。母は、あの人に殺されたんです!」

私とエルザは溜池の畔で、喪服の女から話を聞いた。

彼女の名前は大平美里《みさと》。東京でひとり暮しをしながら美術大学に通っているという。そんな美里は香苗のひとり娘ではあるが、大平真治の娘ではない。宮前刑事からすでに聞かされていたとおり、香苗の最初の夫はすでに他界しており、真治は香苗の二番目の夫。美里にとっては義理の父というわけだ。

義理の父でも父に変わりはないのだが、美里は義父である真治のことを《あの人》と呼んだ。母、香苗は《あの人》に殺されたのだと、彼女はそう主張しているのだ。

エルザは腑に落ちない顔で、美里に尋ねた。

「あの人、大平真治が香苗さんを殺害した場合、なんか得することでもあるのかい？」

美里はしっかりと頷いた。「あの人は、所詮は母に頭の上がらない立場なんです。大磯の『太平楼』も平塚の家も、うちの財産らしい財産は全部、母の名義なのです。そもそも『太平楼』は母方の祖父が始めたホテルですから」

「香苗さんが会長を務めていたんだってな。刑事から聞いたよ。でも、なんで創業家の娘であり、現会長でもある香苗さんは、真治って男と一緒になったんだい？」

「彼はもともと『太平楼』の厨房《ちゅうぼう》で働いていた料理人だったんです。料理人としての腕は良かったらしく、母はそんな彼がお気に入りだったようです。いつしか二人はプライベートでも付き合うようになり、私が大学に入るのを機に、二人は結婚しました。私も二人の結婚に同意しました。というのも私の実の父が亡くなって以来、母と私は虹が浜の家でずっと二人暮しだったんです。私が東京の大学にいけば、母はあの広い家にひとりで暮らすことになります。それではあまりに物騒ですから、再婚はむしろ母のためになると、当時は私もそう思ったのです」

「なるほど。つまり真治と香苗さんは虹が浜の屋敷に二人暮し。実権は香苗さんのほうが握っている。けれど、もし香苗さんが死ねば、大平家の事業や財産の多くを、真治が手にできるってわけだ。殺人の動機としては充分だが、それにしちゃ警察は一部の人間を除いて、自殺説をとっているみたいだな。なんで、もっと真治のことを疑わないんだ？」

「それは、あの人にアリバイがあるからです」

「へえ」エルザは訝しげに眉根を寄せた。「どんなアリバイだい？」

「はあ、この話は私自身が見聞きした話ではなくて、母が亡くなった後に、関係者や刑事さんから聞いた話なのですが……」

そう前置きして、美里は大平真治のアリバイについて語った。

「母が亡くなった金曜日の夜、あの人は何人かの仲間たちとともに、飲みに出かけていたそうなんです。仲間たちは夜の九時ごろに大平家に集まり、そのまま歩いて近所のスナックへと向かったそうです。あの人と仲間たちは、そのスナックで三時間ほど過ごした後、午前零時ごろに店を出たところで解散。あの人が自宅に帰り着いたのは深夜零時を十分ほど過ぎたころだったそうです。もっとも、店を出て以降、あの人はひとりだったわけですから、実際のところ彼が何時に帰宅したのかは、誰にも判りません。ただ、あの人が自ら主張するところによれば、彼が帰宅した午前零時十分過ぎ、家にはすでに母の姿が見当たらなかったそうです。おまけにガレージに停めてあるフィアットもない。彼は不審に思ったそうですが、とりあえず連絡を待とうと思って、そのまま朝まで過ごしていると……」

「翌朝、香苗さんの死を報せる連絡が、飛び込んできたってわけだ」

「ええ。あの人がいうには、そういう流れだそうです」

「ふむ、つまり大平真治は金曜日の午後九時から深夜零時まで、飲み仲間やスナックのママたちと一緒だった。これは疑いようのない事実なんだな」

「はい、そのようです。その一方で、母が死亡した時刻は、正確には判りませんが、少なくとも午後九時以降のことだと思われます」

「それは、なぜ？　遺体を解剖して判ったことかい？」

「いいえ、問題は車です。母はフィアットに乗って、この溜池に転落して溺死しましたが、そのフィアットは午後九時の時点では、ちゃんとガレージにあったらしいんです。飲み仲間たちは、大平家を訪れた際に、その車を見ているんですよ」

「ふーん、つまり香苗さんがフィアットで出かけたのは午後九時以降ってわけだ」

「はい。午後九時以降に母は車で家を出て、午後十一時ごろまでの間に亡くなった。警察はそう見ているようです。午後十一時というのは、それこそ解剖などの結果から導き出された時刻らしいのですが」

「なるほどな。ところで、その飲み仲間たちの証言は信用していいのかい？　カネで買収されているとか、口裏を合わせているといった可能性は？」

「飲み仲間は四人いたそうですが、年齢も職業も家庭環境もバラバラです。全員を買収するのは難しいでしょう。それに親しい仲といっても、殺人の片棒を担ぐほどの深い関係ではないようです。私も昨日の通夜の席で直接会って話を聞きましたが、彼らに嘘をついている様子はありませんでした。彼らは見たままの事実を語っていると思います」

「なるほど、それでアリバイ成立ってわけか」探偵は納得した様子で頷いた。

傍らで聞いている私にも、大平真治のアリバイは確たるものに思えた。香苗夫人は金曜日の午後九時以降にフィアットに乗って自宅を出た。いや、ひょっとするとそれは夫人の意思ではなく、無理やり誰かに連れ出されたのかもしれない。夫人の体内からは睡眠薬が検出されたということだから、あるいは眠らされたまま車で連れ出された可能性もある。だが、仮にそのような卑劣な行為がおこなわれたとしても、それは大平真治の仕業ではあり得ない。真治は午後九時から深夜零時に至るまで、仲間たちと一緒にスナックで楽しんでいたのだ。自殺にせよ他殺にせよ、彼が香苗夫人の死に関われるはずがない。

大平真治こそが香苗夫人を殺害した張本人。そんな美里の告発は、残念ながら義父に対する彼女の嫌悪感が招いた、一種のいいがかりに過ぎないのではないか。

だが、そんな私の思いをよそに、エルザは美里を勇気付けるように、その肩を叩いた。

「ありがとよ。参考になったぜ。そのアリバイ、崩せるかもしれねえ」

ホントですか、と驚く美里の表情には、たちまち期待に満ちた笑顔が広がった。

――ちょっと、エル、そんなこといっちゃって大丈夫⁉

安請け合いする友人の姿を見て、私は心配でたまらなくなった。

6

私とエルザはシトロエンに美里を乗せて、虹が浜の大平家まで送り届けてやった。

昨夜が通夜だったことから、今日は屋敷で告別式が執り行われているはず。そんなふうに思っていたのだが、実際に訪れた大平邸はシンと静まり返っていた。聞けば、本葬はメモリアルホールで午後二時からだという。

するとエルザはここぞとばかり美里に要求した。

「だったら、ちょうどいい。屋敷のガレージを見せてもらえねーかな」

「ええ、構いませんよ」車を降りた美里は正門から敷地内に足を踏み入れる。そして、庭の片隅に建つ四角い建物を指で示した。「ほら、あれがうちのガレージです」

それは普通乗用車なら三、四台が楽に収納できそうな大きなガレージだった。前面に三枚あるシャッターのうち、右端の一枚だけが開いている。そこに停まっているのは国産の黒い高級セダンだ。歩み寄ってガレージの中を覗き込んでみる。閉じたシャッターの向こう側には、車の姿はない。大型スクーターが一台停めてあるだけだ。片隅には工具類や掃除道具、灯油の一斗缶《いっと》や鉄パイプなど、雑多なものが寄せ集めてあった。

エルザは建物全体を眺め回しながら、美里に尋ねた。

「事件の夜、茶色いフィアットはどこに停まっていたんだい？」

「ガレージの右端。いまは黒いセダンが停まっている、その場所です」

「シャッターは開いていたんだな？」

「はい。右端の一枚は全開でした。フィアットは門や玄関から丸見えだったそうです」

「隣のスペースは？　そっちのシャッターも開いていたのかい？」

「いいえ。そちらのシャッター二枚分は閉まっていたようです」

「当時、ガレージに明かりは点《つ》いていたのかな？」

「いいえ。ガレージの中は暗かったそうです。暗い中にフィアットの特徴的なシルエットがくっきりと浮かび上がって見えていた。そんなふうに聞きました」

なるほど、と頷いたエルザはガレージに停められたスクーターのほうに目を留めた。

「このスクーター、真治が乗るのかい？」

「ええ、趣味でときどき乗り回していたようです。それがなにか……？」

「いや、ちょうどいい乗り物だと思ってよ」

意味不明の言葉を口にしたエルザは、もう充分とばかりに、いきなり踵を返した。

「ありがとな。じゃあ、あたしたちはこれで失礼する。なにか判ったときは、あんたにも教えてやるよ。それから——」エルザは声を潜めて、美里に警告した。「判ってると思うけど、真治には気を付けな。まあ、あんたに危害を加える恐れはないと思うけどよ」

美里は真剣な表情でこくんと頷いた。

私たちは互いの連絡先を交換した後、美里に別れを告げてシトロエンの車内に戻った。

エルザと二人になった私は、運転席の友人に対して不安な気持ちをぶつけた。

「大丈夫なの、エル？　真治のアリバイが崩せるみたいなことといって」

「なーに、問題ないさ。真治の手口は、おおよそ見当が付いている。一見、堅そうなアリバイに思えるけど、バケツ一個ありさえすれば、奴の犯行は可能になるじゃんか」

「バケツ⁉」意外な単語に、私は首を捻る。「バケツをどーすんのよ？」

「ありがちなトリックさ。真治は前もって溜池の水をバケツに汲《く》んで、大平家のどこかに隠しておく。真治は金曜の午後九時になる少し前に、睡眠薬で眠らせた香苗夫人の顔をそのバケツの水に突っ込む。夫人は溜池の水を飲んで窒息死する」

「その直後に、飲み仲間たちが大平家を訪れるってわけね」

「そうだ。当然、フィアットはガレージにある。飲み仲間たちは、それを目撃する。真治は何食わぬ顔で仲間たちとスナックに出かけていき、そこで陽気に過ごす。そして深夜零時、店の前で仲間たちと別れた後、真治はひとり自宅に戻り、香苗夫人の死体をフィアットに積み込む。そして一路、上吉沢の溜池へとフィアットを走らせる。溜池に着いた真治は、夫人の死体を運転席に座らせて、フィアットを道路脇の斜面から溜池へと突き落とす。これでトリックは完了だ。真治はひとり自宅に戻る——」

「ん、待ってよ、エル。行きはいいけど、帰りの足はどうするのよ。真治は深夜の山道をてくてく歩いて下りていったの？」

「いや、その必要はない。ガレージにおあつらえ向きの乗り物があったじゃんか」

「あ、そっか。スクーターね。真治は前もって溜池の近くにスクーターを隠していた」

「そういうことだ」エルザは満足そうに頷いた。「翌朝、死体は発見される。溜池の水を飲んで死んでいる香苗夫人を見て、警察は夫人が溜池で溺れ死んだと判断する。まさか、実際の現場が遠くはなれた虹が浜の大平家だとは、誰も思わない」

「大平真治はアリバイを認められて、殺人の容疑を免れるってわけね。——さすがエル、冴《さ》えてるじゃない！　凄いわ。天才よ。まさに平塚一の名探偵だわ！」

手放しの賞賛を受けて、私の賢い友人は「なーに、それほどでもねーさ」と頭を掻きながら、高い鼻をさらに高くする。だが次の瞬間、私の脳裏にふと浮かんだ素朴な疑問。

「でもさあ、エル。真治は仲間たちとスナックでお酒を飲んでいたはずよねえ」

「え⁉」瞬間、エルザの表情が曇る。「ああ、そりゃ多少は飲んでいたのかな……」

「じゃあ、真治はフィアットに死体を積んだ状態で、上吉沢まで飲酒運転してたってわけ？　うねうねと曲がりくねった山道を？　いろんな意味で危険な行動に思えるけど」

「そ、そうだな……」

「ねえ、エル」私は疑惑の視線を運転席に向けた。「真治は本当に、そんな危険な真似をしたのかしら。なんだか私、違う気がしてきた……」

「待て待て、じゃあ確認してみよーぜ」

エルザは焦った様子で携帯を取り出すと、登録された番号を呼び出した。相手は宮前刑事のようだ。エルザは先ほどのバケツのトリックを簡潔に説明した。すると宮前刑事は電話の向こうで爆笑を始めた。私は助手席側から友人の携帯に耳を寄せながら、その声を聞いた。宮前刑事は呆れ果てたような声で、

『おいおい、よくそんなこと考えるな、名探偵。だが、そんなトリックはあり得ないぞ』

エルザは肩を落としながら、「やっぱり、真治は酒を飲んでいたのか」

『酒⁉　いや、酒は飲んでいない。彼は下戸《げこ》なんだよ。スナックではウーロン茶を飲みな

がら、カラオケを楽しんでいたらしい。だが問題はそこじゃない。香苗夫人の死体の胸と頭の部分には打撲の痕があった。これ、何だか判るか?』

「胸と頭……あッ、ひょっとしてハンドルとフロントガラスの痕か」

『そうだ。香苗夫人は車ごと溜池に転落した際、シートベルトをしていなかった。そのため転落のショックで胸をハンドルで強打し、頭をフロントガラスに打ちつけたんだ。そして、いいか、ここが重要だ。二つの打撲傷には、いずれも生体反応があった。つまり、夫人は生きているうちに打撲傷を負ったんだ。そして、その後で溺死した。君が推理したように、殺された後で溜池に突き落とされたなんてことは絶対にない』

理路整然とした刑事の言葉に、探偵は反論の言葉を思いつかない様子だった。

「ああ、そういうことか。——判った。ありがとよ、宮前」

ボソリと感謝の言葉を口にして、探偵は刑事との通話を終えた。そして深い溜め息を漏らすと、困ったような顔を私へと向けた。その口からは滅多に聞くことのできない、ライオンの弱気な言葉が飛び出した。

「やべえ、完全にアテが外れちまった。どーしよう、美伽?」

# 7

だが誇り高きライオンは、そういつまでもうなだれてはいない。エルザは車をスタートさせると、国道一三四号線を横切り、またしても車を防砂林の小道へと向かわせた。

「迷ったときには、いちばん確実な場所に戻ること。――有名な映画監督の言葉だ」

「ふーん、いちばん確実な場所っていうのが、ここなの？」

「そうだ。確実かどうかはともかく、いちばん大事な場所には違いない」

やがて車は防砂林を抜け、虹が浜の小高い砂丘の上に出た。飯田孝平が奇妙な自動車事故に遭ったとされる現場だ。三たび訪れたこの現場で、私たちは揃って車から降りた。

「考えてみりゃ、今回の依頼人は大平美里じゃない。飯田孝平のほうだ。消えたフィアットの謎を解き、それによって彼の胸にわだかまるモヤモヤを払拭してやること。それが探偵としての、あたしたちの務めじゃんか。つまり、ここが原点だ」

「ホントだ。すっかり忘れてた、飯田君のこと」

依頼人が聞いたらムッとしそうな発言だが、いずれにしても原点回帰は重要なことだ。

「ちょっと、このあたりで、今回の事件を時系列順に整理してみようぜ」

エルザの提案に私も賛成した。「なんだか、本格ミステリっぽいわね！」

当然じゃん、だってあたしたち探偵だぜ——と革ジャンの胸を張ってエルザは話しはじめた。「まず、金曜日の午後九時に大平真治の飲み仲間が、彼の屋敷を訪れた。このときガレージにはフィアットが停まっていた。ただし、このとき飲み仲間たちは生きている香苗夫人の姿を見たわけじゃない」

「ガレージのフィアットを見ただけね」

「そうだ。真治は近所のスナックへいき、仲間たちとそこで過ごした。そして深夜零時、真治は店の前で仲間たちと別れる。その後、真治はひとりで帰宅。このとき、屋敷に香苗夫人の姿はなく、ガレージのフィアットもすでになかった——と真治は話しているらしいが、この証言には信憑性がない」

「真治が嘘をついている可能性は充分に考えられるわね」

「一方、同じ夜、飯田孝平はアホみたいに砂浜でランドクルーザーを走らせていた」

「《アホみたいに》は言い過ぎだわ。せめて《ガキのように》といってあげて」

「判った。飯田孝平はガキのようにランドクルーザーを走らせていた。そして午前一時ごろ、飯田はこの砂丘の斜面を車で駆け上がった直後に、茶色いフィアット五〇〇と衝突した。少なくとも本人は衝突したといっている。だが、その衝突から約一時間後の午前二時。意識を取り戻した飯田の前に、壊れたフィアットの姿はなかった。車だけではなく、衝突があったことを思わせる痕跡すら、そこには見当たらなかった」

「飯田君が気絶していた間に、誰かが衝突の痕跡を隠したとしか思えない状況ね」

「仮にそうだとしても、《誰が何のために》という疑問は残る。——そしてもうひとつ、《フィアットはどこにいったのか》という点も疑問だったわけだが、奇妙なことにその茶色いフィアット五〇〇は、翌朝、上吉沢の溜池で発見された。運転席からは大平香苗の死体が見つかった」

「でも、その二台のフィアットが同じものかどうか、判らないわ。色や形式は同じだとしても、飯田君が事故ったのは海辺で、香苗夫人が死んでいたのは山奥なのよ」

「ああ。だが同じ夜に起こった二つの事件、そこに出てくる二台のフィアットが、まったく無関係とは思えねえ。——ところで美伽」ふいに声のボリュームを落としたエルザは、意味深な眸を私に向けた。「うっかり防砂林のほうを見ないようにしろよ」

「——え⁉」思わず、そちらに視線を向けようとする私。

「こら、見るなっての！」友人は迂闊な私を小声で窘めると、「林の草むらに誰かいる。さっきから、あたしたちのことをずっと見てやがる」

「それって、この前と同じ奴⁉　だったら、ふん捕まえてやろうよ。事件に関係あるかもしれないわ」

「そうだな。いっちょやってやるか」友人は悪戯っぽく片目を瞑《つむ》る。そして急に陽気な声を張りあげながら、シトロエンの運転席のドアを開けた。「さあて、こんなところで話をしてても埒《らち》が明かねえな。そうだ美伽、『花水老郷』の酢湯麵でも食いにいくか！」

「うん、いくいく！　今度こそ絶対いく！」これは芝居ではなく、心からの声だ。

「よーし、決まりだ。さっそくいこうぜ、美伽――でも、その前に」

言うが早いか、探偵は運転席のカップホルダーに差してあったジュースの空き缶を右手に摑む。そして振り向きざまに、大きく左足を踏み出すと、「うをぉりゃあぁぁ――ッ」

ライオンの咆哮にも似た叫び声とともに、エルザはぶんと右手を振り抜いた。放たれた空き缶は真一文字の軌道を描き、防砂林の草むらにズバリと突き刺さる。瞬間、聞こえてきたのは、「うぐッ」という男の呻き声。やがて「し〜ん」と静まり返る林の中。しかし数秒の間をおいて、「バタッ！」と何者かが地面に倒れ込む音が、私たちの耳に届いた。

――やったか⁉

私とエルザは手ごたえを感じながら、いっせいに林の中へと駆け込んでいく。その直後、目の前に現れた光景に「――むッ」と声をあげた。

昼なお暗い防砂林の中。

草むらから少し離れた地面には、年齢不詳の髭面《ひげづら》の男が長々と伸びていた。

気絶した男は薄汚れた服に薄汚れた靴。髪の毛もボサボサで顔色も悪い。どうやら、この防砂林を寝ぐらにするホームレスだと思われた。防砂林は広大なので、このような人たちもいることだろうと想像はしていたが、実際お目にかかったのは初めてだ。

エルザはそんな男の身体を揺すったり、顔を叩いたり、髭を引っ張ったりしながら、

「おい、起きろよ、おっさん。ちょっと聞きたいことがあるんだ。やい、こら、いつまで気ぃ失ってんだよ、このぉ！　いい加減に目ぇ覚ましやがれってんだ！」

「………」なんといったらいいのだろうか。エルザとしては、ごく普通の言葉遣いだと思うのだが、傍らでそれを眺める私の頭には《ホームレス狩り》という物騒な言葉が思い浮かんだ。『平塚おんな探偵』のイメージダウンを恐れる私は、乱暴な友人をやんわりと窘めた。「駄目よ、エル。無理やり起こしちゃ悪いわ。そもそも、あなたのせいで、こうなったんだし……」

と、そのとき髭面の男が、「うーん」と小さな呻き声。それから急にスイッチが入ったかのようにパッと両目を開けた。男は傍らで見守る私たちの姿を視界に捉えると、いきなりガバッと上体を起こす。そしてまるでライオンに睨まれたシマウマのごとく恐怖に顔を

引き攣《つ》らせながら、「お、おまえたち、わ、わしに何の用だ……わしは何も持っておらんぞ……た、頼むから、いじめないでおくれ……」

――ほら、やっぱり《ホームレス狩り》だと思われてる！

すると私の誇り高き友人は、心外だというように声を荒らげた。

「はあ⁉ なにいってんだよ。そっちが、あたしたちの会話を盗み聞きしてたんだろ」

事実を指摘されて、男はバツの悪そうな表情で黙り込む。するとエルザは男の警戒心を解くように、意外と優しげな笑みを彼に向けた。「まあ、そう怖がらなくたっていいじゃんか。ちょっと話を聞かせてくれよ。おっさん、このあたりで寝泊りしてる人かい？」

男はひと言、「そうだ」と頷いた。多くを語る気はないらしい。

「おっさん、昨日もここであたしたちの会話を盗み聞きしていたよな。そんなに興味があるのかい、消えたフィアットの話に」

「フィアット⁉ フィアットとは、あの小さくて丸っこい車のことか」

「そう、それだ。何か知ってるのかい、その車について？」

探偵の問いに、髭面の男は首を真っ直ぐ縦に振った。

「ああ、そういう車なら見た覚えがある。あれは確か金曜の夜だったか……」

私とエルザは揃って「えッ」と声をあげた。唐突に飛び出した意外な証言だった。

　考えてみれば、飯田孝平が砂丘の上で謎のフィアットと衝突したと証言する以外、この海岸付近でフィアットを目撃した人物はいなかった。だから、ひょっとするとすべては飯田孝平の見た夢なのではないか、という疑念が私たちの胸に拭いきれずあったのだ。そんな中にあって、この男の証言は、そういった疑念を一掃するものかもしれない。

　俄然、興味を惹《ひ》かれた私たちは、髭面の男へとにじり寄った。

「おっさん、その話、詳しく聞かせろよ！」

「全部、喋っちゃいなさいよ、おじさん！」

　熱のこもった私たちの態度を見て、男は意外そうな表情。そして、これなら簡単に教えてやるのはもったいないと、そう判断したのだろう。「まあ、そんなに知りたいのなら教えてやらんこともないが……」と男は急に強気な態度。そして目の前にいる若くてピッチピチの美女二人を交互に見やりながら、本性剝き出しのいやらしい笑みを浮かべた。

　——まさか、『胸、触らせろ』とか言い出すんじゃないでしょうね！

　いまさらながら警戒心を強める私。隣の友人は落ちている棒切れを密かに握り締める。

　そんな私たちに対して、男は髭を撫でながら、こういった。

「そういや、あんたたち『花水老郷』に酢湯麺食べにいくって、いってなかったか？」

それから、しばらく後。『花水老郷』の薄暗い店内にて。私とエルザは髭面の男を挟み込むようにカウンターの椅子に腰掛け、すでに酢湯麵一杯を胃袋に納めたところだった。一方、男はよほど腹が空いていたのだろう。酢湯麵の大盛りを啜りながら、同時に二皿の餃子《ギョーザ》を平らげ、ようやく腹の虫が収まった様子。

そんな彼は、こちらが聞いてもいないのに、

「わしの名は大沢剛史《おおさわたけし》。ちょっと前まで川崎《かわさき》の工場で働いてたんだがな。その工場が不景気で潰れちまってよぉ……これからだってときに……」

と正直それほど興味を持てない嘆《なげ》き節を披露しはじめる。

そんな彼の話を無理やり遮るように、探偵は重要な質問を切り出した。「それで、大沢さん、あんた確かにフィアットを見たんだな。どこで見たんだい？」

「……女房は愛想尽かして出ていくし、新しい仕事には馴染めないし……」

「判った判った。だから、その馴染めない会社も辞めちまって、流れ着いた先が、あの防砂林の中ってことだよな。よーく判ったぜ。——で、フィアットは？」

「フィアット⁉ ああ、その話か」本題を思い出した大沢さんは、ようやく探偵の質問に答えた。「確かに見たぞ。金曜の深夜だ。いや、もう日付は土曜だったかもしれん。そのフィアットは防砂林の小道を走っておった。珍しい車だから、よく覚えている。わしは林

の中から、その様子を眺めていたんだ。こんな深夜に騒々しいと腹を立てながらな」

「そのフィアットは一台で走っていたのかい？」

「いいや、フィアットの前を、もう一台、大きな黒い車が走っていた。ほら、なんというのかな、オフロード走行が得意な馬力のありそうな車……」

「ＳＵＶだな。四輪駆動車だ」

「そう、それだ。そのＳＵＶとフィアットは、わしの目の前を通り過ぎて、浜辺のほうへ向かって小道を走っていった。こんな夜中に浜辺へいって何をする気なのかと、不思議に思ったものだ。すると、そのときだ、小道の向こうで突然大きな音がした。びっくりするような大音響。まるで車が事故ったような音だ。わしは先ほどの二台が追突事故でも起こしたのかと思い、慌てて音のしたほうへと小道を駆け出した。すると防砂林を出たあたりで、大きな車が一台、松の木にぶつかって止まっておった。先ほど見た黒いＳＵＶに似た車だが、よく見ると色も形も全然違う車のようだった。あれは何という車だったか……」

「ランドクルーザーだ。赤い車体だろ」

「そう、それだ。運転席を覗くと、若い男が気を失っておった」

「飯田君だわ」

私は思わず手を叩く。エルザも緊張した顔を男に向けた。

「それで、おっさん――いや、大沢さん、そのランドクルーザーの傍にフィアットは？　壊れたフィアットが止まっていたと思うんだけどよ」

エルザの放つ重要な問いに、しかし大沢さんは無造作に顔を横に振った。

「いいや。そんなものはなかったな。松の木にぶつかった大きな赤い車があって、砂丘があって斜面があって、それを下ると広々とした砂浜で、その先は夜の海だ。天上に輝く綺麗な月の明かりが、幻想的な海辺の景色をほのかに照らし出していたな……」

その光景を瞼《まぶた》の裏に映し出すように、男はうっとりと目を閉じる。だが、そんな彼のことを「詩人だな」などと揶揄している余裕は、もはやない。エルザは即座に聞き返した。

「本当にフィアットはなかったのか？　砂丘の上にも、斜面の下にも？」

「ああ、見当たらなかったな。そういえば、砂浜を凄い勢いで遠ざかっていく車が一台あったな。暗い砂浜で明るいテールランプがひと際、目立っていた。だが、あれはフィアットではなかったな。あれはたぶんフィアットの直前を走っていた黒い四駆車のほうだろう。大きさもシルエットもフィアットとは全然違っていたから、まず間違いない」

「じゃあ、フィアットはいったいどこに消えたんだよ？」

「さあ、それがわしも不思議でな。よく判らんが、とにかくわしがあの砂丘に駆けつけたとき、フィアットの姿はどこにも見当たらなかった。そこには何もなかったんだ」

探偵は顎に手をやりながら、彼の言葉を繰り返した。「そこには何もなかった……か」

そんな馬鹿な、と私は首を傾げた。

ランドクルーザーと衝突したフィアット。その事故の痕跡は、飯田孝平が気絶している一時間ほどの間に、何者かの手によって隠蔽《いんぺい》されたものと、私はそう考えていた。だが大沢さんの話によれば、事故らしき大音響のあったその直後には、もう砂丘の上には何もなかったというのだ。

そんなことがあり得るとすれば――

「あ、それじゃあ飯田君はやっぱり夢を見ていたってこと⁉　彼はありもしない衝突事故を、あったと思い込んでいたってことなの⁉」

いちばん最初に戻って、飯田孝平の証言そのものの信憑性を私は疑う。だが、私の賢い友人はキッパリと首を横に振った。「いいや、美伽、そうじゃねえ。飯田は夢なんか見てない。彼のいうような衝突事故は、確かにあったんだよ」

「でも、事故の直後には、もうそこには何もなかったんでしょ？」

「そう、何もなかった。つまりそれこそが、この謎の答えってわけさ。やっと判ってきたぜ。ちょっと待ってくれよ、確認してみる」

確認って何を？　そんな問いを発する間も与えず、エルザは立ち上がり、いったん店の外に。そこで携帯を取り出すと、とある番号へと掛けた。相手はつい先ほど連絡先を交換した相手、大平美里のようだった。エルザは携帯に向かって結構大きな声で、

「さっき聞き忘れたんだけどさ……あのガレージな、黒いセダンとスクーターが停まってたけど、普段は他にも車が停めてあるんじゃないかと思ってな……え、普段はもう一台ある……今日は真治が葬式会場に乗っていったから、ガレージになかっただけ……そうか、やっぱりな……で、聞きたいのは、その車の車種と色なんだけど……ふんふん……」

何度か頷いたエルザは、「ありがと」と短く礼をいって、携帯での通話を終えた。そして再び店の中へと舞い戻ると、自分の椅子に腰を下ろし、満足そうに笑みを浮かべた。

「思ったとおりだ。大平真治はもう一台、車を持っている」

「どんな車？」

「黒い四輪駆動車だとよ。──これ、どう思う、美伽？」

挑発的な台詞を口にする探偵は、すべて判ったかのような余裕の表情。そして景気付けとばかりに、カウンターの向こうに叫んだ。「大将、餃子もう一皿、追加して」

ならば、こちらも負けじとばかりに、「私も餃子一皿ね」

すると調子に乗った大沢さんが、「じゃあ、わしも酢湯麵もう一杯。それとビール」

それを聞いた瞬間、私とエルザは両側からおじさんを睨みつけて、声を揃えた。

「——ビールは駄目！」

8

それから数日が経過した、とある平日。場所は虹が浜に近い、大平家の屋敷。黄昏《たそがれ》時もすでに過ぎ、その広々とした庭はすでに闇の中にあった。海から吹きつける風は身を切るほどに冷たい。暗闇で息を殺してジッと佇んでいると、このまま身体ごとツララになってしまうのではと思えてくる。そんな中——ガラガラッ！

日本家屋の玄関の引き戸が音を立てて開かれる。中から現れたのは、黒いコートに身を包む、ガタイのよい男の姿。大平真治に間違いなかった。真治は玄関扉を閉め直すと、すぐさま庭の片隅にあるガレージへと歩き出した。三枚あるガレージのシャッターの中、開いているのは一枚のみだ。暗闇の中に国産セダンの角ばったシルエットが見える。真治は迷うことなく、そちらへと歩み寄った。だが、そのとき——

その進路を遮るように、彼の目前に立ちはだかる、ひとりの女。突然、闇の中から湧いて出たような彼女の姿に、真治はギクリとしたに違いない。ピタリと足を止めた彼は、声を震わせながら、謎めいた女に問い掛ける。「——だ、誰だ！」

するとも女は意外そうな声で、

「ああ、そういや、あんたにはまだ名前を教えていなかったっけ」

そして彼女は暗闇の中から一歩前に踏み出し、自らの胸に手を当てた。

「あたし、エルザってんだ。生野エルザ。見てのとおりの女探偵さ」

「た、探偵だと……どこがだ？　木刀持ったヤンキー女にしか見えないぞ」

細身のデニムに黒い革ジャン、右手一本で持った木刀を肩に担ぐその姿は実際、真治の言葉どおり、ヤンキー女そのものだ。それでもエルザは気にする様子も見せずに、

「おや、そう見えるかい。でも安心しな。この木刀は護身用だからよ」

「な、なにが護身用だ。他人の敷地に勝手に入り込んでおいて、護身もクソもあるか」

「それもそうか。でもまあ、いいじゃねーか」

探偵は手にした木刀をクルクル回しながら、「なんせ奥さんを殺して平然としている悪党が住む家なんだ。少しぐらいは用心しなくちゃな」

「なに？」真治の顔つきが一瞬で変わった。彼は探偵の顔をあらためて凝視すると、ハッという表情を浮かべた。「そうか。思い出したぞ。君は、あの宮前とかいう刑事と一緒にいた女だな。あの無闇に私のことを殺人犯だと疑う、馬鹿な刑事の仲間ってわけだ」

「べつに仲間じゃねえ。けどまあ、今回に限っては似たような立場かもな。あんたのこと

を殺人犯だと睨んでるって意味では、同じようなもんだ」

「ふん、馬鹿馬鹿しい。現実を見ようとしない空想家め。よく考えろ。私にはアリバイがあるんだぞ。何人もの仲間とスナックのママさんが証明してくれる、立派なアリバ——」

「いいや、違うな」エルザは真治の言葉を遮るようにいった。

「ち、違うだと⁉」真治の顔に戸惑いの色。「ど、どう違うというんだ」

「あんたのアリバイを証明してくれているのは、飲み仲間やママさんじゃねえ。アリバイを証明してくれているのは、一台の車だ。フィアット五〇〇、滅多にお目に掛かれない六〇年代の名車だ。そのフィアットは、あんたが仲間と飲みに出かけるとき、まだガレージに停まっていた。それがあんたのアリバイの肝ってわけだ」

　そして探偵は木刀の先端で、相手の胸をズバリと指した。「けどよ、そのときガレージにあったフィアットって、本当に名車フィアット五〇〇だったのかな？」

「………」一瞬の沈黙があった後、「は、はは、ははは！」真治は闇の中で乾いた笑い声を響かせた。「まったく、何をいっているのかサッパリ判らんな。あれがフィアットでないなら、何だというんだ。もういい。そこを退いてくれ。私は急いでいるんだ」

「おや、何か急な用事でも？」

「ああ、さっき娘から連絡があってね。詳しいことは判らないが、なんでも街で暴力沙汰に巻き込まれて、いま交番にいるらしい」

「へえ、そりゃあ大変だ。すぐにいってやらなくちゃな」

そういってエルザはスッと真横に身体を避ける。そして芝居がかった仕草で、どうぞ、とばかりに道を譲った。真治は「ふん」と鼻を鳴らし、大股で前へと進み出る。「君もさっさとここを立ち去りたまえ。でないと、警察に通報するぞ」

探偵に警告を与えながら、ガレージのセダンへと歩み寄ろうとする真治。だが次の瞬間、その両足がピタリと止まる。暗闇の中で大きな身体が小さく震えた。

「……ど、どういうつもりだ、貴様」

「はあ、どういうつもりって⁉」エルザは木刀を肩に担ぎながら、とぼけた声。「ほら、出かけるんだろ。早くいってやんないと、可愛い娘さんが泣いてるぜ」

「ふ、ふざけるな！」真治は怒りの形相で探偵へと向き直る。そして彼女との距離を縮めると、いきなり両手を伸ばし、彼女の革ジャンの襟許をぐいと摑み上げた。「なんの真似だ、これは！　これも、あの刑事のさしがねか。答えろ、おい！」

「なんのことだい……それより、ちょっと……この手、離してくれねーか……」

消え入りそうなエルザの声。真治はむしろ胸倉を摑んだ両手に力を込める。女探偵の身体が持ち上がるほどの強力な腕力。彼女の両足は、いまにも地面から浮き上がりそうだ。

――と、そのとき！

エルザの横顔に一瞬浮かぶ、凜々しくも猛々しい野獣の表情。

「離せっていってんだろ！　上等の革ジャンが傷むじゃねーか！」

叫ぶや否や、エルザは爪先で地面を蹴ってジャンプ。そして真治の額に狙い済ました頭突きを、「ゴン！」と一発。虚を衝かれた真治は、「うッ」と短い呻き声。すかさずエルザは相手の両手を撥ね退けると、ふらつく真治の胸のあたりを木刀の先端で、「――ちょん」と軽く突いた。

「わッ、わわッ！」

バランスを崩した真治は、真後ろに倒れそうになりながらも、必死で両手をバタつかせて、なんとか懸命に堪えようとする。だが、あり得ないほど後方に反り返った彼の身体に向けて、エルザが容赦のないトドメの一撃。「ふぅぅぅ――ッ」

軽く息を吹きかけてやると、ついに真治の身体は我慢の限界を超え、真後ろにある国産セダンのボンネットに「バタン！」と背中から倒れ込む。と、そう思われた次の瞬間――なぜか、彼の身体はボンネットの上に「ズボッ！」と深くめり込んだ。同時にボンネットの端がぐしゃりと凹み、車体の側面からは何かがボロボロと剝落《はくらく》した。金属製の車体ではあり得ないことだ。

「ち、畜生め……」

悔しげな声を漏らす真治。だが、そんな彼がボンネットの上でもがけばもがくほどに、その身体は車体に深く埋まっていく。だが、それも当然のこと。それは車のように見えて、その実、車ではなかった。それは国産セダンの姿を再現した、砂のオブジェなのだった。

砂の車。そのボンネットの上で必死にもがく大平真治を前に、探偵は悠々と説明した。

「金曜の夜。あんたは午後九時よりも前に、この屋敷を車で出発した。あんたのもう一台の愛車であるSUV、つまり、ほら、そこに停めてある黒い四輪駆動車に乗ってだ」

そういってエルザは木刀の先端をガレージに停められたもう一台の車、黒いSUVへと向けたが、真治はそれどころではないらしく、いまだ砂の上でジタバタするばかりだった。エルザは構わず説明を続けた。

「あんたが運転する黒い四駆、その後ろには正真正銘のフィアット五〇〇が牽引《けんいん》されていた。ただし、牽引されている車がフィアットだと判らないように、車体には自動車専用のカバーが掛けられていたはずだ。そして、黒い四駆の後部座席には睡眠薬で眠らせた香苗夫人が乗せられていた。やがて、あんたは黒い四駆でフィアットを牽引しながら上吉沢の溜池に到着した。そこであんたは、眠っている香苗夫人をフィアットの運転席に座らせると、車ごと溜池に突き落としたんだ。車は池に沈み、夫人は溺死した。犯行を終えたあんたは、再び黒い四駆を運転し、急いで屋敷に引き返した。そして午後九時、何食わぬ顔で仲間たちと合流し、スナックへと出かけた。だが――」

エルザは木刀の先を大平真治へと向けながら、

「そのとき、あんたの飲み仲間がガレージで見たのはフィアットじゃなかった。フィアットの恰好をした砂の彫刻。砂像だったんだ」

するとようやく立ち上がった真治は、服についた砂を手で払いながら、

「馬鹿な！　砂でできた車を本物と見間違えるなんて……」

悔し紛れの彼の台詞を、探偵は笑って一蹴《いっしゅう》した。

「ヘッ、そういうあんただって、いま同じ見間違いをしたじゃんか。このセダンが砂だってこと、近づくまで気付かなかっただろ。扉を開けて乗り込む勢いだったぜ」

「そ、それは……く、暗かったからだ……」

「事件の夜も暗かったはずだぜ」

「………」言葉に詰まり黙り込む真治。

代わってガレージには女探偵の淡々とした声が響いた。「砂って、結構いろんな形が作

れるんだよな。砂で作られた城なんて、驚くほど精巧なものもある。人の顔や動物だって作れるし、鳥取《とっとり》砂丘にいけば砂像のミュージアムなんてやつまであるんだ。車ぐらいは簡単――って説明するまでもねーか。だって、あんた自分で、それを作ったんだもんな。シャッターを閉めたガレージの中で、夫人には秘密にしながら、精巧な砂のフィアットを」

すると真治は大袈裟な仕草でガレージを眺め回した。

「ほう、このガレージで！　この私が？」そして探偵に背中を向けた真治は、その肩をヒクヒクと震わせた。やがて彼の口許から漏れ出したのは、狂気を孕《はら》んだ不気味な哄笑《こうしょう》だった。「ふ、ふふふ、ははは！　そうだ、確かに貴様のいうとおりだ」

「へえ、認めるのかい。意外と潔《いさぎよ》いんだな」

「ああ、認めてやろう。確かに私は、ここで人知れず砂のフィアットをこしらえた。知っているか？　私が以前、ホテルの厨房で働いていたことを。料理人時代の私は、宴席の演出に使う氷の彫刻が大の得意だったんだよ。もっとも砂の彫刻は初めての経験だったが、貴様がいうとおり、車ぐらいは簡単なものだ。私の作った作品を見て、馬鹿な飲み仲間たちは全員、それを本物のフィアットだと信じて疑わなかった。我ながら気分が良かったよ。しかし、まさか女の探偵に見破られるとは思いもしなかった。いちおう、たいしたものだと褒めてやろう。だがな――」

言うが早いか、真治はガレージの壁際へ向かって身を躍らせた。そこにあるのは小物や掃除道具や灯油の一斗缶などといった雑多な品々。その中に右手を突っ込んだかと思うと、真治は再び探偵へと向き直る。その手には長さ一メートルほどの棒状の物体が握られていた。鉄パイプだ。真治はそれを高々と上段に構え、探偵を激しく威嚇《いかく》した。

「こうなった以上、生かしては帰さんぞ、このアバズレ女め！」

「見た目で判断すんじゃねーや！　こう見えても清純派の女探偵だい！」

清純派かアバズレかはともかく、探偵はすぐさま愛用の木刀を両手で握り締め、相手の鉄パイプに応戦する構えをとった。「ついに本性現しやがったな、この悪党め」

「ああ、貴様もぶっ殺してやる！」

「面白いじゃねーか。どっからでも、かかってこいよ！」

木刀VS鉄パイプ。まさしくヤンキー同士の喧嘩そのものを思わせる光景だ。

数瞬の睨み合いの後、真治が上段から鉄パイプを振り下ろす。エルザはその一撃を木刀で軽々と払い退けると、軽快なバックステップを踏みながら、ガレージから庭へと飛び出す。真治はそれを追いかけながら、縦、横、斜めとあらゆる角度から鉄パイプを振り回す。その攻撃を間一髪の間合いでかわすエルザ。そして振り向きざま、彼女は反攻の一撃を相手の脇腹へと叩き込む。

だが当たりは浅かった。一瞬、呻き声をあげた真治は、さらなる怒りの形相で、目の前の敵へと滅茶苦茶な勢いで襲い掛かる。木刀を真横に構えながら、その攻撃を余裕で受け止めるエルザ。と、そのとき突然——ボキッ！

暗い庭先に響き渡る、不吉な音。見れば、エルザが両手に持つ木刀は、相手の力任せの攻撃に耐え切れず、中央付近で真っ二つに折れていた。

「あーッ」愛用の木刀をへし折られて、探偵は驚愕と怒りの表情を浮かべた。「畜生、やりやがったな。あたしが中学のころから愛用している、お気に入りだったのに！」

「知るか、そんなこと！」容赦なく鉄パイプを振り下ろす真治。

エルザは二つになった木刀をクロスさせて、片膝立ちで相手の一撃を受け止めた。

「どうした、女探偵。もはや防戦一方じゃないか」

真治は鉄パイプを上からぐいぐい押し込みながら、残忍な笑みを浮かべる。だが女探偵は片膝を屈しながらも、「防戦一方？　そう見えるかい？」と余裕の表情。そして目の前の男に対し、不敵に言い放った。「悪いが、あんた、ひとつだけ勘違いしてるぜ」

「なに⁉」

「考えてみな。あたしが悪党の住処《すみか》に、たったひとりでやってくると思うかい？」

「なんだと……」怯えの気配を漂わせる真治。

そして探偵は隠し持っていた武器を誇示するように、こういった。

「あたしにはなあ、どんなケダモノよりも凶暴な、頼れる味方がいるんだぜ」

「味方⁉　ど、どこに……」

「あんたの後ろさ」そしてエルザは頼れる味方の名を呼んだ。「美伽あぁ――ッ！」

友人の叫び声を合図に、私は手にした一斗缶を「えいッ」と真っ直ぐ男の頭上に振り下ろす。一斗缶は十二月の凍てつく夜空に「があ～～ん」という乾いた音を響かせた。ジングルベルでも除夜の鐘でもないけれど、しかしどんな音よりも今年一年を締めくくるに相応しい、それは実に間抜けでユーモラスな音色だった。私はその愉快な響きに、しばしの間、聞き入った。

真治は「んがぁッ」と間抜けな呻き声を発して、膝から地面にくずおれた。勝負は一瞬で決した。地面に長々と横たわる真治の身体は、ピクリともしない。どうやら気を失ったようだ。

そして一斗缶を両手に抱えた私は、礼儀知らずな友人に抗議の視線を向けた。

「ちょっとエル、『どんなケダモノよりも凶暴』って誰のことよ！　こんなウサギのように可愛らしい女の子、他にいないっての！」

するとエルザは疲れた顔で地面にしゃがみこんだまま、「いやいや、ウサギにしちゃ強烈な一撃だったぜ。さすが美伽様、手加減を知らない女だ」

そういってエルザは綺麗に片目を瞑って親指を立てる。

そんな友人に、私も笑顔で親指を立てた。

気がつけば平塚の街に響くサイレンの音。どうやら近所の住人が、ヤンキー同士の馬鹿な喧嘩を聞きつけて警察を呼んだらしい。

近づくサイレンの音を聞きながら、私はふと考え込んだ。

さて、この状況を彼らになんと説明したらよいのだろうか……

9

「――へえ、そんなことがあったんですかぁ」

大平邸での大乱闘の翌日。『生野エルザ探偵事務所』には、今回の依頼人、飯田孝平の姿があった。飯田はソファに座りながら、昨夜の出来事についてエルザから説明を受けたところだ。探偵の話が一段落すると、飯田は不思議そうに首を傾げた。

「えーっと、ちょっとよく判らないんですが、その砂の車は誰が作ったんです？」

「だから、それは大平真治が密かにガレージの中で……」

同じ説明を繰り返そうとするエルザを、飯田は手で制しながら、「いや、フィアットのほうじゃなくて、砂でできた国産セダンのほうですよ。それは誰が作ったんですか」

「ああ、そっちか。それは美大に通う美里ちゃんとあたしと美伽で作った。大沢のおっさんにも手伝ってもらったっけ。浜辺でつくったやつを、こっそりガレージに運んだんだ。なーに、ちゃんと作ったのは車体の前方だけだ。そこさえ精巧にできてりゃ充分なんだからよ」

「それでも相当、手が込んでいるような気がしますけど、いったいなんで？　そんな面倒な真似する理由は、どこに？」

依頼人からのあまりにも素朴な疑問。探偵は短い茶髪を掻き上げながら、

「理由って、そりゃあ、なんつーか、要するに——なあ、美伽」

「そうよ、そりゃあ、なんてったって、つまり——ねえ、エル」

言葉を濁《にご》しながら互いに顔を見合わせる私とエルザ。そんな先輩二人の様子を眺めながら、飯田は呆れ顔で溜め息を吐いた。「要するに、たいした理由はないんですね。ただ犯人をビックリさせたかっただけで、特にこれといった意味もなく、大袈裟な真似を……」

「ば、馬鹿、そんなんじゃねーよ」

そう思われては探偵としての沽券《こけん》に関わる、とばかりにエルザは猛然と反論した。

「いいか飯田、あれはな、真犯人である大平真治に対して、実際の砂の像を見せ付けることによって、相手の動揺を誘い、自白を引き出すという、そういう計算された心理作戦、高等戦術だったんだぜ。――なあ、美伽」

「そ、そうよ、心理作戦よ。高等戦術よ」と私も断固言い張った。「それに、やっぱり一度見てみたいじゃない。だって砂でできた車だよ！」

「そう、それだ」我が意を得たりとばかりに、友人は私を指差した。「あたしも、それが見たかった。砂でできた車と、それを見てビックリ仰天する犯人の顔がよ」

「うーん、結局ビックリさせたかっただけのような気がしますが」

釈然としない表情ながら、飯田は話題を先に進めた。「ところで肝心の消えたフィアットの謎について聞かせてくれませんか。要するに金曜日の深夜（土曜日の未明）に、俺が衝突したフィアットっていうのは、その大平真治って男がアリバイ工作のために用意した、砂のフィアットだった。そういうことなんですね？」

「ああ、そうだ。スナックで仲間たちと過ごした真治は、午前零時に仲間たちと別れ、屋敷に戻った。ガレージには仲間を欺《あざむ》くために用いられた砂のフィアットがある。これは真治の犯行を示す、決定的な証拠の品だ。翌朝までには処分しなくてはならない。そこで真治は砂のフィアットを海へと運ぼうとした。海に沈めてしまえば、砂の車もたちまち元の砂へと戻るだろ。そう、まるで波にさらわれて崩れ去る砂の城のように……」

「エル、砂の車を砂の城に喩《たと》えるのは馬鹿っぽいと思わない？」

私の軽いツッコミに、「ああ、それもそーだな」と友人はゴホンとひとつ咳払い。「とにかく、砂のフィアットは深夜のうちに、海に捨てられる計画だったわけだ」

「だけど、それ、どうやって運ぶんですか」

「砂のフィアットは移動させやすいように、最初から台車の上に作られていたんだよ。真治は黒い四駆で、その台車を牽引して、屋敷を出発したんだな」

そしてエルザの話は、いよいよフィアット消失事件の真相へと及んだ。

「真治は黒い四駆車で台車を牽引しながら、深夜の道路を真っ直ぐ海へと向かった。このとき台車の上にある砂のフィアットは、やはり自動車専用のカバーで覆われていたはずだ。車は国道を横切り、防砂林の小道へと入っていく。だが、ここで最初のアクシデントだ。強い海風にあおられたせいか、真治の不手際か、あるいは自動車専用のカバーが砂の車にジャストフィットしていなかったせいかもしれないが、とにかく砂像を覆っていたカバーが吹き飛ばされたんだ。結果、砂のフィアットは剝き出しになった。けれども運転席の真治は、そのことに気付かない。彼はそのまま四駆を走らせ続けた。だが、その様子を偶然、林の中から見ていた人物がいたんだな」

「ホームレスの大沢さんね」私は思わず手を叩いた。「大沢さんの目には、黒い四駆とフィアット、二台の車が小道を走っている、そんなふうに見えた」

「そうだ。月明かりの下、林の中から垣間《かいま》見ただけだから、見間違えるのも無理はない。やがて黒い四駆は砂のフィアットを牽引しながら小道を抜けた。と、ここで二つ目のアクシデントだ」

「例の衝突事故ですね。俺が遭遇したやつ」飯田が身を乗り出す。

「そうだ。ちょうど斜面を駆け上がってきた飯田の赤いランドクルーザーと、小道から出てきた大平真治の黒い四駆車が、丘の上であわや正面衝突しそうになった。だが、これは双方の運転手たちのハンドル操作によって回避された。ところが、黒い四駆車の後ろにもう一台、別の車が現れた」

「茶色いフィアットですね」

「いや、それは飯田の見間違い。正確には砂色のフィアットだな」探偵は皮肉な笑みを依頼人に向けた。「必死のハンドル操作も虚しく、飯田のランドクルーザーはフィアットと衝突した。少なくとも飯田自身はそう思い込んだ。しかし事実は違った。ランドクルーザーはフィアットの形をした砂のオブジェと衝突したんだ。台車に激しく乗り上げるような恰好でな。その衝撃でランドクルーザーのエアバッグが作動し、飯田は気を失った。ランドクルーザーは砂のフィアットを滅茶苦茶に破壊し、松の木にぶつかって停止した」

私はその光景を想像しながら、「黒い四駆の運転席で、真治はさぞや焦ったでしょうね」

「もちろんさ。だが、そうなった以上、どうしようもない。真治は壊れた砂像を乗せた台車を牽引しながら、慌ててその場を走り去るしかなかったのさ。彼はしばらく走った先で、壊れた砂像と台車を海に捨てたはずだ」

「その一方で、大音響を聞きつけた大沢さんが現場に駆けつけたってわけね」

「そうだ。大沢さんは松の木にぶつかった赤いランドクルーザーを見た。その運転席で気絶する飯田の姿を見た。遠ざかっていく四駆らしき車のテールランプとそのシルエットを見た。そして事故現場に撒き散らされた砂像の成れの果てを、その目でちゃんと見たはずだ。けれど、大沢さんはあたしたちの質問に対して、どう答えたっけ？」

「『そこには何もなかった』――彼はそう答えたわ」

「そうだ。べつに大沢さんが嘘をついたわけじゃない。彼が見たのは、もともと砂しかない丘の上に、さらに大量の砂が撒き散らされただけの光景だ。割れたガラスや、壊れた部品が転がっているわけじゃない。その光景は彼の目には実際、『そこには何もない』ようにしか見えなかったんだな」

「それもそうね。馬鹿正直に『そこには砂があった』なんて答えたら、逆に変だもんね」

頷く私の前で、飯田孝平はそれでもまだ納得いかない表情を浮かべた。

「あのー、俺が事故の一時間後に目覚めたときも、やっぱりそこには何もないように見えましたけど……」

「そうかい。でも、注意してよーく見れば、何かあったと思うんだよな。周囲と色合いの違う砂が、大量に撒き散らされているとか、ランドクルーザーの車体もなぜだか砂をかぶっているとか。そんな様子が観察できたはずだ。それなのに、飯田は何かの気配——これは大沢さんじゃなくて、鳥か小動物だったと思うんだけど——それに怯えて、慌てて現場から走り去ってしまった。車体がかぶっていた砂は、たちまち吹き払われただろう。その結果、飯田の中にも『そこには何もなかった』という思い込みが残った。その一方で、飯田の脳裏にはフィアットと衝突した記憶が鮮明に残っている。ひょっとして自分は誰かを死なせたかもしれない。そんな不安に苛《さいな》まれた飯田は、高校時代の先輩である美伽にメールで相談を持ちかけた。——とまあ、要するに、これはそういう事件だったのさ」

こうして、探偵はフィアット消失事件についての説明を終えたのだった。

探偵の活躍により胸の不安を一掃された飯田孝平は、清々《すがすが》しい表情でソファを立った。

「これでようやく俺も枕を高くして眠れますよ。これもすべて先輩たちのおかげです」

エルザの前で何度も頭を下げた飯田は、最後に右手を一本、私の前に差し出した。

「え、握手⁉　なんか照れくさいけど、まあ、いっか」

私がその右手をやんわり握り返すと、飯田はアッサリ首を振った。

「違います、先輩」そういって彼はあらためて左手を私に差し出した。「ほら、この前のタクシー代。探偵事務所が持つ約束ですよね。自宅まで一二三〇円だったんですけど」

「え⁉　ああ、そのこと」よく覚えていたわねえ、と感心しながら、私は事務所の手提げ金庫から現金一二三〇円を取り出した。これは事務所にとって絶対に懐の痛まない出費だ。私は完璧な笑顔でそのお金を彼に手渡した。「はい、これでいいでしょ、飯田君」

現金を受け取った飯田は「助かります」と満足げな表情。黒いコートを着込んで帰り支度を済ませると、「それでは、お世話になりました。――あ、請求書は自宅に送ってくださいね」

ええ、そうするわ、と頷く私。飯田孝平は軽快な足取りで事務所の玄関を出ていった。

事件が解決し、依頼人が去り、普段の静けさが戻った探偵事務所。

いつものようにゴロンとソファに寝そべったエルザは、ふと何か思いついたように、

「――なあ、美伽」

「なによ、エル？」

「あいつに送る請求書な……」

「うん?」

「大沢さんが食った酢湯麵と餃子の代金も入れとこうぜ」

ガサツなライオンらしからぬ細かい提案だ。私は思わず眉を顰めて叫んだ。

「なにいってんの、エル! そんなの当たり前じゃない!」

10

そんなこんなでフィアット消失事件がなんとか解決したと思ったら、もう今年の日めくりカレンダーもあと僅か。平塚の街も、いつしかすっかり歳末ムードだ。

「大変よエル、もう今年も終わっちゃう」

「やべえ美伽、こうしちゃいられねーぞ」

切羽詰まった顔を見合わせる私とエルザ。

それからというもの、私は年末恒例の大掃除やら年賀状作りやら支払いやらの雑務に追われて大忙し。一方エルザは、これまた年末恒例『KEIRINグランプリ』の予想に追われて超大忙し（？）。

そうこうするうちに、アッという間に残り数枚のカレンダーは紙屑《かみくず》となり、エルザ渾身《こんしん》の予想に基づく車券もやはり紙屑となって、平塚の夜空には煩悩《ぼんのう》の数の鐘が鳴り響き、そして『生野エルザ探偵事務所』にも希望に満ちた新年が訪れた。

正月三が日は、さすがに浮気調査やペット捜しを依頼する者もいないので、探偵事務所は完全休業。そうして迎えた年明け四日の仕事始め、私とエルザは平塚が誇るパワースポット平塚八幡宮《はちまんぐう》へと、遅ればせながらの初詣《はつもうで》に参じた。

とはいえ、お互い晴れ着を着る柄でもない。友人は普段どおりの革ジャンにデニムパンツ。私は白いダウンコートに紺色のスカートだ。

正月四日の八幡宮に、参拝客はごく僅か。参道に立ち並ぶ屋台からは、焼きソバや焼きトウモロコシの香ばしい香りが漂っているが、客の数は多くはない。そんな中、突然、私たちに呼びかける年配の女性の声。「――ちょいと、そこのべっぴんさんたち、ひとつ買っていかないかい？」

「ん⁉」べっぴんとは私のことか、と思わず足を止めて、声のほうを振り返る。そこにはイカの姿焼きを売る屋台。大きな鉄板の向こうには、見覚えのある顔があった。思わぬ再会に、私は歓声をあげた。「わッ、和江さん、こんなところで会うなんて、奇遇！」

それは十月に平塚競輪場で出会った老婦人、岩本和江さんだった。

エルザも懐かしそうに片手を挙げながら、「よう、おばあちゃん、元気そうじゃんか。そういや、おばあちゃんはヤクザの、いや、テキ屋の組長、いや、女将《おかみ》だったっけ。とにかく久しぶりだな」と慎重に言葉を選びながら岩本組四代目に挨拶した。「正月から仕事かい？」

「当然さ。七夕と正月が稼ぎ時だからね。イカの姿焼き、いらないかい。どうせ、あんたら年末のグランプリ・レースで大儲《おおもう》けしたんだろ」

「残念ながら、そっちはカスリもしなかった」とエルザは苦笑い。「でも、せっかくだから買うよ。参拝した帰りにきっと買うから、見かけたら声掛けてくれよ」

「じゃあ、いちばん大きいのを焼いといてあげるからね。――いいね、おまえら！」

そういって、和江さんが手下の男どもに睨みを利かせると、彼らは慌てていちばん大きいイカを選別しはじめた。さすが岩本組の四代目、その声と眼光には独特の凄みがある。

じゃあ、また後で――といって私とエルザは屋台の前を離れた。

再び参道を歩きながら、「まさか、和江さんにまた会えるなんて、思わなかったわね」

私がいうと、隣の友人も感慨深そうに頷いた。

「ああ、実際この仕事してると、一瞬会って、それきりっていうケースが多いしな」

「虹が浜で会った大沢さんとかね。いまごろ、どうしてるのかしら……ああ」ふと悪い予感に襲われて、私は思わず目を伏せた。「大沢さん、この寒さだからきっと……防砂林の中で……凍え死んでるわね……ウッ、可哀想……」

「待て待て、勝手に殺しちゃ悪いぜ、美伽」友人は窘めるような目を私に向けた。「大沢さんなら死んでない。防砂林の中で凍えてるわけでもないから、安心していい」

「え、そうなの⁉ でも、なんで判るのよ、そんなこと」

「本人から事務所に年賀状がきたんだよ。大沢さん、いまは川崎に戻って、知り合いの女の家に転がり込んでいるらしい。『あのとき奢ってもらった酢湯麵のおかげで生きる希望が湧きました』って、凄え感謝してるみたいな文面だったぜ」

「へえ、そうなんだ。さすが平塚が誇るソウルフード、酢湯麵ねえ」まず感心するべきは、そこだろう。ホームレスの社会復帰を促すなんて、まさに偉大な麵類だ。「ん⁉ だけど、あのときの酢湯麵の代金って、実際は飯田孝平君が払ったのよ。私たちが感謝されていいのかしら」

「べつに、いいだろ。せっかく向こうが感謝してくれてんだからよ」

それもそうか、と私は思い直す。と同時に、昨年後半の難事件に纏わるもうひとつの忘れがたい名前を思い出した。「そういえば、ミツキちゃんのこと覚えてる？」

「ん、ミツキちゃん⁉　誰だっけ、その女⁉」

おやおや、記憶力がウリの女探偵にしては、お粗末な反応だ。

「女じゃなくてカメよ、カメ。九月に散々捜し回った、カミツキガメのミツキちゃん」

「ああ、なんだ、亀吉君のことか」エルザはその名前で記憶していたらしい。彼女は革ジャンの両腕を組むと、小さく首を傾げた。「そういや、あのカミツキガメって、あの後、どうなったんだ？　いまでも犯人の足に嚙み付いたままなのかな？」

「んなわけないでしょ。実は私、この前、ミツキちゃんを意外なところで見たの。ほら、ワニ顔のおじいさんがやってた変なペットショップがあったでしょ。そう、『平塚水族店』。ミツキちゃん、あそこで飼われてるの。飼い主がいなくなった可哀想なカミツキガメを、おじいさんが引き取ったのね」

「ふうん、あのカメ好きの店主が新しい飼い主ってわけか。だったら亀吉君も安心だな」

「そうね。だけどエル、判ってるとは思うけど……」私はかつての依頼人、武田幸彦に成り代わって訂正した。「あのカメはね、亀吉君じゃなくて、ミ・ツ・キ・ちゃ・ん！」

ああ、はいはい、とエルザは両手で耳を押さえながら、面倒くさそうに頷いた。

そうこうするうち、いつしか私たちは平塚八幡宮の拝殿へとたどり着く。すると賽銭箱《さいせん》の前にはまたしても意外な光景。横一列で柏手を打っているのは、揃いのウインドブレーカーを着た一団だ。その背中には『湘南文化大学登山部』の文字。思わず顔を見合わせる私とエルザの前で、参拝を終えた一団がいっせいに振り返る。その瞬間、列のいちばん端にいた男子の顔に、驚きの表情が浮かんだ。男子は私たちのもとに自ら歩み寄ると、

「やっぱりそうだ。おまえら、あのときの探偵コンビだな！」

　そういう彼は湘南文化大学の学園祭で少しだけ世話になった登山部員、杉下健太だった。そんな彼のウインドブレーカーを指差しながら、

「あれ、あんた、いまでも登山部員なのかい？」

「確か、除名になったんじゃなかったかしら？」

　エルザと私は揃って皮肉を口にする。杉下健太は不満げに鼻を鳴らした。

「ふん、除名なんかされてない。それどころか、いろいろあったおかげで、今年からは俺が登山部の部長でね。それでいま、部員のみんなと新年のお参りを済ませたところだ」

「へえ、偉くなったんだな。で、八幡様に何をお願いしたんだい？」

「何って、いうまでもないだろ。今年の学園祭で『山カフェ』が大成功しますようにと、そうお願いしたのさ」と新部長杉下は大威張り。

　もちろん私たちは唖然とした表情だ。

「ねえ、山登りの安全とかは祈願しなくていいわけ？」

「もはや、登山部じゃなくて、カフェ部じゃんか！」

こんな頓珍漢《とんちんかん》な男を部長に据えていると、部員たちはいつか全員、遭難してしまうのではあるまいか。そんな心配を覚える私たちをよそに、杉下健太は「それじゃあ、山の仲間たちが待っているから」といって、ひとり私たちの前を立ち去っていった。

呆気に取られながら、杉下健太の背中を見送る私とエルザ。

やがて気を取り直すと、私たちはようやく平塚八幡宮の拝殿へと臨《のぞ》んだ。お賽銭を投げて鈴を鳴らし、「パンパン」と威勢良く柏手を打つエルザ。参拝の作法など滅茶苦茶だが、隣からチラリと盗み見たその表情は真剣そのもの。ライオンが神仏を本気で拝むとは、私には意外だった。

参拝を終えた私は、さっそくエルザに余計な質問。「ねえエル、ずいぶん真剣な顔でお参りしてたけど、何をお願いしたの？」

すると私の乱暴な友人は、真面目とも不真面目とも取れる微妙な表情で、

「そんなの決まってるだろ。『今年も平塚でいっぱい事件が起こりますように』ってさ」

「わ、駄目じゃない、そんなことお願いしちゃ！」

しかし友人は澄ました顔で、「じゃあ、美伽はなんてお願いしたんだよ」

「え、私!? 私はごく普通よ。この一年が平穏でありますように。健康でありますよう

に。恋人ができますように。商売が繁盛しますように……」

「ほら、あたしと同じじゃねーか」鬼の首を取ったようにエルザが私を指差す。「探偵事務所が商売繁盛ってことは、事件がいっぱい起こるってことじゃんか」

「馬鹿馬鹿、そういう意味でお願いしてないっての！」

「いやいや、同じ意味だと思うぜ」

「もう、違うってば……」口の減らない友人を拳で叩こうとする私。

その拳を余裕でかわしながら、革ジャンの女探偵は「へへへッ」と少年のような笑みを覗かせる。「まあ、なんだっていいじゃんか。それより美伽、そろそろイカ焼き食べにいこうぜ」

私は「もうッ」と頰を膨らませながらも、「そうね、和江さん、待たせちゃ悪いもんね」

私とエルザはコートと革ジャンの肩を並べるように、真冬の参道を歩き出した。

そして私はまた考える。結局のところ、エルザは八幡様に何をお願いしたのだろうか。

『いっぱい事件が起こりますように』は彼女流の冗談なのか。はたまた私立探偵としての偽らざる本音なのか。それはエルザ本人にしか判らない。だが彼女が何を願い、何を願わなかったとしても、この街でまたいつか奇妙な事件は起こるだろう。そして好奇心旺盛なライオンは自らその渦中に首を突っ込むか、あるいは否応なく巻き込まれていくに違いない。それが探偵生野エルザの宿命ならば、私、川島美伽もまた探偵助手として、あるいは猛獣使いとして、この美しくも野蛮な友人と行動を共にするだけだ。私の商売が繁盛するとは、そういう意味に他ならない。

なんだか、今年も忙しくなりそうだ。

そんな私の思いをよそに、私の呑気な友人が、実にどうでもいい口を開く。

「なあ、美伽、あのおばあちゃん、イカ焼き、奢ってくれねーかなあ……」

「いいじゃないよ、エル。イカ代くらい払ってあげなさいって……」

女二人の他愛ない会話を笑い飛ばすように、湘南の外れに吹く風が、私たちの傍を通り過ぎていった。

（この作品は、平成二十七年六月、小社から四六判で刊行されたものです。また本書はフィクションであり、登場する人物、および団体名は、実在するものといっさい関係ありません。）

ライオンの歌が聞こえる　平塚おんな探偵の事件簿2

# 一〇〇字書評

切・り・取・り・線

| 購買動機（新聞、雑誌名を記入するか、あるいは○をつけてください） | |
|---|---|
| □（　　　　　　　　　　）の広告を見て | |
| □（　　　　　　　　　　）の書評を見て | |
| □ 知人のすすめで | □ タイトルに惹かれて |
| □ カバーが良かったから | □ 内容が面白そうだから |
| □ 好きな作家だから | □ 好きな分野の本だから |

・最近、最も感銘を受けた作品名をお書き下さい

・あなたのお好きな作家名をお書き下さい

・その他、ご要望がありましたらお書き下さい

| 住所 | 〒 | | | | |
|---|---|---|---|---|---|
| 氏名 | | 職業 | | 年齢 | |
| Eメール | ※携帯には配信できません | 新刊情報等のメール配信を 希望する・しない | | | |

この本の感想を、編集部までお寄せいただけたらありがたく存じます。今後の企画の参考にさせていただきます。Eメールでも結構です。

いただいた「一〇〇字書評」は、新聞・雑誌等に紹介させていただくことがあります。その場合はお礼として特製図書カードを差し上げます。

前ページの原稿用紙に書評をお書きの上、切り取り、左記までお送り下さい。宛先の住所は不要です。

なお、ご記入いただいたお名前、ご住所等は、書評紹介の事前了解、謝礼のお届けのためだけに利用し、そのほかの目的のために利用することはありません。

〒一〇一－八七〇一
祥伝社文庫編集長　坂口芳和
電話　〇三（三二六五）二〇八〇

祥伝社ホームページの「ブックレビュー」からも、書き込めます。

http://www.shodensha.co.jp/bookreview/

祥伝社文庫

ライオンの歌《うた》が聞《き》こえる　平塚《ひらつか》おんな探偵《たんてい》の事件簿《じけんぼ》2

平成30年7月20日　初版第1刷発行

著　者　東川篤哉《ひがしがわとくや》
発行者　辻　浩明
発行所　祥伝社《しょうでんしゃ》
東京都千代田区神田神保町3-3
〒101-8701
電話　03（3265）2081（販売部）
電話　03（3265）2080（編集部）
電話　03（3265）3622（業務部）
http://www.shodensha.co.jp/

印刷所　堀内印刷
製本所　積信堂
カバーフォーマットデザイン　芥　陽子



Printed in Japan ©2018, Tokuya Higashigawa　ISBN978-4-396-34436-8 C0193

# 祥伝社文庫の好評既刊

東川篤哉　ライオンの棲《す》む街　平塚おんな探偵の事件簿1

〝美しき猛獣〟こと名探偵・エルザ×地味すぎる助手・美伽《みか》。地元の刑事も恐れる最強タッグの本格推理！

伊坂幸太郎　陽気なギャングの日常と襲撃

華麗な銀行襲撃の裏に、なぜか「社長令嬢誘拐」が連鎖――天才強盗四人組が巻き込まれた四つの奇妙な事件。

石持浅海　Rのつく月には気をつけよう

大学時代の仲間が集まる飲み会は、今夜も酒と肴《さかな》と恋の話で大盛り上がり。今回のゲストは……!?

歌野晶午　そして名探偵は生まれた

〝雪の山荘〟〝絶海の孤島〟〝曰《いわ》くつきの館〟圧巻の密室トリックと驚愕の結末とは？　一味違う本格推理傑作集！

浦賀和宏　緋《あか》い猫

殺人犯と疑われ、失踪した恋人を追って彼の故郷を訪ねた洋子《ようこ》。そこにはあまりにも残酷で、衝撃の結末が……。

恩田　陸　訪問者

顔のない男、映画の謎、昔語りの秘密――。一風変わった人物が集まった嵐の山荘に死の影が忍び寄る……。

# 祥伝社文庫の好評既刊

佐藤青南
ジャッジメント

容疑者はかつて共に甲子園を目指した球友だった。新人弁護士・中垣《なかがき》は、彼の無罪を勝ち取れるのか？

富樫倫太郎
生活安全課0係 スローダンサー

「彼女の心は男性だったんです」――性同一性障害の女性が自殺した。冬彦は彼女の人間関係を洗い直すが……。

法月綸太郎
しらみつぶしの時計

交換殺人を提案された夫が、堕《お》ちた罠――（「ダブル・プレイ」）他、著者の魅力満載のコレクション。

原 宏一
佳代《かよ》のキッチン

もつれた謎と、人々の心を解くヒントは料理にアリ？「移動調理屋」で両親を捜す佳代の美味しいロードノベル。

東野圭吾
探偵倶楽部《くらぶ》

密室、アリバイ崩し、死体消失……政財界のＶＩＰのみを会員とする調査機関・探偵倶楽部が鮮やかに暴く！

深町秋生
ＰＯ《プロテクションオフィサー》 警視庁組対《そたい》三課・片桐《かたぎり》美波《みなみ》

連続強盗殺傷事件発生、暴力団関係者が死亡した。ＰＯの美波は一命を取りとめた布施《ふせ》の警護にあたるが……。

# 〈祥伝社文庫　今月の新刊〉

江上　剛
**庶務行員　多加賀主水《たかがもんど》が泣いている**
死をもって、銀行員は何を告発しようとしたのか？　雑用係がその死の真相を追う！

東川篤哉
**ライオンの歌が聞こえる**
平塚おんな探偵の事件簿2
獰猛な美女探偵と天然ボケの怪力助手。最強タッグが謎を解くガールズ探偵ミステリー！

西村京太郎
**特急街道の殺人**
越前と富山高岡を結ぶ秘密——十津川警部、謎の女「ミスM」を追う！

沢里裕二
**六本木警察官能派**　ピンクトラップ捜査網
ワルいヤツらを嵌めて、美人女優を護る。これが六本木警察ボディガードの流儀だ！

鳴神響一
**飛行船月光号殺人事件**　謎ニモマケズ
犯人はまさかあの人——？　空中の密室で起きた連続殺人に、名探偵・宮沢賢治が挑む！

長谷川卓
**空舟《うつろぶね》**　北町奉行所捕物控
正体不明の殺人鬼《絵師》を追う最中に現れた敵の秘剣とは？　鷲津軍兵衛、危うし！

小杉健治
**夢の浮橋**　風烈廻り与力・青柳剣一郎《あおやぎけんいちろう》
富くじを手にした者に次々と訪れる死。庶民の夢、富くじの背後にいったい何が——？

野口　卓
**師弟**　新・軍鶏侍《しゃも》
老いを自覚するなか、息子や弟子たちの成長を見守る源太夫。透徹した眼差しの時代小説。